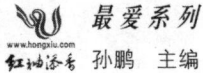 最爱系列
孙鹏 主编

爱
是阳台上的云

上海文艺出版集团
上海锦绣文章出版社

图书在版编目(CIP)数据

爱是阳台上的云/孙鹏主编. —上海：上海锦绣文章出版社，2009.8
（最爱系列）
ISBN 978－7－5452－0410－0

Ⅰ. 爱… Ⅱ. 孙… Ⅲ. 散文-作品集-中国-当代 Ⅳ. I267

中国版本图书馆 CIP 数据核字(2009)第 120533 号

本书由 红袖添香 文学网站独家授权出版

| 总　策　划：王　刚　毕建伟　徐明松 |
| 责 任 编 辑：许　铭　陶　晨 |
| 版　　　　式：颜　英 |
| 助理技术编辑：孙宗霄 |

书　　名	爱是阳台上的云
主　　编	孙　鹏
出版发行	上海锦绣文章出版社
地　　址	上海市长乐路 672 弄 33 号（邮编 200040）
经　　销	全国新华书店
印　　刷	上海一众印务中心
开　　本	889×1194　1/32
印　　张	8
版　　次	2009 年 8 月第 1 版
印　　次	2009 年 8 月第 1 次印刷
书　　号	ISBN 978－7－5452－0410－0/J.235
定　　价	20.00 元

如有印装质量问题　请与印装单位联系　电话 021－56477080
版权所有　不得翻印

目录

请允许，我再任性一次/001
带本书上路/009
江南四季的雨天/011
我出去走了走/014
花枕/017
暗恋，泪流满面/020
搭便车的蝴蝶/028
拾穗的孩子/030
什么鸟/033
当藤蔓爬上眉际/036
在中亚细亚草原上裸奔/039
那年的南京/042
北方的时光笺/045
水乡寻梦/047
遥想美眉/050
生命的春天，是与草有关的篇章/053
燕殇/056
故乡的货郎/059
闲坐清风做女红/062
城市阳台：我的一亩三分地/065
端午，端午/068
我想有个锅/071

独身女子形象记/074

减肥日记/077

我的左手凝视我的右手/080

我饿/088

"冯小姐"的情感世界/092

一把青菜/095

油焖烤带豆/098

风华绝代之旗袍/100

家事琐记/103

内心地理/108

风过蔷薇蕊满园/115

苔花如米小/121

从快乐单行道散步到婚姻双行道/124

浮生三戒/127

我的爱情高筒靴/133

黄瓜向左,丝瓜向右/136

结婚十年/141

春日的疼痛/144

得陇望蜀,不知道是否因为爱/147

我不知道你爱我/151

美女乱弹/154

只是我是女子/156

陪我去看流星雨/160

请你别哭/163

我以为花都开好了/169

约,十年/175

天若有情/181

陪君醉笑三千场/187

穿过耳洞的红颜/189

放下一份爱情，等待下一个春天/192

拒绝做你的情人/197

月下听风/202

思念无尘/216

红酒，恋恋女人心/218

隐居在城市/221

尘世，原来很轻很轻/223

是怀念也是沉溺/226

饺子婚姻/228

如果我爱你再多一点/230

我们虽苦但彼此珍惜/235

淡淡菊花香/240

转头，你看到幸福了吗/244

请允许,我再任性一次

文/舞月飘雪

如果时间允许我再年轻一次
那么
就请所有人允许,允许我再任性一次

1. 笑容

1994年的深圳,像个半成熟的柚子,诱惑着远处的人追随,诱惑着身边的人堕落。

那一年的暑假,我刚刚高考完,特意跑到叔叔家里玩。叔叔开着一家音像小店,小店不大,却人来人往。没事时我喜欢跑去玩,竟一来二去认识了不少人。

李诺就是其中一个,自我介绍说是做图书出版的,经常到叔叔的小店里买碟。起初感觉他并不起眼儿,因为是本地人的缘故,且我又听不懂粤语,所以对他没什么印象。相识后没几天,我竟有幸遇上了一场阴阳雨。半步之遥的距离,一边落雨,一边阳光灿烂。这让我有些兴奋,一个人站在雨里淋一会儿,再跑到阳光下晾晒一会儿,不曾注意李诺就在远处看着我,在笑。

等我玩够,回头时,发现了他。我有些赧色。问他,"看什么呢?"李诺就笑。一直笑。

接下来的日子,李诺一直光顾小店,与我渐渐熟悉起来。经常带些特色小吃给我,偶尔不忙时,他还会讲一些笑话或者故事给我听。真正让我们走近的一件事,是因为一个柚子,很大个儿,他送给我,我说吃不了,他笑着将那个柚子一分为二,彼此微笑着吃完。见我的嘴角残留着柚子汁,他竟伸手为我拭去。那一刻,我的脸突然很红。

李诺还是笑,笑完了,他说,可爱。

我却没听懂。他说的是粤语。

2. 丫头

深圳的语言关让我难受。听着别人说话,却一个字儿也听不明白。一个人偷偷买来街上卖的粤语学习书,巴掌大的书上写着别字,发出音来却颇有些广东味儿。一个人一边练习,一边偷着笑。那天,我正在读着,李诺走了进来。他一直听,一直笑,最后竟笑得直不起腰来。我白了他一眼,"笑什么嘛?人家正学习呢。"

李诺终于笑完,抬起头来说,"丫头,还是我来教你吧。"

竟然忘记了他是地道的当地人。曾听叔叔说过,深圳这地方永远不会有免费的午餐。于是,问他,"需要什么回报么?我可一无所有呀。"

李诺很认真地想了想,说,"这样吧,我英文音标学得不精,不如你教我英文,我教你粤语。这样我们就扯平了吧?"

点头。成交。甚至,我还带着一脸的骄傲。

从那天起,我会早到小店一个小时,或者晚离开一个小时。李诺总是上班前,或下班后教我几句粤语。我再认真地教他几句英文音标。一个月后,我竟然能够简单地对话了。李诺很满意我的进步,他说,"丫头,不错哦,继续努力。"

我看着他,突然有些不满,我问,"你多大了呀?干吗一直叫人家丫头?"

他看着我笑,一直笑,最后说了句,"傻丫头。"

其实,那一年,我刚刚十七岁。

3. 任性

我喜欢逛街,尤其是街市小井的地方,我总感觉很有特色。刚出门,就遇上了李诺,他说,"不如我陪你吧,别丢了哦。"

不理他,一个人在阳光下任裙摆飞扬。李诺一直跟在我的身后。就这样,沿着深南大道一直前行。很奇怪,走了十几分钟,李诺一直一句话也没有。回头,我问他,"喂,怎么不说话?"

他这才追上来,说了一句话,"你长大了,肯定是个靓女。"

回头,我想看看他的笑容。因为他太喜欢捉弄人。却见,他一脸认真。

我故作认真地回答,"好,那给你个机会,给靓女买杯冷饮去吧。"李诺变魔术似地从身后拿出两杯冰水。我大笑。说谢谢。

我们像孩子似地,相携着前行,偶尔开几句不过火的玩笑。逛完了街,李诺说,"丫头,不如再去书店看看吧。"

到了书店,李诺随手拿出一本英文原著,甚至看得津津有味。我有些不解,他不是英文不好么,还这般矫情地拿起英文原著。李诺看得有些痴迷,我却感觉闷,拉起他的胳膊,很任性地拉着他朝门外走。他只好恋恋不舍地放下书,随我走出图书馆。刚到门口时,遇上他的一个同事。对方见我们正拉拉扯扯将手拽在一起,笑着说,"哟,李诺,不简单呢。"

李诺的脸突然红了。我却无所谓。

逛完街分手时,李诺很正经地跟我说,"丫头,以后再任性也不许拉别的男生的手,懂么?"

4. 离别

暑假太过短暂。一个半月的时间过去了,回家准备上学。与李诺告别,竟有泪想流。

李诺送给我两样东西,手表,钢笔。

他说,"丫头,手表是让你记得时间,记得回来看我。钢笔是让你记得学习,好好努力。"

我流着泪点头。甚至,一直流到叔叔家。叔叔说,"傻孩子,不准早恋啊,再说了,深圳人靠不住呢。"

终于明白,我喜欢上了李诺。可他呢?终是没敢问。

回到家,上了学。与李诺便开始了书信来往。他说着深圳的一切变化,常逗得我捧腹大笑;我说着学校的一切故事,包括哪个男生追我,哪个女生失恋。我们的交往,那般单纯。

骨子里的任性让我每次写信都记得问上一句,记得等我哦。或者是,记得喜欢我哦。

李诺回信从不表明立场,只是继续说着深圳的一切。他说,"丫头,深圳最近变化可大了,你毕业后记得回来哦。"

我回他,"只要你等我,我就回去。"

他回信说,"深圳越来越靓了哦,早些过来我请你吃柚子哦。"

我回他,"只要你喜欢我,我肯定去。"

他回信说,"你毕业没多久了吧?早些来嘛。"

……

年轻的我,是那么任性,想说什么就说什么;可成熟的他,却那般聪明,从不表明自己的心迹。

5. 回来

1999年,大四下半年实习期,我写信告诉李诺,我要回深圳看看。李诺很兴奋地说,"好呀,好呀。"

却没想到,临近出发时,与几个同学爬山,不小心从山顶滑了下来。我的半边脸严重擦伤。看着镜中的自己像个怪物,我有些气馁。

李诺一次次地打电话来问归期,我只好说,"我不去了,临时有事。"李诺叹着气将电话挂上。我有些心痛。

于是决定,偷偷地去,远远地看上他一眼。我更想知道,他有没有女朋友。

到了深圳,打车来到李诺的公司,门面大改,看来发展不错。找了个隐蔽的咖啡店坐下,透过他们公司的玻璃窗,远远地看着李诺的一举一动。他除了成熟,举手投足间还带着一种说不出的诱惑。我太想要一个他的拥抱了。那一刻,终于承认,其实我早就爱上了李诺。可我的脸,不容许我出现。

我要将最美的一面留给李诺。哪怕,这种美只是一瞬。可惜,我的脸两个多月才见好。所以,我始终没让李诺见到我。

6. 回转

从深圳回来,李诺的信已经像极了山堆。他说,"丫头,这几个月一直没有你的消息。去了哪里?"

写信给他说,"我一任性,突然就去了山区,支援国家建设去了。"

他说,"好样的丫头。这次的任性没有错。"

我笑,有些苦。

半年后,家里突然发生变故,不得不留在家里。于是,只好告诉李诺,我依然要留在山区。一年半载是回不了深圳了。

李诺回信说,"丫头,别太任性了,奉献是好事,但不能以失去为代价。"

想了半天,终不明白他的话。

2002年,家里的事终于过去。一切安好。却在几次搬家中,与李诺失去了联系。

2003年,我再次踏回深圳。寻回李诺公司,才知道,李诺自己成立公司独立出去已经有两年了。他的同事看着我说,"你怎么那么面熟呢?"

我笑,曾经是朋友。

他的同事终于恍然大悟地说,"呀,你不是多年前那个丫头么?"

我笑着点头。这时有人进来问,"老板,可以帮我翻译一些东西么?"

李诺的同事有些赧色地回答,"不行了,李诺不在这里做了,帮不了啦。"

转过头来对我说,"唉,真是可惜呢,李诺一走,这里的英文翻译业务却越来越多。"

我突然记起几年前,李诺说他英文并不好。于是问,"李诺的英文很好么?"

"那是,他的英文可是过了八级的哦。"

我的眼睛突然有些湿润。

7. 再逢

拿着李诺同事留给我的地址,终于在田贝路找到了他的公司。精心做了打扮,走进他的公司。前台小姐很是热情地用粤语问,"您找哪位?"

我很想用粤语回答,却不知道李诺两个字应该怎么说,只好用普通话说,随便看看。沿着长长的图书走廊,琳琅满目的小说,写着各色爱情。一本名叫《十年》的书很引人注目。随手翻起,书的扉页有句话这样写:十年前相遇,十年间相思,十年后失去。

我突然泪流满面。有些想他。工作人员见我拿着书一直掉泪,上前轻轻问了句,"小姐,你也被这本书感动了么?这是我们老板写的哦,你可以让他给你签名呢。"

仔细一看,署名正是李诺。擦干眼泪,走上楼去,我要看看他,以一个读者的身份。李诺正低头接一个电话,一脸温柔,模样比十年前更显年轻。他没注意到我的到来,一心讲他的电话。他说,"你要注意身体,少吃冷东西,回家后我再做辣子鸡丁给你吃。嗯……嗯……记得啦,一下班我就回去陪你,好么?嗯……"

听着他的缠绵话,我突然明白,他怕是成了家,娶了妻。手里的书一下子没拿好,掉在了地上。感觉心有些发空,如同一条被冻僵身体的鱼,脑子里一直回旋着他刚刚的电话。

转身,踉跄着离开。窗外有风吹起,我的裙角随风起舞,与我的寥落的心情,完全不同。快走下楼的时候,听得李诺在身后问了一句,"小姐,能告诉我,你叫什么名字么?"

心一阵痉挛,却终是没回头。看来,他是不记得我了,哪怕是一个名字。

8. 拥抱

2004年,我再次到深圳出差。走在深南大道上,一个人徘徊着回忆往事。迎面走来李诺当年的同事。他老远冲我招手,说"你好。"

我点头,笑。这个世界真是奇怪,想遇到的人终是遇不上;想路过的人却每次都遇上。

李诺的同事看看我说,"你越来越靓了,真不知道李诺那小子怎么想的。"

我有些不解。

对方说,"怎么?你不知道么?他前些日子刚结婚。结婚那天喝多了,嘴里一直叫着你的名字,你们是怎么回事?"

我的泪,如同路旁正艳的木棉花,大朵大朵开放。只是这一次,我没有犹豫,甚至来不及打扮,奔向李诺的公司。二楼,依然那么干净,李诺依然在讲着电话。他说,"跟你说了,注意身体嘛,我回家做饭。嗯……嗯……好啦,爸爸,我这儿来了客户,回头我打给你哦。"

挂上电话,李诺抬头,一直看着我。我走近他,任性地说,"李诺,你可以抱抱我么?"

李诺突然叫了声,"丫头?!"

我流着泪说,"你终于记得我了。"

李诺上前看着我,我却一下子扑进他的怀抱,将任性的眼泪一流到底。

李诺说,"丫头,去年你可曾来过这里?"

我不回答。十分钟后,离开他的怀抱,我说,"李诺,再见吧,谢谢你允许我,最后一次任性地拥抱了你。祝你幸福。"

转身的刹那,我听到李诺叹着气说了一句话。

他说,"丫头,当初为什么不坚持你的任性呢?"

脚,已经迈出他的办公室,却没有勇气收回来。如同,那些任性的往事。

带本书上路

文/刘萱

早年在外地求学,总要经过三四天,乘轮船,换火车,颠颠簸簸地到达目的地,一路的风尘和寂寞。聊以自慰的,便是随身所带的几本小书了。

孤身上路,无人同行,书是最好的伙伴。不过出门在外,带什么书也是有讲究的。但是不能太重太厚,难拿;不能复杂深奥,难读;不能长篇累赘,难记。如果带新书,最好是短些、杂些的,像林语堂、梁实秋、张爱玲、周作人之类的消闲散文,极适合在途中读,可以看看放下,再看又不会无从记起。因为人在旅途,总要被各种环境所影响,这时的看书,就不同于在窗边灯下的细细品味了。读读放放之间,原来凝滞似的时光就会如涧底的暗流,悄悄地流走。

也可以带旧书,旧书不厌百回读嘛。在家中看旧书,只有似曾相识燕归来的感觉,因为还有其他的选择,所以没有兴趣,不会深入。而在无聊的路途中,面对这样一本旧书,没有选择,又有时间可以细细品味,平时不及考虑的问题都能慢慢体会。而且因为初次看书的时候总有些匆匆,这时的细读细考便会有新的收获。元人陈秀明《东坡文谈录》中载:"东坡与王郎书云:少年为学,每一书作数次读。学如入海,百货皆有,人不能兼收尽取,但得其所欲求者耳。故愿学者每次作一意求之。如欲求古今兴亡治乱,圣贤作用,且只作此意求之,勿生余念。事迹文物之类,又别一次求。他皆放此。若学成,八面受敌,与涉猎者不可同日语。"苏东坡把一部书按内容分成若干项目,每次一个一个有重点地深入学习、研究,每一次重读都有新的收获。这就是读旧书的意义。

若是专程去游览名胜古迹,凭吊前人逸事,不妨带几本有关的人文历史的,以求参观时候心中有数,丰富联想,增加历史沧桑感。现在有不少文人墨客"用脚写文",讲述自己的亲身旅游经历,像余秋雨《千年一叹》、《千禧之旅》一类的,里面的文史故事可以看看。至于一些用地主的钱,帮人家说话的文字,大可放在一边了。

闲来修道,苦去学佛。不同处境要读不同的书。少不看水浒,老不看三国。不同年龄要读不同的书。可见人生不同时期、不同情境,看书的选择一定不可以忽视。

当然,一旦到达目的地,就要暂时将书收起,旅途读书告一段落了。朱熹有语:"书册埋头无了日,不如抛却去寻春。"我们不能埋头读死书,要学以致用。社会大课堂是我们一本读不尽的大书,在实践中去学、去用正是我们读书的目的所在。

然后,当你再一次收拾行囊,准备行装上路的时候,不要忘了捡几本小书一起带上。

江南四季的雨天

文/西毒

我亦说不清,这江南的雨,究竟是哪一季更喜爱。也似乎在江南,四季的雨均有各自不同的情调,也都讨去了我的欢心,实难论定哪一季犹胜几分。

我是喜雨的,年少时尤甚,几近痴狂的地步,每逢落雨的天气,必要拽上阿岚去雨里走一圈。这在当时,还是全校皆知的事情,不论男女,都在私下议论我俩的痴态。只在现今,淡薄了往日的伤愁,心胸亦随之而豁朗,于雨,虽则依旧欢喜着,却已有了很大的不同,只是远远地欣赏了。

江南的春天,历来多雨。绵延起来更似乎没有止境,常人也总道是"春雨三日愁煞人"。雨下得久了,自然就有碍于人们的出行。且似我这般喜雨的人,对着久不止歇的雨,也要生出些怨恼来的。但江南的春雨既是享有盛名,也必然有着无穷的妙处。杜甫就有诗云:"随风潜入夜,润物细无声"。于人而言,可在夜深人静之际,细味春雨的幽静之意;于物而言,则可尽情享一场春雨的滋润,酝酿浓浓绿意,只等来日勃发,所谓"春雨贵如油"者,说的便是此了。相信年轻的恋人们,大都喜爱这春日的雨天。因在这般的天气,或可手挚一伞,与恋人携手同游;或也可在园林中的亭台上,临池凭栏,洒着面包屑观鱼戏鱼。而在我,则更喜独坐在面山的咖啡馆里,啜着暖香十足的咖啡,向外观望。远眺可得山色,烟笼气罩,云迷雾漫,山之姿态若隐若现,山之意境静谧安详;近观则可得街市之景,人车川流,行色匆匆,"一年之计在于春"的匆忙景象,都可领略在心了。

夏日一旦前来，雨便会脱去全身的稚气，变得雄壮豪放了。我之所以喜爱夏日的雨天，是因为我喜爱那种暴雨突如其来的感觉。人行走在街道上，毫无征兆地扑下一阵雨来，打得人措手不及。人们或焦虑地急走，或抱怨着躲雨，或挥手打车……这样的瞬间，常规遭到雨的突袭破坏，秩序陷入一种可以接受的混乱，而在这样一片突现的混乱景象中，你会看到一些有意思的情节。诸如有人会为了一辆的士而争执不下，有人会为了躲雨的空间被抢占而怨声载道，也有人会为了身上的名贵衣服而扼腕叹息……总之一场突来的暴雨，会将人性中一些潜藏的东西打回原形，会让我们透过虚华的外表看到一些本质。这与人生有几分类似，长久的平淡中，总会在某些特定的时间，突然发生一些始料不及的事情，打乱日常的规律，让人随之而变动，而在这些变动的过程中，我们可以看出一个人的内在，包括我们自己。

待到暑热消退，秋气高爽时，雨便不复那样的狂躁，渐而平静下来。但秋雨总给人一种凄凉悲瑟之感，也似乎这样的平静是历尽了大悲欢和大沧桑后的一种疲惫。四季中我最爱秋，所以在我，品赏秋雨不可用眼，须得用心。秋天是听雨的最佳时节，万物都在此刻萧条下去，天地大气之间淡薄了春的躁动和夏的狂热，养孕成一派温厚的静寂。人在这样的静寂中，在山寺的院廊前听屋瓦上滴落的雨，听竹林中拍打的雨，听空气里飘过的雨……听这漠漠山色中的雨，空灵而缥缈，真会忘却自己的存在。我是幸运的，在我生活的这座城市里，有低矮的丘陵，更有个颇具盛名的"破山寺"，每年都可供给我听雨的秋趣。

当西风开始鼓荡起寒气，冬日逼近眼前时，雨开始变得冰冷而无情。南方的冬不比北方，北方落的是雪，所以虽冷而干燥。可在南方，泥土始终涵养着水汽，加之少雪而多雨，所以既冷而又阴湿。人在这样的气候下总感觉有种潮湿的霉味，似乎怎样都不舒爽。但我依然喜欢冬季的雨天，因为在湿冷的冬夜，可以窝在被窝里，静静地看那些经典的老影片。户外是一个潮冷的世界，风在呼啸急驰，室内却升腾起丝丝暖意，驱除潮冷的体气，眼前和缓的情节讲述着一个让人感动了无数次的老故事，这在我，是整个冬季最惬意的事情。

　　我知道在我的眼里，雨天是美丽的，但无论我将四季的雨天描绘得多美，那些厌雨的人们依然会厌雨，也许只有等到他们学会了用另一种眼光去看这个世界，找到了另一个角度去审视自己，换了另一种心情去体会生活，他们才会发现雨天的美丽，也会发现生活中许多事情背后隐藏的美丽。

我出去走了走

文/李小却

"闲人,你知道么,人在一个地方待久了会发霉的。"那句话是傻子说的。那是一个比早晨更早一些的时刻,而且是冬天。我躺在床上钻出被窝,看见窗外有了几丝亮光,翻身便起来了。我想这村子里肯定不会有比我起得更早的人了。

我摇了摇肩膀,便从屋里摇到了院子。院子里静悄悄的,一扇破旧的门扉抵挡着一切隐藏的威胁。门外边的风再强劲,院子里都有一个安静的夜。一扇院门固守着一个家园,固守着许多需要它固守的心。我偷偷地溜到院门前,想看看昨夜的风究竟给它留下了几道伤痕。我从下往上看,一寸一寸地往上看,然后看到了傻子。傻子也正看着我,而且眼睛比我睁得还大一点。我说,"傻子,你大清早的跑我家门口干什么?"他嘿嘿地笑了笑说,"我怎就不能跑你家门口?"

"好好好,你自便吧,我想回去再睡一会儿。"我扭转身就往屋里走,傻子就是在那刻说出那句话的。我愣在了屋檐下,回头看了看傻子那郑重其事的样子。良久才说话,这村子里头很多人都发霉了,又不是我一个。

第二天,我还是决定出去走走。

我记得离家的时候,只是对父亲说,我想出去走走。我说话那会儿,父亲坐在院子东边的角落里,手心握着一根烟杆,他只是点点头,没说什么。就那么简单,然后沿着小路往外走,一个劲瞎走。我经过锅巴家门口时,他正在听收音机。我没细听,不知道什么节目。我朝他笑了笑说,"锅巴,我要出去了。"

锅巴瞥了我一眼,问,"去哪儿?"我说,"外面,不会发霉的地方。"他随即"哦"了一声,继续听他的收音机,没再说什么了。我想,锅巴和很多人一样,注定要发霉的。有些人又岂止是发霉那么简单,比如爷爷以及很多和爷爷一样的人。他们在村庄里发霉了,然后渐渐腐烂成泥,变成了村庄的一部分。出生了,发霉了,再归于尘土。一个人一生的局限就是一座村庄的局限。

我走到村口便遇见了傻子。他蹲在石桥下边的那块青石上,手里拿着一根脱叶的竹枝,使劲地往河里抽打着,溅起一阵阵水花。我低头看了他一会儿,然后大声喊着,"傻子,我要出去了。"他猛地停下了,歪着头看了看我,说,"怕发霉?"我忙说,"不不不,只是想出去走走。"他也随即"哦"了一声,接着抽他的水花。

我一个劲地走,天忽地一下被我走黑了。我再一个劲地走,天唰地一声又被我走亮了。我昨天经过了一棵槐树,走过了一条田埂;今天走过了一条田埂,再经过了一棵槐树。仅仅一个来回,很多原本认识的人以及事物,不再认识了。

我捡来一块石头,在那棵槐树墩上狠狠地做了一个印记,刻上了我的名字。第二天莫名其妙地又看见了那棵槐树,可那印记没了,名字也没了。我想看个究竟的时候,天啪地一下黑乎乎的,伸手不见五指。然后我有一脚没一脚地往别的地方走,没有人知道我要去哪里,包括我自己。但我敢肯定,自己是走在一条田埂上的。

一棵槐树,一条田埂,我怎么走也走不出去。一个人一生的风景,可能只在熟悉的两者间徘徊。

我不知道究竟折腾了多少年月,只是感觉已经很久了。很久了,久得让我有些厌倦、疲惫。我也不知道自己究竟是怎么回去的,反正莫名其妙就到家了。推开院门,发现父亲还坐在那个位置上,手里拿着一根烟杆。我低垂着头说,"爸,我回来了。"他仍旧只是点点头,没说什么。

院门"啪嗒"一声被踹开了,进来的是锅巴,手上提着的是他的收音机。他上下打量了我一阵说,"闲人,回来啦?以后不知道自己要去哪儿就别乱跑。"然后他告诉我,我不见的那些日子陌陌找过我好几次,都急哭了。陌陌已在院门外,愣愣地看了我一会儿,眼里写满不解和疑惑。我缓缓上前,有些不知所措。我说,"陌陌,能走到哪儿去呢,瞎担心什么,我再怎么走也走不出宿命。"院门再次被踹开了,是傻子,"大家都不担心发霉,你干嘛要怕它。"我说,"得了,你个傻子,我这不已经回来了嘛!"

那天夜里躺着还有些不安稳,这都几年没人睡的床了,真担心是不是我的。或许早已是老鼠窝了。事实也的确如此,我清楚地数过,一夜间有七条老鼠从我的脸上爬过。它们企图赶走我,可惜它们失败了。对一群小老鼠来说,我是一个大东西,大得超出了它们所能承受的极限。接着我看见灯亮了。灯影里是父亲,他笑了笑说,"我当年和你一样,出去走了走,没多久也回来了。"

也不知怎么,父亲出去后,再也没老鼠来爬我的脸。屋外的那扇院门,被风吹得噼里啪啦响了一夜。我一直没睡,一直听着。

花　枕

文/指尖之舞

秋将尽,长日渐短,人却开始迷糊。

太阳总是不情愿地露出她那红扑扑的脸面,待到人于她的施舍中舒展,便收拾行囊,轻飘飘地走了。你甚至根本来不及仔细回味,曾经有过她的光华变作惺忪的睡眼,在漆黑一团的夜里,无梦无歌。

而午后,空旷的田地小鸟都跑开来,所有耕作的人开始闲散。

男人们拿了长短不一的烟袋,围聚在村里的五道庙前,话倒是不多,只听得叭叭的烟锅磕在青石上略显沉闷的声音。

女人们手里拿了针线,将银闪闪的针在黝黑的发间轻轻刮几下,那针便卸了迟钝,随灵巧的手飞舞自如。

这时候的好光阴总是短到几袋烟的工夫,一件布衫上的补丁尚未能完工,日头便开始朦胧。

黑渣坡上,拨浪鼓扑拉拉的声音,穿过枯草掩映的河岸,远远就入了人的耳膜。小孩子们飞也似地从门道里跑出来,叫喊着自家的大人。这是货郎来了。

货郎一般都是外乡人,穿着和我们大不相同,总是蓝的映着青的中山装,脚下是一双千层底的圆口鞋,肩挑了扁竹竿,走一步,颤悠悠地,气不喘,心不跳。他的口音又出奇的好听,说话慢条斯理,入耳,说不出的妥帖。小孩子便学他的语声,招来一阵哈哈大笑。

他挑的是百宝箱,有那些七彩的丝线,有银光闪闪的针,有花花绿绿的布,还有缠绕一团的各式毛头绳,而最让人喜爱的,怕是那些色彩缤纷的颜色粉了。

在那年月，人们穿的、供销社卖的，除了灰便是蓝、青、白，像这样多彩的世界，都是梦中的奢望吧。

祖母在我急匆匆的身后，风掀起她阔大的衣襟，鼓囊囊的，胸前似抱了一个大南瓜。

货郎到来的时候，人已经很多了，照例谁递给他一缸水，他说声谢谢，小孩子们附和着，一片此起彼伏的谢谢声，婆姨们哄堂大笑。有男人递烟袋过去，这时，货郎便从胸前的口袋里掏出方正的铁制烟盒，打开来，一排白色的烟整齐地排列着，拿一支出来，递给送烟袋的人。

小孩子都踮起脚尖，注视着他的一举一动，当看到接他烟的人不舍得地将把烟夹到耳后时，又招来一阵笑。

箱子里整齐的格，一格一样新鲜，人的手，好像爱惜似地不敢伸出去触摸它们。这些美丽的东西，好多年后，我还是会想起，当我穿红戴绿，总是觉得颜色不是很地道，我情愿相信货郎担子里那些颜色，纯得让人心痛。

五分钱，便可得两勺色粉，祖母又用五分，买得二尺红头绳，这样我牵了祖母的手，欢快地回家了。

锅里烧上水，祖母开始忙碌，一块白布中，间隔不足半尺，揪一把起来，用麻绳缠牢，最后，这块布面目全非，我充满狐疑，眼睁睁看着祖母将那些色粉放到热气腾腾的锅里，用树枝搅拌，然后把布放进去。

我问祖母，这是在干吗？

祖母神秘地笑着说，"不告诉你这个小机灵。"反正，不久会真相大白，我也就专心对付我的红头绳了，小辫短了些，我的手，竟不能将它们装扮自如，心下有些懊恼。

大约半个时辰，祖母用树枝将那块被染得分不清颜色的布挑出来，热气腾藤地挂在铁丝上。我看它们并不见好，而且皱皱巴巴，远没有原来那些白布好，便再不理会它了。

到第二天中午,从梦里归来,祖母在炕头正用心叠着一块草绿色的布。我爬起来,哇,这是多么漂亮的一块布啊,草绿色的底子,映着青白的花。我坐上去,像坐在春天,我和花都开了,如此惬意,如此饱满,如此欢欣。

祖母用这块布给我做了一个枕头,她说,枕上它,梦里就会有花开,我会更美丽。

那,是这样的花吗?我用手摸索着那些青白的花。

不止这些,会有更多呢,有红的、紫的、黄的……要什么就会有什么呢!

那夜,我心甘情愿地从祖母的怀抱里出来,枕上我的花枕,盖上我的暖被,一个人,等待着春天,等待着温暖,等待着那些缤纷的花开,还有那些轻巧的花开之声。

而我不知道,花甲的老祖母,在拥着她黑蓝的方枕做沉梦的时候,繁花会来吗?

暗恋,泪流满面

文/舞月飘雪

　　小米说,我什么也不需要,我只要你一句话,一句承认我的话,就行。

——题记

1

　　小米路过子墨的 SONY 专卖店时,对方再次把一大束玫瑰递到她手里,笑容像秋天的阳光,明媚中透着成熟。

　　子墨说,"小米,再次感谢你。"

　　小米接过花,什么也不说,径直跑回了家。路上的行人纷纷侧目,以为这是一个正在热恋的女子。其实他们没有发现,小米的眼里已是泪水肆意。

　　因为,她手里的火红玫瑰,是替子墨送给自己的室友沈菲的。

　　送人玫瑰,手留余香。

　　但是,自己心里一直藏着的人,要通过自己把玫瑰送给他心里藏着的另一个人,这实在不是一件幸福的事。

2

　　小米跟沈菲是校友,又同时留在了这座城市工作,一个广告设计,一个服装设计,都是不错的职业,工作后一直住在一个屋檐下,两人感情很不错。

沈菲是个大大咧咧,且很现实的女子,总是将自己打扮得过分妖娆,然后穿上自己设计的衣服在大街上四处招摇,来来回回,仿佛她自己不是一个设计师,而是一个专业模特。为此,小米总是劝她,淑女一些。可沈菲却总笑小米老土。

沈菲说,"小米,赶紧换掉你的眼镜,去配一副隐形眼镜,再穿个耳洞,烫个卷发,然后换一身韩国服。"

小米总是习惯性地把鼻子上的眼镜推上一把,说,"为什么呀?我感觉我这样挺好的。"

沈菲就会笑她,"傻帽儿,再不时尚点儿,你会嫁不出去的。"

小米就不乐意了,说,"瞎说,谁谁谁在学校时不是还追过我吗?怎么会没人要呢。"

沈菲笑得上气不接下气,说,"得了吧,那个谁谁谁是个有名的二愣子,你还真拿他当盘菜呀?秀逗。"

小米就不还口了。她不得不承认自己的确比不上沈菲时尚,比不上她漂亮。但是,个性使然,又能如何呢?

所以,任沈菲再三教导,小米就是不肯去换了眼镜,也不肯去烫发,更别说换什么韩国服了。

但是,当沈菲把子墨领回来的时候,小米的一切都发生了改变。先是买了一身韩国娃娃服,脸上扑起了粉,甚至还买回了一支 DIOR 口红。

因为,她发现,自己对子墨一见钟情。

3

子墨是那种让人看了心里会很舒服的男子。一身休闲打扮,总是一色系的白,健康的麦肤色皮肤,在阳光的映照下熠熠闪光,温和的笑容既儒雅又成熟,漂亮的贝齿给人很健康的印象。更重要的是,他的SONY专卖店在市区已经开了五家分店,经济实力不容忽视。

这种男人,所有女人都会中意,沈菲也喜欢。所以,她很快就把前任男友甩掉,继而万般娇媚地扑进了子墨的怀里。

子墨是个好脾气的男子,总是任沈菲赖在自己怀里撒娇,像哄孩子一样听对方的一切唠叨与抱怨,然后又像兄长似地给予一些建议跟帮助。一次沈菲的服装设计没有达到公司的要求,所以公司拒绝出资设计,但沈菲却很看好自己的设计,子墨毫不犹豫地给了沈菲三万块,达成了沈菲的心愿。这让沈菲感觉从未有过的踏实,她不止一次地在小米跟前说,"这个真金男人,我嫁定了。"

小米听了,除了笑一下,就是祝福几句。然后,心就会很疼很疼。

因为,她知道,自己见到子墨第一眼,就已经喜欢上了对方。所不同的是,沈菲喜欢的是子墨的外在,而小米看中的,则是子墨骨子里透出来的那份儒雅。

子墨来找沈菲的次数越来越多,有时候沈菲不在家,小米就接待,一来二去,两人也会聊上那么几句。一次,小米正在淘米做饭,子墨开了句玩笑,说,"看不出,你还会做饭呢?"

小米低着头,不看对方,轻声说,"做饭是女子的本色。"

子墨就站在厨房的门外看着小米忙活。突然他说了一句,"小米,其实你应该去配一副隐形眼镜。"

4

小米真的去配了隐形眼镜,回来的路上,还特意去烫了卷发。直到看着镜中熟悉的自己一点点退去时,她才惊叹,原来,自己也可以这般娇媚。她的心情一下子就好了起来,甚至特意拐了个弯儿,跑到子墨的SONY店里去。

进到店里,子墨刚好也在。小米笑着仰起头来看着对方,她想,这次子墨应该会注意到自己吧。

可子墨说出来的话,差点没让小米背过气儿去,他说,"小姐,需要买点什么吗?"

小米再次认真地昂起头,看着对方。

对方依然没认出自己来。小米瞬间像卸了气的皮球,矮了下去。她慢慢地走出子墨的专卖店,一步步踱回家里。

刚回家就听到沈菲在很大声地讲电话,似乎又是她的一个设计没有过关,正跟老板在电话里吵着架。

小米知道,沈菲是从来不做饭的,她走进厨房开火做饭。她心里一直想着刚刚子墨的表情,看得出对方对自己的确一点印象也没有。想着就有些伤心。

火将锅烧热了好大一会儿,锅干了,冒出丝丝青烟。小米这才记起自己没有切菜,连忙关上火,拿出菜叶,一点点儿洗着。

这时沈菲的电话打完了,发现了正在厨房忙活的小米,她大叫着问,"小米吗?你真的变样儿了?好漂亮!"

自己的背影沈菲都能认出来,而刚刚自己那般倔强地将头仰在子墨的眼皮底下,对方却不曾认出来。小米的泪瞬间就落了下来。

5

沈菲是个不安分的女子,自己的设计一次次不被通过,她有些怀疑自己的设计水准,于是央求子墨给自己出资,让自己能够重新学习一下。子墨答应了,拿出五万块让沈菲自己挑学校。沈菲很快联系好了大连的一个服装学校,虽说离这里远了些,但大连的服装设计业在全国都是数一数二的。

就在沈菲热血沸腾地等着出发的前一天,子墨那边突然就出了车祸。沈菲一边抱怨,一边忙着准备出发。小米突然就生气了,她说,"沈菲,你到底爱不爱子墨?他的腿被车撞坏了,如今人都躺在医院里,你就不能牺牲一下,在家里陪他一段时间吗?"

沈菲笑着摇头,说,"不,我是个事业型的女人,我相信他会理解我的。"

小米突然骂了一句,"忘恩负义!"

沈菲没有计较,转身却求小米帮忙,她说,"小米,帮我照顾一下子墨吧,我必须去学习,服装设计是我一生的志愿。"

小米看了看沈菲,对方眼睛里除了即将离开这里的兴奋,别无其他。她叹了口气,什么也没说,转身进了厨房。

沈菲走了,去大连追求自己的理想去了。病房里的子墨一直受着小米的照顾,一日三餐都是不重样的吃食儿,子墨感激一遍又一遍地说,"小米,谢谢,谢谢。"

小米什么也不说,在心里只有一个愿望,就是对方能够看到自己的变化,比如,换了隐形眼镜,烫了卷发。

可子墨非但没有注意这些,而且似乎忘了那天小米跑到店里找自己的事。这让小米有些伤心。

6

一个月后,子墨出院。因为车祸较严重,所以他的右腿有些微跛,这让一直很注重外表的子墨有些气馁。但他没说任何话,只是一直紧握着手里的电话。小米知道,子墨是想收到沈菲的一些问候与安慰。于是,她跑出好远,给沈菲发了个信息,子墨现在需要你的安慰。

沈菲没回。

小米有些失望,子墨更是。

两人一前一后地走出医院,走到一家玫瑰花店时,子墨突然笑了起来,好看的牙齿在阳光下再次重放光彩。他走进店里,挑了一束火红的玫瑰,让人给包了起来,然后转头问,"小米,好看吗?"

小米激动得满面绯红,一个劲儿地点头。

这时,子墨又问了一句,"你知道沈菲在大连的地址吗?"

小米这才明白,对方是想把花儿空运给沈菲。感觉很受伤。

7

更让小米伤心的是,子墨不仅把玫瑰送到了沈菲的面前,更把自己送去了。也就是说,子墨在出院的那天下午就迫不及待地跑到大连去看沈菲。

把这个消息传递回来的是沈菲。这个聪明的女子在电话里说,"小米,我知道你喜欢子墨,把他拿去吧,我不会要一个跛子的。"

小米拿着电话狠狠地摔到了地上,然后跑到机场去接子墨。

子墨最后一个下飞机,他的脸上甚至还有刚刚哭过的泪痕。看到小米来接自己,些许惊讶。最后没能忍住,一下子抱过了小米,失声痛哭起来,宛如一个失去玩具的孩童。

小米就那么抱着子墨,一直等到他哭够了,松开,然后才安慰说,"不怕,有我呢。"

感情与车祸的双重打击让子墨仿佛变了一个人,店里的生意一落千丈,除了喝酒就是悼念过去的种种,小米的生活因为子墨突然就变了样儿。每天下班后第一件事就是跑到酒吧去找子墨,然后将他带回家去,听他的唠叨,给他擦脸,劝他吃东西。一次,两次,子墨终于被小米感动,两个月后的一天,他突然拉过小米的手,问道,"小米,你喜欢我是吗?"

小米点头,毫不犹豫。她不想错过这样一个机会,哪怕是别人丢掉的爱情,只要自己喜欢,依然要捡起来,放在手心里握紧。

子墨看了看小米,又问,"那你需要我为你做些什么呢?"

小米看了看子墨,摇着头,很坚毅地说,"我什么也不需要,我只要你一句话,一句承认我的话,就行。"

子墨就笑了,却有些疲惫。

8

小米跟子墨就这样开始了交往,跟子墨与沈菲的交往完全形成了鲜明的对比。前者是热烈奔放,犹如那一朵朵怒放的玫瑰;后者是不咸不淡,温和得很。

小米想,也许这就是生活吧,平淡又平和的生活。她想,只要有一点点感情在生活里,就够了,感情多的生活,往往会带来更多的伤害。

子墨重新开始了工作,他的SONY店又连开了两家,很是红火。所有人都知道,他有了一个新的女朋友,一双明亮的眼睛,一头乌黑的卷发。

年底的时候,子墨的父母到这个城市里玩,见到了小米,很喜欢,遂催促他们结婚。席间,子墨看着小米,问,"你愿意嫁给我吗?"

小米羞红了脸。没来得及回家,沈菲的电话就来了。

子墨接到沈菲电话的时候,脸色突然变了。他丢下正在吃饭的父母,还有小米,跑出酒店,任小米一个人坐在那里流泪。

9

沈菲出事了。

在大连学习设计的时候,她爱上了一个老师,而那个老师是个有家室的男人,结果被对方的家室找人打了一顿。她的脸上从此落下了难看的疤痕。

小米看着像猫咪一样乖巧的沈菲,此时正躲在子墨怀里瑟瑟发抖,她转身离开。暗恋,永远是暗恋,永远不可能正大光明地夺走对方心里的另一半。她想。

可她没有听到,子墨正安慰沈菲说,"我可以给你一切,但爱情不可能了,我现在爱的是小米。"

小米离开的第二天,她的门上插满了玫瑰,火红火红的,花瓣上的露珠一滴一滴地向外淌着,像极了眼泪。

搭便车的蝴蝶

文/鹤鸣

一个薄雾清风的早晨,我骑着摩托车行驶在上班的路上。一只粉白的蝴蝶迎面飞来,撞在车前的载物篮上。也许是风太大了,它一再扑腾着翅膀,却总是无力飞离。

我心生怜惜,渐而松了油门,想放它走。在它振翅的刹那,突然又改变了主意,希望这只小精灵能陪伴这段寂寞的路程。我重又紧了油门,怕它冲开风力飞走,又不敢太快,怕它纤弱的翅膀顶不住风的压力,就这样一路小心翼翼地带它同行。

途中经过一个三岔路口,我原以为左拐弯的时候它会趁风向转变而逃离,但它没有。带着因突如其来的感激而灿烂的心情,我到达了报社门口。车停了,白蝶也下了车,在我面前翻飞两圈,翩翩而去。目送它欢快地投进报社的青竹林,我不禁微笑,也许这只白蝶是故意搭上我的便车呢。之前担心把白蝶带到一个远离朋友和亲人的陌生地方,它会不会惶惑,会不会害怕?却是多虑了。

其实人生何尝不是如此?面临眼前的便车和未知的旅程,人们也许就像这只白蝶。

犹记得年幼时那个冬夜。我和母亲走亲戚回家,在僻静的郊外马路边等公共汽车。黑夜里只有我们两人,等了许久仍不见车来,我沉浸在恐惧中。远处一辆大货车开来,出乎意料地在我们面前停下来,一位男子探出头,"没搭到车是吗?上来吧"。我还在怀疑男子是否歹人,母亲已牵上我的手准备上车。我带着一种忐忑而凛然的心情上了车,一路无事,男子将我们带到了万家灯火的市区。那是我人生中生动的一课,不仅温暖着我的一生,也让我相信世上还有许多温暖的存在。

前不久听到有人聊天,也是有关搭车的事。他们从隆回高洲温泉回来,两位十四五岁的小姑娘拦路搭车。上车后司机问她们,要是他是坏人怎么办。小姑娘说他看起来不像坏人,还说她们常这样搭车。他有点自得,是呵,被人信任也是一种幸福啊。我想起自己,一辆摩托来来往往,有时见到路人一脸焦急匆匆而行,内心也很希望搭他一程。但是若非熟人,我不会开口,担心自己的热忱被人误作不良居心。也曾经打伞在雨中,看别人淋雨疾行,很想与之共伞,可是开不了口,唯一一次主动将伞撑到头上,还是聋哑学校一位聋哑少年。他似乎不习惯,走得很快,还几次走出伞外,我跟在后面打伞打得很辛苦。

相信很多人都有过这种经历,有时希望别人能搭上自己的便车,有时希望自己能搭上别人的便车。可是大多时候我们将想法藏在了心底,怕遭到猜疑和拒绝,一如我们碰到可以改变自己人生轨迹的机遇时,那种思前想后的忐忑和裹足不前的犹疑。我常常羡慕那些美国人,他们能爽朗大方地在路边伸出大拇指,轻易地搭上一趟顺风车。这样搭车的移民后裔,他们很少因为害怕未知的旅途而放弃前行,体现在人生态度上,便是开拓和创新,积极和勇敢。

搭上便车的白蝶可能害怕过,可是,它在有限的机遇和时间里绽放了不一样的精彩,生命因此而富足。

拾穗的孩子

文/江湖一刀

我已无数次眺望过那些孩子了。那些或拎着口袋,或挎着竹篮,在老家的麦垄间捡拾麦穗的孩子。

说是眺望,因为隔着二十多年光阴,几百里地路程。但隔得再远,也远不出心灵的记忆——这些年来,我时常回首,遥望老家,川中丘陵深处,那片贫瘠苍凉的乡土。而每一次回首,都禁不住要凝望,灿烂阳光里那片辉煌、辽阔的麦地,那些在麦地里,躬伏着腰脊,缓缓而行的拾穗的孩子,心里充满莫名的感动和惆怅。

因为,我就曾是其中的一个。

二十多年前,在乡下老家,每到夏天,收割季节,都是如泼如泻的浩荡阳光,汪洋恣肆。在那阳光里,一块又一块的麦,黄熟了,又被镰刀割倒了。一捆又一捆的"麦个儿",也被父兄们搬到晒场上,或庭院里了。刈割后更显得寂寥、敞阔的田野,便像产后的母亲,在微微的疲惫和倦怠中,怀着安稳而恬淡的心情,沉入吉祥的宁静。

而麦田里,依然有小小的遗落的麦穗;依然有小小的孩子,在明媚的阳光里,不断地奔走着,不断地弯腰俯首,捡拾起那一穗穗沉甸甸的金黄。他们,或戴着破旧的草帽,或光着铿青的脑袋,裸着黝黑的小身子,像虔诚的朝圣者一样,一次次将双手深情俯向大地,捡拾着那些被镰刀和筐篓遗漏了的麦穗,捡拾着那些能养命活人的精贵的粮食。

那时,那些孩子,从父母的眼睛里,从父辈们对天地的虔诚祈求里,从自己刚刚亲历的灾荒和饥饿里,已经深深懂得:吃,是最古老、最永恒的事情,是最紧要、最关键的大事——穷人的孩子早当家,饥饿和贫寒,使他们早早地,就体验到了生命的苦难和艰辛。

隔着二十多年的光阴看过去,那时候,天地格外高远,广袤,静谧辉煌。山淡淡地蓝着,水缓缓地流着,风轻轻地拂着;连阳光,也只静静地倾泻着,炙烤着。孤立的田野之树,在一片裸露的土黄色背景里,也便绿得格外鲜亮,明静,像田野上肃立静止的旗。

而那些孩子,他们缓缓而行的身影,便成了这高天远地的精魂,成了这帧美妙风景的点睛之笔——衬得那久远的土地,格外地博大、仁慈、悲悯。

天太热了!毒辣辣的阳光在头上烘烤着,像一根根烧红了的铁丝,烫烙得他们浑身灼痛。汗水如注般,不断地从那小小的脸额间、脊背上涌冒出来,又"呸呸"着滑下去,滴落在滚烫的麦地里。但他们始终低俯着头,弯曲着腰,圆睁着眼,在田垄里,麦茬间,仔细地觅寻着,捡拾着。他们始终勤勤恳恳地奔走着——欢快得像不断飞动的蜻蜓;那勤劳的翅膀,遍及麦田的每个角落。

小小的口袋,也就慢慢鼓胀起来。探出竹篮或布袋的一簇簇麦穗,便像一支支朴拙的歌谣,在黄昏的归路上,伴随着他们深一脚、浅一脚地,蹦跳着抒情——就这样,我和他们一起,度过了童年和少年时的每一个夏天。并且真正地懂得了:每一穗饱满的麦粒,都是劳动者的汗水和心血凝聚而成;我们不能轻易地将它们遗忘在收获之外。

二十年多后的今天,在这遥远的城里,我已完全地失去了雨水和节气,失去了耕种和收割。再没有一块麦地,需要我虔诚俯首了;再没有一穗麦粒,需要我弯腰捡拾了。我只有一次次回首,在眺望里,捡拾这帧过去的风景,捡拾那段鲜为人知的情感。就像每个在土地上生活过,后来又离开了土地的人一样,我深切地怀念着那片田野,和在那田野上度过的美好岁月。虽然我知道,实际的情形是艰苦的,遭遇苦难是不幸的,但当苦难过去,它也会给我们一些报偿,并成为我们内在的自信与刚强。

  此刻,当我再一次回首,眺望那些孩子,当我凝视着那黝黑的脊背,那浑浊的汗滴,我隐隐地触摸到了其中的沉重——二十多年后的今天,一穗麦粒,已不能让我们弯腰俯首。甚至,成桌的饭菜,也不能让我们怦然动心——回想起二十多年前,我弯着小小的脊背,俯身田间,捡拾着在烈日下闪烁歌唱的麦穗的情形,我的心,就忍不住隐隐作痛。不能消化的昨天,就像一根根尖锐的麦芒,横亘在我的灵魂和喉咙里……

什么鸟

文/赵万里

树林子大了,什么鸟没有?

这一句话,再熟悉不过了。只是从来也没有深究过:什么鸟,到底是只什么鸟呢?

什么鸟,史前便有了。传说尧命羿射十日,中其九日,日中九乌皆死,堕其羽翼。九乌——九只什么鸟来着?

平日里收集了数百幅汉画,西王母座旁,常见它神气活现,俨然鸟雀之王。

难怪古时候,好汉们常说:兀那鸟人。

鸟人又是什么鸟?《山海经》里说了,有人焉鸟首,名曰鸟氏。想来是爱展翅的高人吧。

我是听着鸟叫声长大的。偏偏笨嘴拙舌。故尔诸类鸟儿中,最偏爱画眉与百灵;诸般曲艺里,最偏爱口技和双簧了。闻得旧时的北京天桥,有相声艺人"百鸟张"撂地作艺,开场前,先以白沙撒字,就地写清各种鸟雀名,然后一一摹拟,听之如百鸟闹林。清代的《都门杂咏》里有诗为证:"学来禽语韵低昂,都下传呼百鸟张,最是柳阴酣醉后,一声宛转听莺黄。"想一想,听觉里也是一派春光了。

生为北方人,心驰神往的却是南方。南方有嘉木,处处闻啼鸟。每每走过竹林花径,总爱在那民风里徜徉。吴侬软语,鸟叫似的,韵律是韵律,声腔是声腔,婉转得带出悠悠绿水,脉脉斜阳……

那年我去了芙蓉国,满眼尽是霓裳羽衣,忽然就有种鸟投林的归宿感。想来我们的祖先,必定是漂亮的大鸟,凤兮凰兮,扶摇直上。

五百年一个轮回,陌上草青青,树木已成林,什么鸟都有了,熙来攘往,唧唧喳喳,好不繁华。

一时兴起,径直去游马王堆汉墓。从同伴手中接了门票,见那票面上彩印着一轮红日,日中一只三足乌,不由得又想起那一番典故。凝神看时,那三足乌,却印作了两足。呵呵,这是一只什么鸟?

转入馆中,又见得一幅丈余长的西汉帛画,那红日之中依然是两足的鸟雀,让人如坠五里雾中。惊问讲解员,得知是一幅复制品,当年出土时临摹了挂在这里,竟有几十年了。

我紧忙搬出三足乌的典故,同伴怪我鲁莽:几十年了,多少考古学家到过这里?难道会没有一双眼睛发现,这是一只什么鸟?

我疑惑了,手持这一张门票,一时间竟有些踟蹰。

待回转来,翻开上海辞书出版社一九八五年出版的国内最具权威的《中国神话传说词典》,豁然见第二页彩图上,便印了马王堆一号汉墓出土的这幅西汉帛画《十日并出》,那红日之中的三足乌,竟也是两足……

我无意苛责当初临摹这汉画的工匠,想那汉画出土之初,必是斑斑驳驳,满是裂隙,况乎他们生来和我们无异,并不曾见识过三足的鸟儿,即便依稀看见那鸟儿以三足翘立,也难免会以为那是一条裂纹。你见过三足的鸟吗?那是一只什么鸟?

只是遗憾:几十年了,这一幅错讹仿制的汉画,何以竟畅行无阻?多少人走马观花,视而不见?它又是怎样大模大样,走上了我们的教科书?也许,这一只什么鸟,早已衔着古老的传说,远涉重洋,飞越了许多美丽的国度?

金乌东升,玉兔西坠,那一年,我应邀撰写《中国儿童知识百科全书》的神话卷和民间传说卷,不由得又想到了三足乌。面对着那一幅错讹仿制的汉画,我该怎么给孩子们讲述,那是一只什么鸟呢?

"树上落了一只,一只什么鸟?咕——咕——咕——咕……"在流行歌曲里长大的孩子,想象的翅膀,或许再也无法飞抵远古?

羽毛般的日子一天天飘落,可这只什么鸟呵,偏就挥之不去,在我心里筑了巢。

生活在常识里,常识,那样根深蒂固。那是一株千年老树,根植于我们观念的水土,哪一缕春风都似曾相识,哪一场秋雨都见惯不惊,只是不经意间,被一声鸟啼唤醒,才感觉周围是那样的陌生。

或许陌生的地方,才藏着我们最熟悉的身影?

生活的常识盘根错节,好大一棵树!而艺术的天空,十日并出。那每一轮红日里,都有一只三足鸟,它们御风而行,自由无羁,引领着我们的渴望与梦想……

那是一群什么鸟呢?

当藤蔓爬上眉际

文/蓝音天蝎

这天傍晚,如水的凉,澄澈的风,席卷着一藤叶脉,在耳际,在鼻尖缭绕着。搬个马扎坐在长廊的台阶上,依偎着冰凉的石柱。举首,一连片的绿叶夹杂着星星点点的紫色喇叭花,在被鸟儿流连过的暗影下,独自寂静。

我假装在这藤蔓的世界里,可以放下一切。

花瓣上舒张着如同几米笔下寥寥的线条,一路雨丝风片中浸染而下,在一方褶皱中扎根,然后发出关节般快乐的鸣响,蘸着花的幽香。

谁家的院墙有藤蔓依旧攀爬,是节节的丝瓜和黄色的南瓜花,成熟的,和将要成熟的,在这多情的季节,盈盈着一院的幸福时光。

我想那盘中和着豆油一起煎炒得焦黄的南瓜花,怎样被我异样的目光吞噬,怎样被我一个劲地称道。来自南方的我,还是第一次吃上南瓜花,酥酥地软在唇齿间,含香,悠长。

江南是我的起点,可是,最终,我落在北方的经线上,眺望。

藤蔓绕着一树火红着的石榴花,在墙外延伸着,我期待她摇摆的裙子,能无意间掠过我的眉梢,我抚摩她坚实的花瓣,我想象她丰润的果实,我喜欢她在夏日的温度中敢于火热着,激扬一世的情愫,哪怕刹那芳华。

又是谁家院落,耸着一树的无花果,惹得经过的孩子不时地祈望。那是一株大家都知道的好树,果子特别的甘甜多汁,味道芬芳,引得一地的孩子拿了竹竿昂头钩着,打着,欢呼着,惊叫着。

打着果子的孩子立即在树下小心地剥着无花果的皮,美美地扔进嘴里,心满意足地嚼着,舒展着眉头和心头。也有小些的孩子抢了个生点的果子,跑回家去,让大人放冰箱捂捂,明日再吃一样爽口。

无花怎有果,只因无花果的花朵太小,因而见果实而不见花。我至今还是没能寻得她一星半点的花影,只有期待明年的夏日,烟雨润花色,访花扣叶端……

在无花果枝枝丫丫的许多部分,你可以看见温柔的藤像手指在缠绕,仿佛和叶亲昵地嬉笑,又似在脉脉地暗示。这时,你会发现一串串青涩的葡萄,沉甸甸地坠着,仿佛充沛着一股气,被水墨清淡成了一幅景象,流淌于视野的上方。

在东边的藤架上,唯一一串紫色的葡萄,渐已晶莹,泛着别样的光泽,风姿绰约在薄荷味的空气中,清凉。

就那紫色,深深藏在满目碧绿中,铮铮淙淙,伴着山巅水涯的步履,分明印着岁月的痕迹。

就这一抹草藤里的紫色,不见脉络,写意地横在天空的一隅,忽然枯瘦起来,好似"眼空千古,独立一时"的徐渭,肆意泼洒的水墨里,疏旷恣肆着心野的青藤,淡淡哀伤,又嶙峋纵横。

不知郑板桥为何那般推崇青藤道人,情愿做"青藤门下走狗",并刻有印章一枚,这种佩服沿袭到齐白石身上,依旧对他倾慕备至。但不知是因为徐渭身后之名,还是为他身前的多舛命运。

葡萄架下,想起烈火般明艳的向日葵,它没有柔曼的枝条和无尽的纠缠,向凡·高那样独立,那样决绝,甚至自戕,也不愿攀附,也不愿意依赖,也不愿苟活于世。

徐渭和凡·高,有着一样为艺术而骚动的灵魂,尽管卑微着,挣扎着,却依然能够超越时空,水墨油彩,殊途同归。

佛说:要放得下。可在这无尽的晴空下,许多变幻着的前尘影事,还是被枝枝叶叶的藤蔓牵畔着,滴答到眉际,奈何?

前世今生就这样浮沉,就这样隐现,并且轮回,殊不知这只是一场正被忘记的梦。

这个地方,这个时代,不潦倒的青衫薄面几多?

我终于等到藤蔓爬上眉际,而许多的过往从未遗弃,无论是源于骨子里的,还是后天被烙上的,而所有这些都是我人生的果实。有斑驳的皱纹,有香甜的汁液,和沧桑却幸福的爬痕。

收了马扎,我好似老了千岁,即将归去。

那些来了的又去了的步登,曾经相逢,又何必挽留。

见了,又似梦里,坐来虽近远如天。

我撩开青青藤蔓,让自己沉静在一片稻田的蛙声里,继续梦着。

在中亚细亚草原上裸奔

文/卓杨子叶

开始是在黎明里,也可能是在黑夜里,细碎的蛙叫,碧绿的青草,听到了那若有若无的草原上特有的声音,可能是与友结伴同行,也可能是一个人踽踽独行。不,这里是不该用行走的,该用跑,跑字似乎也不能准确地表达听到《在中亚细亚草原上》这首曲子的感受,奔跑,奔跑,对,是裸奔,裸奔不是我的身体,是我的思想、我的情绪、我的无奈、我的彷徨、我的呐喊,还是我内心的撕扯不安。飘逸的是我长长的裙裾,还有我长长的黑发,我睁大美丽的双眼,仰着细长的脖颈,又似在舞台上独舞,高亢的曲声忽来,猛然的一阵阵鼓点敲打出我两滴泪珠,一前一后,呈错落有致状悬浮在我的两个颧骨上。

俄国作曲家鲍罗丁在《在中亚细亚草原上》的乐谱上写了如下的说明文字:"一望无际的中亚细亚草原上,远远传来宁静的俄罗斯曲调。马队和骆驼队的脚步声由远而近,远处又飘来了古老而忧郁的东方音调。商队在俄罗斯士兵的护送下穿越草原,渐渐远去。宁静的俄罗斯曲调和古老的东方音调相互交融,在草原上形成和谐的回声,慢慢飘散在草原上空。"

我听的是加尔维指挥哥德堡交响乐团的版本。乐曲开始由第一小提琴和木管乐器在高声区轻轻持续地奏八度泛音,色彩凝聚而透明,创造出一种寂静、空旷的背景效果,在这个背景下,由单簧管和圆号相继奏出了俄罗斯歌曲的主题,其旋律轻悠宽广、辽阔空寂。随后,在弦乐器拨奏出马和骆驼的脚步音乐背景中,由英国管奏出了一支平稳、安祥而迷人的具有古老东方情调的旋律。紧接着在商队的马蹄声中单簧管加快速度再现了俄罗斯风格的曲调，这一主题在多次反复中渐渐增强力度，直至乐队全奏这一主题，使它显得庄严、宏大，气魄雄伟。之后，在草原辽阔的背景和马蹄声中，东方歌调多次反复，给人们以深刻的印象。随后是作者运用对位手法将两个不同民族风格的曲调巧妙地放在一起同时演奏，象征着俄罗斯与东方民族文化的友好融合。在反复四次后，音乐逐渐减弱，商队已渐渐远去，俄罗斯风格的主题及其他片断断断续续地再现，音乐越来越轻，最后乐曲在一片寂静中结束。

我是在一个深夜里第一次听到这曲子的，按住裸露着的胸口，一阵绞疼，然后我就流了泪。黑暗里我看不清楚天花板，伸出光洁的胳膊，摸索着按住电话号码。由于松花江被污染，美丽的北方之北现在正遭遇着无水的饥渴。那里有我曾经的相依为命的爱人，还有我情同手足的姐姐。我使劲闭上双眼，仍是忍不住眼睛里的水如松花江滚滚而来。你现在还好吗？我的思绪已经脱离开现在的身体，随着《在中亚细亚草原上》漂游的水流汹涌着前去北方之北，奏响我的呼唤吧，还有心里头存留的爱。无论故去还是将来好好活着，无论伤感还是满面的开心喜悦，无论悲哀还是高兴开怀，还是一样要记得两个人曾经行走过的路，携手的时候是真想从黎明走向黑夜的，也是想在黑夜里一起拥抱着前行，去寻找黎明的方向。

一首曲子可以是悲伤的，也可以是喜悦的，犹如《在中亚细亚草原上》，可以是作为颂曲的，也可以作为心灵的洗礼，可以是奔放的，也可以是压抑的。分明，我是奔放的，我是自由的，洁净的天际之间，我在自在地呼吸、畅想、漫游，抛却掉一切凡尘俗事杂务。又分明，我是压抑的，要不，怎么会把一曲和谐的旋律，从若隐若现到逐渐增加的各个音弦汇集成奔跑的力量，听成是历练了多年的孤独和寂寞，渐渐开始爆发，在那么一个忍受不了的时刻终于爆发。

是我的想念吧，也是我多年未泯的思恋。不舍得说出那句话，一直以为会默默地别离到默默地入土为安不再重启一个字，一直以为转过身后就会将落下的树叶忘掉不会再去踩,一直以为结冰的松花江水坚硬如磐石不会再汩汩流泻。

今夜,我睡在汉江边上,听楚汉的初冬,在一曲《在中亚细亚草原上》的旋律里醒来,那铺天盖地的关于北方的消息一条又一条传到我的耳海,暂且,放我一夜假吧,送我的灵魂去松花江,什么我也不带走,只有我的思想、我的情绪、我的无奈、我的彷徨、我的呐喊,还有我洁净的躯体一丝不挂地在曲子里裸奔着飞往松花江。

明晨,我裸奔着回汉江,将北方抛在我的脚步里,让它逐渐荒凉。

那年的南京

文/狼心苍苍

那年去南京,坐了一夜的车。

清晨醒来的时候,看着窗外。

窗外的雾,乳一样白,纱一样轻。

小屋,水塘,绿的有些晶莹的草,早起蹒跚的鸭,披着纱,梦一样走来,梦一样的逝去。

掀起火车的窗,让雾进来,雾朦胧在窗外,只有那沁人心脾的清凉溢满了胸膛。

一只水牛过来了,黑的,弯弯的角,向前探着头,童子盘坐在牛背上,嘴边横了一枝短笛,还没看得分明也逝去了。

在梦中,在雾里,我到了南京。

到了南京,却不知道火车站前面就是玄武湖,只觉得马路两旁的法国梧桐高大粗壮,时而有一两片黄叶,翻着,飘着,落下来,落在路中央,落在青砖的墙脚下,落在身旁——马路上干净得除了桐叶看不见一粒灰尘。

街头卖菱角的小贩热情地招呼,捧起一捧菱角送到眼前,用听不很懂的官话,夸耀着手里的货色。抓起几只菱角,在手掌里翻看,把玩,两只角的菱角像极了水牛的犄角。

走进南京大学的门,门的两旁是两排法桐,依然的高大粗壮,迎宾般肃立着,树下面的草,又细又软,如一片绿毯,偶尔点缀着几片黄叶。

玄武湖很大,人很多,走过桥去,转南,找一个清静的地方坐下,看着湖水,看着湖里的船,听着远处的人声,绿树掩映下,仿佛隔了一个世界,远远地观看尘世。

雨花台门前只寥寥几个妇人,拦住了叫卖雨花石。进了雨花台,冷清得看不见人,爬到雨花台上,烈士纪念碑寂寞地耸立着。正是夕阳西下的时候,周围的白墙青瓦,松林,碑石,都披了一层橙红的颜色,映在人的心里,一种说不出的伤感弥漫在心头。

雨花台的一角有梅,可惜是秋天,既看不见如雪的梅花,也无缘鉴赏铁一般的梅骨。

中山陵,巍峨,庄严,一级一级的台阶爬上去,什么也没看到,只记得许多"天下为公"、"博爱"的玉坠儿,摆在两边的摊子上。

鸡鸣寺的磬音悠扬,尼子们在殿中围了一圈,边走边合了手唱,是梵音佛号吗?我听不懂,但心却被牵着走了很久。

本不信神,也不信佛,拗不过那一抹清如水的眼神,我虔诚地匍匐在佛的跟前,展开我的双手,许下了我的心愿。

我的心愿是否随着那缭绕的青烟一起飘到了你的案前,我的佛爷?我平生不曾有一点亏负人伦的地方,也不曾有半点违伤阴德的行为,为什么不圆我的希望?是妒忌我么?还是这天地间根本就不曾有过一个你,你原本就是一个弥天的幌子?

夜里的南京长江大桥看不到头,只看到桥上的那一排灯,伸开去,直到很远。江面黑黑的,泛着碎光,江里的船灯,摇着,晃着,闪着,缓缓地过来,缓缓地过去。

夫子庙前有一座小桥,曾立在上面照相,人虽在,相片却永失了,小桥还好吗?

莫愁湖很小,故事很好。

秦淮河有些荒凉,污水,荒草,早不是十里灯影时的光景。

二十年前去南京,不知道南京的东西南北,但感觉南京是我的,她属于我,我将我的思想,我的灵魂,我的心都寄放在了那儿。

以后,我多次去南京,可以画出南京的轮廓,南京却再也不是我心中的模样——她已不属于我了。

我的心,我的人就这样迷失在了那个二十年前去过的梦一样的地方,我找寻了很久,总也找不回。

北方的时光笺

文/薇雅宁宁

其实我只是觉得,十二月是一年中最奇妙的时刻。许多冗长的故事都结束了,遥远的旅程之后,终于能看得清结局。年末也让回望有了充分的理由。解释,盘点,规划,然后奔赴下一个开始。总在这样的时刻,南方落雨北方雪,一边秧青,一边赭黄。那么清晰分明,就像旧时岁月面对来年时的释然和坦白。

北方的冬天粗粝而苍凉。似乎越过了黄河,四季就会变得分明,春夏秋冬,更迭得清清楚楚。记忆里始终是我生活了十几年的北方小城,深夜里呼啸而过的风,衣着厚重的行人以及漫天的雪。十二月的城市悠然纯白,一切事物均有它的秩序与宁静,像是生命本身,终于被细细端详成这里雍容干净的样子。

而如今这座城市,雨是冬日的常客。这或许就是南方,即使寒冷,温度依旧没能凝结水气。十二月,从朋友的短信里知道北方下雪的消息,我却只能透过寝室朦胧的玻璃看见窗外冷冷的雨。冰冷的潮气,好像要一直渗进骨子里。记得立冬那天我穿着短袖T恤赶去上课,在二十多度的气温里忽然开始想,如果在家里,这时候,已经穿上毛衣了吧。

或许因为太过寒冷,北方的冬天总能让人留意温暖的意象。不是不记得,裹得像粽子一样在高中校园的操场上打雪仗,双手因为裸露在风里而冻得通红,却还不忘悄悄带些雪回教室塞进前面人的脖子里;不是不记得,在结满冰的路上摔得狼狈到几乎掉泪,后面却有双不认识的手伸出来,笑着拍掉身上的雪;不是不记得,晚自习回家路上故意停在橙黄色路灯下,抬起头看雪从深蓝色天空纷纷扬扬落在肩膀上,铺天盖地的,那一瞬间内心涌起的温暖和感动。

最兵荒马乱的高三的冬天,围了厚厚的围巾,总喜欢无缘无故地发脾气。脸颊因教室的气闷而发红,试卷写着写着就恨不得全都丢出去。那时的同桌是老实木讷的男生,看着我整日整日发神经,不言不语一星期,终于在一个下着雪的晚自习中溜了出去。逃过层层巡查,向校门口穿着军大衣的小贩买一包糖炒栗子。带给我的时候还是温的,然后看着我伸手拿出剥好的板栗时惊讶的表情,一脸狡黠的笑容。

还有张纸片上写着雪莱的诗。早就背熟的那一句,却是坚定并真正值得期待的。

那是没有人会袖手旁观的日子。那些琐碎的,关于冬天的片段,温暖了我整个季节。共同喜欢过的朴树,在每一个寒冷的日子反复地唱着。都会好的,都会有的,那些风雨,还有阴霾。

关于未来,就请你坦然。当可以坦然面对风雪的时候,北方的骄傲和坚强就已经种在了血骨里。不是没有感觉的,当本该下雪的冬天飘满了雨,当习惯干燥的空气变得潮湿粘稠,我还是无法抑制地产生了厌倦。

很多时候我都会想起从前听过的那些描写北方冬天的曲子。光秃秃的梧桐,苍白的天空和灰色街道,笔直笔直的道路那么开阔。后来我向一个南方的女孩子描述冬天所能见到的一切,她怎样也无法想象我所描述的白山与黑水。直到那时我才明白我有多么想念北方,想念我的小城。狭小,拥挤,有点脏,不够富裕。可是它带走了我十几年的时光,也承载了所有的爱恨与梦想。

十二月。时间在对北方冬天的想念里悄悄折叠,最终成为一枚压在岁月里的旧书签。关于十二月那个应该下雪的季节,关于来年,一枚北方的时光笺。

水乡寻梦

文/寅公

我对水,有着一种莫名的亲近。

小的时候,我常常做一个同样的梦:繁星满天,冷霜如雪,一条深邃而平静的小河,我蹲在船头,用手拨弄水,看它一圈圈荡开去……而醒来的感觉却很奇特——仿佛那儿才是我的家。

车至同里,只见一条蜿蜒的小河将新老城区隔为两个世界,河的那边是我们要去的目的地,保护完好的水乡——同里古镇。初见那条河,河道里漂浮的菜叶和垃圾虽然有些令人失望,但是,再看碧绿河水中那些快活悠游的鱼儿、河边从容淘菜洗衣的村妇村夫、不远处清洁船上一丝不苟工作的船工都在向你昭示:这是一片没有污染的纯净水域。

当年,中央电视台《话说运河》摄制组拍摄《水乡古镇》时,动用直升机飞翔于蓝天,摄影师俯看锦绣美地,碧波浩瀚的太湖之滨,历史名城姑苏东南,只见波光潋滟中镶嵌着一方绿地,湖泊环围,河道密布,不禁赞叹:"好一个水乡泽国!"浮躺水波上犹如一朵睡莲的地方,就是古镇同里。

北邻姑苏,南抵杭城的同里,被五湖包围,东临同里湖,南滨叶泽湖、南星湖,西接庞山湖,北枕九里湖,西北又毗邻吴淞江,东北连通澄湖。镇内呈"川"字形的十多条河流把镇区分割为十五个不规则的圩岛,河道纵横,水网如织,故又称"同川"。江河湖汊天水相连,同里镇就像是浸在水中的一粒珍珠,圆润得使人不忍抚摸。这里的一切无不与水紧紧相连,依水而缘,因水成街,家家临水,户户通舟,开窗出门见河,夜里枕河听流水而眠,孕育出"一水东西去窈窕,风家杨柳木芙蓉"的美景,因而在江南古镇中赢得"东方威尼斯"的赞誉。

跨过小桥,进入小镇,随处可见青墙剥离,小桥流水,古诗里的写意在这里幻化成生活的真实。下午的阳光慵懒而柔软,退思园呈现出喧嚣前的寂寞。脚踏上青石板的一刻起,心便开始沉静下来。走过花厅,穿过廊桥,狭小的拱门却引出一番洞天福地——是宅子的后花园。假山嶙峋,亭台楼阁,错落有致,有一船形亭台直伸入园中的湖面上,美其名曰"香洲"。想象一下吧:秋夜如水,皓月当空,在香洲上品茗清谈,把酒换盏,是何等的洒脱。忽然隐隐飘来笛声,初闻以为是幻觉,细听之下则不然,于是循声觅去,只见一处假山上的亭中,有一中年人正在吹奏《双推磨》,欢快的笛声在园中缠绕,也把游人的兴致推向高潮。

走出退思园,拐进一条小街,街旁是潺潺的河水。同里镇上诸多清澈的小河,用古老的桥连接起来又分割开去。作为同里骨架的石桥,在小镇尚存四十余座。这数代并存的建筑,把被十多条河道分割的小岛连成一片,依傍太湖、大运河的同里水系将古镇与外界连通,犹如心脏和血脉一样。

桥下是舟,河边是树;行走的是舟,不走的是树。河岸用金山石整齐叠砌,沿河两岸,屋宇稠密,街巷逶迤,路铺蛋石,饶有古趣。除了白墙黑瓦的古宅,微风细雨中的小镇,那一棵棵苍绿碧翠的杨柳、桂花、女贞、玉兰树的叶尖上,终日飘动着细腻柔曼的温情。

倚在桥边,看微弱的阳光静静地洒在清澈的小河中。默默流淌的河水吸纳了无数游人的气息,内敛而深情。窄窄的河道里,乌篷船载着游者缓缓前行,摇橹吱吱作响。坐在两侧垂挂着大红灯、有芦苇篷蔽日的乌篷船上,看她们美得就像在出嫁时的娶亲船上。此刻,我们都很兴奋,急忙上了一条乌篷小船,身穿印花对襟布衫的船娘,摇着小船带我们穿行河上,游览两岸风景,看水乡人家生活。

举目看去,只见流水环绕,青壁苍苔,柳丝拂水,拱桥如画。沿岸茶座比比皆是,玩得又累又饿的游客或尽享美食,或临水赏景,或玩牌消遣,或谈天说地,或对河取景。

非常佩服那些撑船的船娘,并不十分健壮的腰身却能恰到好处地用力,船儿在她们的手中如此驯服,有节奏地摇摆、穿行。船儿沿水道而行,在水面上荡漾,水路曲折幽静,两旁景致令人目不暇接。我们尽情地享受着舟行水上的快乐,同时也成了别人的风景。

上岸时我还有些摇摇晃晃的,可见是坐船坐得美了,意犹未尽。趁着天色还早,我们来到一处人家门前,坐下小歇,叫上一碗茯苓粥,慢慢品尝,耳旁不时传来吴侬软语,抬头但见小桥流水,老树盘根,恍惚间不知身处何时何地,只希望时光能停滞在这一刻……

流水流走了岁月,也流出了古镇源源不绝的文化。一脉水系孕育了一个同里,一个同里孕育了一种人文历史,一种人文历史从遥远的秦汉摇橹而来,静静地摇过外婆桥,摇过江南,摇过狂躁奔放的摇滚时代,还将静静地摇向何方……

"水能载舟亦能覆舟",未出同里时我怎么也想不明白的。在我眼里,水是柔弱的,再湍急的水流入同里的河也能变得乖乖巧巧文文气气,而且清清冽冽。但水又是有风骨的,谁也不能阻挡住她东去的信念。

水,我生命的源头,我梦想的家园。离开的时刻到了。同里,我还会再来!终有一天,我要寻一处临水的小屋,抛弃"所有的忧伤与疑虑,去追逐那无家的潮水",找回我今天的失落。

遥想美眉

文/蓝印花布

小时候,我总是琢磨人脸上的五官各有什么用,可眉毛是派什么用场的就是想不明白。专心请教妈妈,妈妈头也不回地说,"眉毛是让你画的。"说真的,我晕啊,画的?那是以穿黄军装为荣的年代,除了台上的英雄,可见过谁是画眉毛的?我偷偷看自己的眉毛,那么淡那么淡,好像没有一样。于是,积极要求能够上台表演节目,暗暗以求画一画。可老师真要帮我画上时,我心疼地大叫,别画别画,淡点淡点,我是怕画坏了啊!

这一段逝去的情节放在岁月里,到今天,竟成了闲暇时一段温馨的念想。这中间的岁月,早已忘了当初的情节,却读到了很多关于眉毛的诗词。在这些诗词中,古代女性最让人难忘的不是脸,不是嘴唇,不是眼睛,却是眉毛。

早在《诗经》中就有:"手如柔荑,肤如凝脂,领如蝤蛴,齿如瓠犀,螓首蛾眉。"那细长弯弯的蛾眉是女子美的标准。因此,后来常常用蛾眉来代称美人。《西京杂记》中说,"(卓)文君姣好,眉色如望远山",于是,便开了眉是春山、小山、远山之先河。而我真正识得黛眉是因着林黛玉,她那"两弯似蹙非蹙娟烟眉,一双似喜非喜含情目",而宝玉又说西方有石名黛,可代画眉之用。所以,我一下子深深记着那忧郁的眉眼了。

唐赵鸾鸾《柳眉》诗云:"弯弯柳叶愁边戏,湛湛菱花照处频。妩媚不烦螺子黛,春山画出自精神。"便暗想,怪不得人说"面之有眉,犹屋之有宇",一双有形、黛色青湛的眉毛,能顿时让面庞鲜明活泼起来,可还真不能小看了那双眉毛。妈妈说眉是用来画的,一点也没错。李商隐《无题》诗里说:"八岁偷照镜,长眉已能画。"看看,八岁的女孩便已照镜描眉,露出爱美的天性了。眉原来是女性们自觉审美的一道标志,怪不得有那么多关于眉的诗句。"连娟细扫眉","长眉画了绣帘开","轻鬓丛梳阔扫眉","双眉画作八字低","眉黛拂能轻","添眉桂叶浓"……眉,长长短短,粗粗细细,弯弯曲曲,深深浅浅,它成了古代女性们面庞上最生动的创作。在西安旅游时,我特地注意了那些壁画上女性们的眉毛,果然是小山眉、八字眉、月棱眉、涵烟眉……怪不得青黛眉、远山眉都成了女性们的代称。

眉长眉短,女人们再怎么创新,画眉都是为了男性。"学画娥眉独出群,当时人道便承恩。经年不见君王面,花落黄昏空掩门。"在当时社会的众人眼里,能画得一双造型独特的眉毛,便能吸引皇帝的目光,博得宠爱,可是,她却在皇帝不到的冷宫,眼看着青春像落花一样凋零。想来,要靠一双眉毛来改变自己的命运还是有些不太现实。可就有这样的例子。吴绛仙原是一名"殿脚女",隋炀帝登船时随手撑了一下她的肩,发现她的长蛾眉画得极好,竟久久不能移步。回去后还说,"古人说'秀色可餐',看到绛仙,果真是可以疗饥啊。"上行下效,皇帝恋眉,全社会便都有这样的恋眉癖了。

所以,女人们的眉宇间,掩盖不了的还是爱恨情愁。"此情无计可消除,才下眉头,却上心头",眉间暗藏的是悠悠相思;"愁匀红粉泪,眉剪春山翠",望穿了盈盈秋水,蹙损了淡淡春山,玉郎未归,依然是黯然哀愁;"懒起画娥眉,弄妆梳洗迟",因无人欣赏,哀怨得都无心梳洗妆扮了,那缕缕伤心溢于言表。

当然,眉的语言更多。"黛眉曾把春衫印,后期无定,断肠香销尽。"将"眉印"印在情人的衣襟上,让香气伴随着时间隐隐消逝,风雅得紧!而汉代张敞为妻子把笔画眉的故事,汉宣帝还亲自过问,张敞的妙语解答,成就了一段夫妇恩爱的典故,也成就了"齐眉举案"这个成语的一半由来。而眉真正的传情达意不在于形,而在于意,眉飞色舞、眉开眼笑,那是眉的快乐;愁眉苦脸,是眉的深思忧虑;低眉则顺从,横眉则愤怒,扬眉则有可能是舒心吐气……所以,当很多无厘头的网络语言盛行的时候,我最喜把女性们叫作美眉,那真是很经典,也很复古。美眉?女性什么时候很美眉?古有对镜贴花黄,今有对镜化眉,当是女人极女性化的时刻。

在这么些关于眉的诗句中,我倒是最喜反过来把山水比作眉目的句子。"水是眼波横,山是眉峰聚。欲问行人去那边,眉眼盈盈处。"瞧,盈盈绿水似少女眼波流动,簇簇青山像少女攒聚的眉峰。敢问远行的人到哪里去?到山清水秀风景优美的地方去。这样的送别诗轻快清新,别具一格。但我只取后两句,欲问行人去哪边?眉眼盈盈处!

生命的春天,是与草有关的篇章

文/邓夫人

我一直相信,第一个见到青草的人,就第一个见到了春天。这个春天,让我躺在草的怀里,感念生命。

——题记

一提及草,首先,我会想到村庄,想到童年。童年是和村庄有关的,是和草有关的。小时候,我家里有一个鱼塘,于是割草也成了每天的功课。

小小的竹篮,小小的镰刀,每天放学后写完作业,我就会提着篮子去割草。田埂,山坡,地头,草,无处不在。草地,也就自然成了我的乐园。在草地上打滚,捉蚂蚁,逮蚱蜢,躺在草地上看头顶上的天。天,是那么蓝。到了快天黑的时候,篮子里的草也满了。挎着篮子去鱼塘边,才把草撒到鱼塘里,一些大个头的草鱼就游过来了,它们似乎都做好了准备,只等着我的草,不一会功夫,草就少了大半。

就是那样,一天一天,一年一年,草割了,又发芽了,小竹篮换成了大竹筐,鱼塘里的鱼也换成了学费。

在春天的时候,只需要一场雨,几声响雷,阳光再现的时候,草地里就冒出许许多多的耳朵。那是地木耳,我们那称地衣。小小的,青黑色的,薄薄的身子,一伙一伙的,都躲在草丛里。不经意发现不到,可当你扒开草地凑近了一瞧,呵,那个多啊。这时候,就会有一些手巧的小媳妇和姑娘抱着小盆小筐的来捡了,不能说采,那就是捡。这种地木耳洗净了回家一炒,就是一道可口新鲜的好菜。也可以做汤,味道鲜美,还能降脂明目,清热祛火。

这一切，都是草地和大自然的恩赐。

就连枯黄了的草也有好处，烧成灰，就能做成肥料。还有干稻草，可以留到冬天，用来喂牛。而我老家的床还是用干稻草垫的，睡在上面，柔软，有一种特殊的香味，那是成熟的稻草香味。睡着，就好像睡在村庄的怀里，母亲的怀里。那感觉，是满心眼的踏实。

前几年的一个春天，我刚到一个湘西的小城。那里有一条小河，河边，就是漫漫的青草。到现在为止，每次想到那个小城，一大片记忆，都停留在那片草地。

那一大片啊，青得发嫩，嫩得发脆，脆得可以滴出水来，甚至可以在一阵风的撩拨下，就可以笑出声来。草地上来回走动的有几头老实巴交的水牛，还有一群群透明的风。

站在这片青草的清香里，阳光的缱绻中，眼神也自然地流出柔和的情感。有春水微波，小舟轻漾，远处的青山连绵，村落悠闲。摇摇晃晃的雏鸭，用一身耀眼的明黄，在河边温暖着阳光。这时，河边的捣衣声和狗吠声也传过来了，云朵微笑着停在半空，像羊群挤挤拥拥着。这清静清新的美妙时光，真是恰到好处。

让人不仅感叹，有草的地方，真是处处净土。

这又是一个春天，郊外又是青草茫茫。有了草，春天的词语里就多了一个清新。

草，此刻，请允许我低声叫你草儿，用最柔软的心情轻唤。

选一个阳光温柔的下午，走向河堤，去和草做一次亲密接触。远远地，我就看见，春天站在草丛中，纤细、娇柔、羞涩，又触手可及。

记得几个月前，这里还是一片野火烧过的痕迹。而现在，已经是一片生机。是啊，野火烧不尽，春风吹又生。只要一次春风的呼唤，一次雨水的光临，一点点阳光，一丝丝养分，草，就能给自己一种力量，一种不顾一切破土的信念，一次魂灵的复苏。大仲马说，人生就是不断地等待与希望。这一点，似乎草比人更懂得。所以，读懂了草，就读懂了坚强。

三月尾的草,已经出落得楚楚动人,浓密,青郁。一群小鸟,在蔚蓝的天上鸣叫,啾啾啁啁,空气里到处都是繁茂前的气息,身心褪去烦嚣,躺在一片草地里,到处是凉凉的小手,在脸上颈上调皮着,一呼一吸,都是清新。

　　可以清新地憧憬,也可以清新地回忆。回忆中依然能温出昨日的余香,故乡、童年,还有,最初爱情的遐想。高高瘦瘦的男孩,就站在一片青青草色中,远远地朝我干净地微微笑,那天,天空明朗,凉风清澈,白云优柔……

燕 殇

文/半瓶子浪漫

旧时王谢堂前燕,飞入寻常百姓家。还记得每年春暖花开时节,那些可爱的燕子便准时回了爷爷的老宅子。那是五间高大的青砖瓦房,土改前它的主人是当地的一个大财主,土改时工作队就把它分给了我的爷爷。老宅子西偏房的天花板上有一只硕大燕巢,每年勤劳的燕子都会衔来河泥和草秸修补它,那只燕巢便逐年增大起来。

我喜欢这些黑色的小生灵。它们黑色的羽毛活像绅士的燕尾服,白白的肚皮就是它们一尘不染的白衬衣。它们在天空滑翔时,姿势非常优美,像出色的芭蕾舞演员。它们在如镜的水面飞掠而过时,不时轻轻拍打水面,留下一个个动人的涟漪。飞累了,它们会在高压线上小憩,排成一长串又一长串,悠闲地伸展翅膀,梳理羽毛。

为方便它们在西偏房的出入,我在门框上方给它们凿了一个洞。燕子作为礼尚往来,便报我以一声动听的呢喃。有一次一只燕蛋从巢里掉了下来,我便踩着两个叠起的凳子,小心翼翼地把它放了进去。不几天,燕巢里传来了雏燕的叫声。我的心中一阵欣喜,为新生命的诞生感到兴奋。

那只母燕每天都会定时衔来小虫子,雏燕们便纷纷伸出小脑袋,张开黄黄的尖嘴,争先恐后地抢食。十几天后雏燕的羽翼长成,母燕来领飞。母燕在前面飞,雏燕们小心翼翼地伸开翅膀,跌跌撞撞地飞下,不时撞在墙上、门框上,但是经过一番失败和探索,它们飞得越来越稳,飞上了屋顶,飞上了树梢,飞上了明净的天空。我从内心深处敬佩那些顽强的小生灵,不敢对它们有丝毫的轻慢。

如果哪一年春天燕子晚到几天,我心里便会空落落的,总是像缺少了些什么东西。及到燕子那黑色矫健的身影又在眼帘中飞动,那温柔的呢喃又在耳畔响起,我那颗失落的心才踏实地落地。每年秋风起时,燕子要离开家乡到南方去,我便会在村外的小路上久久地驻足,依依不舍地目送它们消失在长空,整个冬天我的思念变得没着没落了。

然而好景总是不长。有一年春天,二叔要开饭店,把老宅子装饰一新,那只燕巢也被捣了下来,不知扔到哪里去了。那天我从学校回来,一抬头不见了燕巢,着急地到处找,找遍了墙里墙外每个角落都没有找到,问二叔,二叔烦躁地要我走开。当晚我不吃不喝,大病了一场,又是打针又是吃药,又是针灸又是按摩,还请了神汉仙姑祛邪,可就是不怎么见好。那天我正躺在床上,突然听到窗外泡桐树上有几只燕子在叽叽叫着,然后到我床前盘旋,像是在对老朋友致以亲切的问候,我一高兴病就好了一大半,不出两天我又蹦蹦跳跳地和小伙伴们一起玩了。但是燕子在老宅子再也找不到它们温暖的旧巢,门框上的洞也被二叔用水泥堵得严严实实,它们失望地在院子上空盘旋了半天,最后远远地飞走了,从此再也没有回来过。

村子的四面都筑着高高的土围子墙,那里本来栖息着许多燕子。每天傍晚我都会到土围子上去看燕子,看它们飞过平坦的大场院,飞过如镜的河面。后来有的人在大场院和土围子上下了网,先用一些捕获的燕子当诱饵(俗称"燕子户"),诱使燕子成群结队地落下,然后手起网落,网下的燕子们做着徒劳的挣扎。他们总是就地把燕子毛拔掉,然后卖进饭店酒家,弄得满地都是燕毛。风吹过时,大场院和土围子上漫天飞舞都是黑的白的燕毛。

这些人虽然经过执法人员的严厉打击,但在利益的驱使下,他们与执法者展开了游击战术。在他们残忍的杀戮下,家乡的燕子日渐减少,最后几近灭绝了。

转眼又是一年春来到,我日夜等待的燕子迟迟未来。春天过了,夏天又来了,天空中只有寥寥几只燕子在懒散地飞着。失落的我信步走上土围子,想找寻一点关于燕子的美好回忆。眼前一只老燕不幸落在了粘捕麻雀的网上,那是一种几近透明的网,比头发丝还要细。它尖叫着,拼命挣扎着,它越挣扎网扣就箍得越深,深深地嵌入它的肉里,血流了一片,可它还是在挣扎,挣扎的动作越来越慢,越来越无力。我忙上前去救它,试图解开它身上的网扣。它误以为我要去抓它,用尽最后的力气狠狠地啄了我的手背一下。我的手背在火辣辣地疼着,然而我的心要疼得多。

老燕的痛苦终于以生命的终结而结束,它的身子僵直着,空洞惊惧的眼睛似乎在逼视我的内心。我的内心充满了羞愧。网扣深深嵌入了它的肉体,无法解开,我只得撕破网子把它拿了下来。我用手在土围子上挖了一个坑,把它放了进去,为它筑了一个小小的燕冢。我采了一些野菊花放于燕冢前,默默乞求它的原谅,请它原谅人类的无知和残忍。直到如火残阳隐没在地平线,袅袅炊烟飘起在村落上空。

最后我许了一个愿,我希望明年的春天,我的可爱的小燕子会如约而至,来点缀美好的春天。

"小燕子,穿花衣,年年春天来这里,我问燕子为啥来?燕子说,这里的春天最美丽……"有稚嫩的童谣从村子里传出,融入了渐浓的暮色。

故乡的货郎

文/清风二月

有的时候在大街上看到城管把小摊贩们追得到处跑,便觉得这些做小生意的人真不容易。他们的境况,比起故乡的货郎来,简直是天上地下了。

故乡的货郎们要比他们悠闲得多,自在得多,特别是在物质很匮乏的年代,那些货郎们简直是我心目中的偶像了。经常梦到自己也推了手推车,走街串巷,吆喝着,叫卖着。累了,就在一堵墙边,或一棵大树下休息一会儿。或闭目养神,或与周围的人闲谈扯淡,不必担心有人催促,不必担心有人追赶。满脸是轻松的神情,满心是惬意的表现。

印象中经常到村子里来的货郎有好多种,当然最招惹我们小孩子的,不是卖吃食的,就是卖玩儿物的。

先说卖玩儿物的吧。印象最深的是卖泥娃娃的了。卖泥娃娃的一般都是上了年纪的人,大约五六十岁左右的最多。推着独轮车,有的边走边吆喝:"有破烂的换泥人儿喽!——"有的不愿意吆喝,就吹着一个小喇叭,声音很尖细,我们一听,就知道是换泥人的来了。于是,我们从家里犄角儿旮旯找到各种的废旧东西去换个泥人儿,泥笛儿,泥老虎,泥公鸡等。那些泥人摆在手推车上,用一个透明的玻璃罩子或塑料布的罩子罩住,花花绿绿的,特招人喜欢。我们就从家里找来个废旧东西与卖泥人的讨价还价。老头一般不用秤,而是用眼睛看一看,用手掂量掂量,于是就拍板给个什么东西。当然,所给的东西与自己眼睛里的目标总是有些差距,于是就嘟嚷着说他骗小孩儿。老头总会瞪眼到：我一大把胡子，骗你干啥？

拿了换来的泥老虎、泥公鸡、泥娃娃等，几个人凑在一起摆弄着玩儿，让泥人儿互相打架、过家家。于是，不到半日，泥人就缺胳膊少腿儿、断了尾巴而面目全非了。

有的时候找不到废品去换泥人，就围着货郎的车子左看右看，把一些泥人的形状记在心里，而后自己找来泥巴到一个僻静的地方学着做起来，用彩色的粉笔涂了颜色。虽然不像卖的泥人那样鲜艳，但总归是有模有样，了却了一番心愿。

卖泥人的也同时卖做弹弓的橡皮条、玻璃球，以及小姑娘用的发卡子、红头绳、猴皮筋等。于是，小姑娘们也会怯生生地凑过去，从老货郎那里买去自己心爱的装饰品。

我们对于卖吃食的货郎更加盼望。你听，宁静的村子里忽然传来货郎那熟悉的叫卖声了："卖糖葫芦哩——"，"爆米花儿哩——"，"冰棍儿！冰凉败火的冰棍儿！——"。货郎不论男人或女人，声音都是那样的嘹亮，在村子里荡漾着，更荡漾进了我们的心里。

卖吃食的货郎一般不要旧东西，须用现钱买了，但我们哪里来的现钱？于是大半的时候仅仅有一两个家里条件好的孩子买来东西贪婪地吃，而我们是咂着嘴巴眼巴巴地看，幻想着那香甜的食物也同时咽进了自己的肚子里。

货郎都是在村子里常来常往人，是十里八村的人。于是互相很熟悉，关系也很融洽。货郎都很讲信用，很少有缺斤少两的现象。除了乡下人朴素厚道的品质外，最主要的是，他们都明白，欺骗乡里乡亲是缺德的事情。低头不见、抬头见的，若谁那样做了而被别人知道，很快传将开去，便会一家人抬不起头来，没有面子了。买东西的人若一时差一点钱，那也可以先拿去用无妨，下回见面还上就可以了，自然很少拖欠的情况。

每个货郎都有象征自己买卖的吆喝声或者辅助的发声器具，比如，卖香油的是敲梆子，乓乓一敲打，我们就知道是卖香油的来了；磨剪子磨刀的是像秦腔般地呼喊,拖出很委婉的长腔:"磨剪子哩,锵菜刀——"或者是吹喇叭,嘀嘀哒哒一吹,人们就知道磨刀人到了门口。但磨剪子磨刀的很多是聋哑人,所以最常听到的是很刺耳的唢呐声;卖豆腐豆片儿(干豆腐)的,一般是直呼商品的名称,但那声音很好听,一嗓子能让半村的人听得真真切切:"豆——腐——"。

当了城里人之后,每看到街边的小商贩,就想起故乡的货郎,想着他们的那份悠闲与惬意。年节的时候,也回到故乡去,但很少看到从前那样卖货的货郎了。

现在的货郎们,首先是运输工具都改成了摩托车或农用车,都懒得亲自吆喝了,是把谁谁的声音录在一个扩音器里,一路无精打采地反复播放,重复着一句枯燥的商品名字,已经早已没有了从前那种唱腔般的亲切感。

至今在我耳旁缭绕的,仍是故乡南街东头儿徐三爷那悠扬婉转的叫卖声:"割——肉——"那个"肉"字拖得很长很长,声音传出老远老远。我跑出去,拿了一分钱要买肉吃。徐三爷咧开豁牙子嘴乐着:"傻小子,连根儿猪毛也买不来。"

闲坐清风做女红

文/竹韵清荷

对女红的热爱不亚于文字，欣赏倚窗而坐，眉目低垂，凝神静气的别样美丽。一双兰花指抚红弄翠，飞针走线，那份恬淡优雅，娴静怡然，温情脉脉，是每个女人都想拥有的景致和心境。

做女红的女人具有独特的魅力，那独有的高雅韵致，是一针一线绣出来的，那针线的一挑一拨之间，女人的心境亦磨砺出一种超然的优雅与美丽。喜欢时光久远的女红，看着那些意韵浓浓、绣工精美的女红，时隔多年仍然能感觉一针一线的粲然与悠远。那细密的针脚能留住漫长的岁月，留住女人独有的优雅情韵。

从年少时第一次拿起竹针织毛衣至今已有三十年。第一次做女红是跟邻家姐姐学织的一双袜子，是从脚尖起头然后往上织。邻家姐姐是巧手，织出的毛衣花样繁多，平整又漂亮，非常羡慕姐姐的巧手。姐姐帮我起好头，耐心教我怎么收针加针，两天时间我的袜子便织好了。尽管织的是最基本的平针，松紧不一，凹凸不平，而且是用五颜六色的旧线所织，根本就不懂色彩搭配，但是穿着自己织的袜子兴奋不已。这以后一发不可收拾，织围巾、手套，花花绿绿织完一件又一件，看着弟弟们穿上我织的袜子、戴上我织的围巾、手套，得意非凡，好像是做了件杰出的作品，充满了成就感。稍大些又喜欢上了绣花，这是受我四姨的感染。家里的窗帘、枕套都是四姨绣的，四姨绣的山水花鸟栩栩如生，惟妙惟肖。每当看见四姨坐在窗前，微低着头，双眉微蹙，一根细长的线在手中起落，她的面庞绽放出温润婉约的神采，我便心醉其中。于是，笨拙的手拿起针线开始了绣花。经过反复的练习,在四姨耐心细致的指导下,自己手上也渐渐开出妙曼的花朵,看着呼之欲出的花儿,自然是喜不自禁。

上中学的时候家里添了缝纫机,趁母亲不做衣服的时候便踩机器玩,不多久也能做些简单的缝补,后来便学着做衣服,居然做得像模像样。有了儿子后母亲把缝纫机送给了我,那架老式的脚踏缝纫机一直跟着我到现在,到如今也有十八年了。先生和儿子一直喜欢穿我织的毛衣,先生说穿我织的毛衣温暖,能够抵挡寒风,无论走多远都能感觉家的温馨。儿子从小穿我做的衣服、我织的毛衣长大。每当同学问起儿子的毛衣在哪买的时,儿子总是自豪地说,"我妈妈织的。"新颖独特的样式和图案总让儿子感到骄傲。这些年到底织了多少毛衣,我已经不记得了,除了给自己家人织,还帮亲戚朋友织。针线在手指上翻飞成一件件精美的成品,成就感油然而升。把一腔挚爱织进衣服里,融于针线间,让家人和朋友感受我的浓情厚爱。

女人与女红密不可分,有千丝万缕的联系,女红在伴女人成长的同时,也在帮助女人堆积着情愫,磨砺着性情和内心的优美,女红充分诠释女人的美丽和柔情,淑然之气、娴静之味尽在其中。在我看来做女红的过程是一种享受,心中是那样的平和快乐,思绪畅游在创作中,有种心灵的愉悦和满足。穿针、引线、缝纫、编织、绣花,这些烦琐的事情看似不经意,而要做好并非易事,做每一样事情都需要用心。当你用心做出一件小物品,把零散的碎布,蕾丝花边装点成精美漂亮的工艺品,那份欣然无与伦比,用心做女红方能感受美丽与快乐,过程的美丽使我乐此不疲。喜欢缝清新漂亮的被罩枕套,钩美丽的衣服、桌布和杯垫,绣可爱的抱枕和靠垫,做精致的包或者小袋子,即使是做一朵丝带花都能让我心情愉悦。当专注地做着手头的针线活,一切悲与喜都忘在了脑后,心如止水般宁静。这些传统的女人做的手工活,是镇静剂,舒缓、平和了我的心,使我心平气和,安静而不浮躁。朋友说,"你怎么总织不够啊?"怎么能够呢,喜欢做的事情永远不会厌倦。如今,仍然怀念当年和朋友一起一边晒太阳聊天,一边不停地编织的情景。那些日子平静恬淡,阳光般灿烂,悠闲,满足。在我们那个年代,休闲的娱乐便是做女红,绣花、钩花、编织、缝纫,样样拿得出手。在那些平淡如水的日子里,手中妙曼的花朵伴我们度过青春年华,一针一线里深蕴着对未来的期望和憧憬。兰心蕙质可以创造美丽,纤纤巧手可以延缓美丽,多年以后旧时的花朵,馨香如故。

女红于女人是一种快乐,是女人精神上的另一种妩媚。当你闲坐清风做女红,神情安详,娴静犹如花照水,轻柔的手指,慢慢编织出无边的柔情。

城市阳台：我的一亩三分地

文/哈桑

老舍先生在自传中说过一句话："闲时喜养花，总不得其法，每每有叶无花。"直到我自己也在阳台上养了花，才知道能养出叶子已经是非常不易了，先生看似自嘲，实为自夸。

我的阳台在七楼，风高日曝，养花的确是个问题。但是想到老舍先生能在气候干燥的北京四合院里养出叶子，我怎么就不能在温暖湿润的南方高楼上养出几棵树来。这样想着就有了许多的底气，虽败犹荣，屡试不爽，终于有了些成果。

说起来话长。也许是从小就生活在自然里，在城市里混迹多年后，突然有了一种渴望，有了一个梦想。这个梦想就是要有一个阔大的阳台。它坐落在城市的中心，经过我细心的照料，成为我和自然之间的一个通道。

这是我蓄谋已久的渴望。它随着我离开乡村的时间而不断增长，也随着我离开乡村的距离而不断增强，并成为我在城市里购房的一个重要参考。

正因为这样，才购买了现在的这套房子。房子在七楼，结构布局当然也不成问题，却是没有电梯的顶楼。爬楼梯当然也不是什么问题，我又不是七老八十，还能锻炼身体。最顾虑的是那一层薄薄的隔热层，如何抵挡亚热带夏日的骄阳。但开发商是精明，一个阔大的阳台还加上一个平台花园，将近三十平方米的空间是可以白送的，好像是专门为我的梦想量身定做。虽然小区里也是绿树成荫，但哪里有自家的院子来得惬意，于是毫不犹豫地掏了钱，生怕别人抢了去。

很快,绿化阳台的计划遭到了打击。首先是由于承重问题,不能做大面积的培土绿化,只能盆栽。于是买了很多勒杜鹃,想象着整个阳台变成一个红色的海洋。同时在平台上空搭了架子,种上了金银花、水君子等多种藤本植物,等待着绿色罩住整个天台。也许是刚买的花,长势不错,特别是有一种藤本植物很快爬上架子,遮住了半个平台,开出了一串串粉红色的花朵,而勒杜鹃更是把枝杈伸出阳台栏杆,大有满园春色关不住的架势。

然而,一场台风让所有的欣喜都变成了乌有。台风过后,所有的树木都只剩下了光秃秃的枝条。此后虽有新叶长出,却似营养不良,面黄肌瘦,加上有一次忘了浇水,那些叶子一下子又全部枯尽。此后无论怎么浇水,都看不到以前的风采。

后来才知道可能缺肥。于是购买了花肥,撒了很多。结果仍不见长,反倒有很多树生出虫子,又买杀虫药。后来才知道施肥不能一次太多,而要视季节而定,于是又小心侍奉。经过如此反复的折腾,今年似乎一下子有了生机。于是在春节期间,又购进几棵大树,平台真有一点小树林的感觉了。每天早晨都有鸟飞来,却也带来不少鸟屎。对此,我当然是没有意见的。

阳台绿化初见成效,于是又添置了桌椅,请朋友们喝酒。天热时在阳台上,此处正好是个风口,清风徐来,心旷神怡;天冷时转进平台,正好在背风的角落里,又在大树之下,鲜花丛中,看着半城灯火,纵论古今中外,真觉得快意人生,只在今宵。

很多人都想从城市里突围,但又谈何容易。楼房用格子切割了我们的空间,再加上形形色色的羁绊,做一次郊外的远足有时真像做一个五年规划。即使出去了,无论你怎样的放浪形骸,也必须赶上末班车,在天黑之前回到城市里,走进属于自己的格子,在一百多平方米的空间里转来转去。然后在天亮之前戴上属于自己的面具,混杂在人流和车流之中。

但这个阳台却让我足不出户,走进自然。在城市里,在财富之外的贫困里,因为有了它,我能像一个清静的农夫,守着自己的一亩三分地。它让我关注二十四个节气,是春分了还是立秋了;也让我关注天上的云层和雨水,是该浇水了还是该松土了。

特别是当我困了或者烦了的时候,可以悄悄地走进自己的田地,看看麦子的长势,闻闻树木的气息,并顺手拔掉一两棵杂草,剪掉一两株枝条,期待着秋后的收成。那一刻,我该是桃花园外的陶渊明,虽不是"采菊东篱下,悠然见南山",但也一定是"结庐在人境,而无车马喧,问君何能尔,心远地自偏。"

端午,端午

文/晓眉

人流如织,热气腾腾,瓜蔬琳琅,桃红杏黄,整个街面朝气蓬勃。

人们见面习惯性地说一句,"呀,人真多。"可也是,今年是个闲端午。其实,自从有了大型收割机,年年都是闲端午,人们之所以那么说,应该是从前太忙的缘故,一个麦季过下来得花上十天半个月,哪个人不得累得掉一层皮呀,就像我们见面习惯问声"吃了吗"一样,是曾经太饿的缘故。

一车艾草,鲜鲜亮亮地翠绿着。我停下,"买一把?"那人说。"回来时再买吧,人那么多,不好拿呢。"正要离开,那大哥已经迅速地拄过一个东西——是拐杖,慢慢往前站,其间,他一直看着我,眼睛里充满了安静的微笑和平静的期待。我立即改口,说,"好,买一把,"然后满怀喜悦地夸赞,"呀,真香,这草!"并且,不再看他。他抽出一把给我,我拿出十块钱,他正要接,但却立即又退回了手,腼腆地笑,小声说,"只要一块钱,找不开呢。"我很后悔没带那枚硬币,立即对他笑,说,"你等一下,我换开再来买。"

我抛开跟随的人,急速走开。当我提着一兜桃子折回的时候,他已经退回到路边坐下,我兴冲冲走过去,举着零钱给他看。当我拿着一把艾草掂着一兜桃子在人群里游来逛去的时候,不方便极了,并最终在买了雄黄、包了香料,置办了所有吃喝之后,发现那兜大鲜桃早已不知所踪,但我只是想,那个大哥,他要割那一小车艾草,不知要费多少劲呢。可心说,"妈妈是个忘事精。"呵呵,成精了。

难免要逛逛服装店。一件玫红的衫子,我突然想穿,老板开价六十二,我暗暗盘算,五十块应该能搞定。但可心小朋友百般怂恿,说好看好看,我就不敢买了。再进一家,又看到同样的一件,又忍不住偷偷问问。谁知道,人家刚说完五十九,可心就一口咬定地说,"唉,刚才那家才要三十二呢!"我心下吃惊脸上却顺水推舟地笑,那老板一下想跳起来,坚决要求我们说出是哪一家,然后是苦口婆心地跟我们解释货源货路,一分价钱一分货,便宜没好货等,我还没决定买,所以只是笑,他终于没了耐心,痛心疾首地说,"好好好,给你,给你,唉,生意没法做了!"我想,卖衣服真是比割艾草赚钱多了。

穿着玫红的衫子缝香囊,剪裁、缝纫、塞香料。一根小针捏在手里,噘起下巴,神情专注得像模像样,就差像娘一样把针在头发里蓖一蓖了,惹得孩子们缠绕左右,一个个争着抢着要第一个,可当我得意洋洋把第一个展示给他们看的时候,这些小崽子却都无动于衷,捧着小脸,异口同声地说想再看看下一个。切,伤自尊。当我缝到第四个仍然毫无起色时,他们终于作鸟兽散,玩去了。不过我感觉还是很好,傍晚时分,已有十几个一溜挂起,馨香绕梁,巍巍壮观。

今天一大早起来给门插上艾草,一边一把,重兵把守的样子。然后泡雄黄酒,用洁净的棉花蘸了给熟睡中的可心搽,耳朵、手心、脚底。小心翼翼把剩下的药酒放在可心床下的一角,然后又噙了一口干净的酒在可心的房间里喷撒,床头蚊帐,犄角旮旯,全被酒雾笼罩。我今年突然神神叨叨起来,但我一点都不觉得突兀。我想,人们之所以要采用某种形式来"驱鬼辟邪",应该是出于对大自然的一种敬畏吧。还是懂得敬畏的好,即便就连蚊虫,我也希望它们整个夏天都会在我喷出的酒雾面前却步,大家各行其道,从此不再需要杀虫剂。

破例地做早饭,三枚蒜瓣,三个鸡蛋,一袋粽子。小时候过端午节,不论多忙,娘总要煮一些蒜瓣鸡蛋,蒜瓣是必须要吃的,娘说那东西败火驱毒,好得很。但那时候我总是虚张声势地咬到嘴里,然后转身偷偷吐掉。现在的蒜瓣依然是难吃,但我没有吐,一瓣一瓣,全部咽下。粽子很好吃,可心爱看的《白蛇传》里有句歌词叫做"爱在断桥边也不能了断",仿造一个句子,吃着思念牌粽子却仍是无处思念,嘿,挺湿。

娘打电话说煮了大锅的粽子等我们去吃,我们就捧了应该明天送的大蛋糕一路浩荡地开过去。娘煮了大枚的蒜瓣、大篮的鸡蛋、大盆的粽子、大锅的鸡汤,隆重以待,娘对节日总是很隆重的。大家不停地吃,不停地拍肚皮,娘还是一直督促,吃,多吃!吃饱回来的路上才想起,原先设想的关于娘生日的细枝末节一个都没能顾及。不过我又想,即便当时想起说想起做,也是不合时宜的,娘想要的只是我们吃得开心,吃得开怀,吃得热火朝天,就好了。

端午,端午,突然觉得,端午的意思应该是,以端正的态度,过好每一个上午和下午。

我想有个锅

文/麦禾

我想有个锅，装天下最好的男人，这个想法由来已久，而且很强烈。

一个锅有什么难得的？随便哪个超市或地摊一划拉，保准一大堆，什么铁的钢的瓷的带钩的带刺儿的，管保找锅的人称心如意。可这得看遇见谁，一个吃着碗里看着锅里的人，你就甭想用什么锅喂饱他，锅就是祸，锅越大祸就越多。所以，为了我的前途和命运，我打算找一世界上最精致的锅，它可以把男人的视野无限制地拉长和延伸，然后又可以不动声色地把他的眼神煮成荔枝的肉，看谁一准翻白眼！放眼天下，这样的锅实在无多，可我下定决心找到底。

巧妇难为无米之炊，想找个好锅，首先就得先找个很有米的人。你想啊，锅好不好绝对要看做出饭的质量，没米不行，米少了也看不出锅到底有多大的吞吐量。这个倒不是多大的难事，身为巧妇的我在网上振臂一呼，立时应者如云。我许诺，只要有人米多，锅不管有多破，我都可以做出世界上最好的美味。结果三天没过，米堆如山！我那个乐啊，这世界就这么简单，再次印证了"人有多大胆地有多大产"的名言。不管是米还是锅，来者我一律不拒，只是我不见人，我承诺，一个星期后，我会让他们品尝美味。

一个星期后，我把米变成了支票，出国。

我不是不讲信用的人，只是我还没找到那个合适的锅，可以随时随地都烹出好菜。为证明我是好人，临行前我在网上发了个帖子，我说我真的不想骗吃骗喝，我只想骗个锅！谢谢大家的米，我会记着。

他们有没有在网上疯狂骂我,我不知道,反正很多人都是在一片嘘声和骂声里成名成功的,和那些裸奔求爱脱衣颂诗的人比较起来,我找锅骗米的做法实在是小巫见大巫,于是我私下里原谅了自己。毕竟,我和那些人不同,我有神圣的目的,那就是找锅!一个好锅做出的饭一定会让吃的人,不心生异想,也不吃里爬外,这可是上关世情世风民族大义、下关男女私情伸脚伸腿的大事,自然马虎不得。

我马不停蹄地去找我的锅。我先翻阅了和锅有关的历史资料,把好锅可能具备的条件进行了一下总结。

首先看到的是,很多文献里都记载着军队出征时要埋锅造饭。什么样的锅埋下去呢?那时候锅的质地是铁的无疑,做出的饭会不会好吃?想一想,那些征伐不断疲于奔跑和杀戮的人会吃上什么样的饭?一定会是"大锅饭"!这个字眼现代人相当熟悉和敏感,一想起大锅饭就想起革命的大喇叭在头顶狂轰滥炸,那年月开心比开胃重要,所以还是不要指望那样的锅好,聪明的现代人早就转向了"吃小灶"。总之,这样的锅没有多少参考的价值。

然后,我看到就是项羽的"破釜沉舟"!这是一种决绝的生命态度:砸烂铁饭碗,不吃大锅饭!项羽真是高瞻远瞩,早在两千年前,他就懂得了改革必须彻底的道理。不过对于我这样的巧妇来说,那可算是灭顶之灾,非但无米还要无锅,最后连自己仰仗的英雄也随乌江而逝,悲哉!我还有什么理由说服女人去找个好锅留住男人的胃?这样的锅有和没有实在没有区别,于是放弃。

没有找到理想的锅,我再次回到现实。看着大小不一、形状各异的锅,我产生了一种造锅的冲动。

什么样的锅算是好锅?看看平底的,锅浅口阔,适合煎蛋。这样的锅算是"襟怀坦荡",也算"光明磊落",可就是成不了啥大气候。你想啊,没棱没角,四处均匀受火,烧出的东西不淡不浓,不冷不热,对着这样的食物时间短了还行,长了肯定伤了胃口,这纯粹是在消磨食欲!所以有人骂什么什么家的,不温不火不偏不倚,折中得能闷死人！想想，这样的锅不造也罢。

再看看尖底的锅，我把它倒过来，就看见了它那小到针尖的底。这样的锅因为底部的狭小而显得拥挤，像个小气量的人，总是把嫉妒和怨愤积在心里。因为长期压抑，这样的锅总是很容易漏底。你的一锅汤往往还没做熟，就已经顺锅"涕淌"了，为长久起见，这样的锅我也放弃了制造的愿望。

最后，我还是下定决心，亲自动手，丰衣足食。不就是个锅吗？造个心形的也没什么不可。人说会吃的不如会说的，我的锅就装甜言蜜语，就装浮生众相，阿弥陀佛！锅就是祸，从口进就从口出，看着碗里的就是锅里的，掉到地上，它就是个幻象！

你吃还是不吃，佛祖说，那就由不得你了。

独身女子形象记

文/晴语

独身女子像辣椒。

辣椒是人们都很喜欢的一种蔬菜。从生物学的角度来看,辣椒并不是在味觉上给人以刺激,而是从感觉上给人以刺激,你不用非得张嘴咀嚼它,只需要把它放在你的皮肤上擦拭几下,便会体验到它的火辣。

选择单身的女子首先从其选择的生活方式上便给人以极大的冲击。你只需要知道她是选择单身生活的女人,你便已经感受到了她的与众不同,就像你已经拿着辣椒接触到了皮肤。

山东有句话说"辣椒拽食",大致的意思是说吃辣椒的时候,会比平时吃掉更多的面食。选择独身生活的女子会让你产生更多想要了解她的欲望,会更具有某种吸引力,你会有种想要知晓她所有秘密的冲动,这种冲动就像你捧着一盘美味的辣椒,吃掉更多的馒头。

独身女子像橙子。

独身女子都是有故事的女人,她们的故事占据了她们的内心,她们不忍心让她们的故事因为其他人的介入而变成回忆和过往,她们宁愿永远地沉浸,也不希望让这个故事结束而让另一个新的故事开启。这些故事便是她们的情结,而她们往往忽略和不承认这些情结的存在,可偏偏这才是她们选择独身的直接原因。

这就像一个橙子,用厚实的外皮包裹住自己柔软多汁的内心,可以用她的外皮抵御来自外界伤害,从而让自己最软弱的部分永远保持新鲜。

独身女子像绿茶。

已婚的女人像花茶,浓郁芬芳,她的芳香来源于花香,很大程度上缺失了自己的味道。

而独身的女人则像绿茶,清澈淡雅。在夜间沏一杯茶,看着茶叶随着水的转动扭转着自己的身体,就像一个选择独身的优雅女人款款舞动着。而茶水的清香便是这个女人所散发出来的魅力。没有咖啡那般的浓烈,因为咖啡是属于两个人的世界的,而只有绿茶才更适合一个人的安静,也只有绿茶才可以衬托一个单身女人生活中的宁静和祥和。

独身女子像钢笔。

虽然圆珠笔和签字笔已经渐渐取代了钢笔在现代办公生活中的地位,可是涉及重要的、需要存档的文件的时候,还是要求用钢笔正规填写。钢笔让人难以彻底放下的一大原因是来源于她的严谨和一丝不苟,你用钢笔写字的时候必须集中精力写下每一个笔画,必然字迹就会扭曲。

每个选择独身的女子从骨子里都是"独善其身"的,她们选择独身并不因为她们惧怕责任,惧怕束缚,而是她们从内心深处保存着一份对于爱情和完美生活的完美理想。她们无法让这种完美因为男人而变得平庸,也无法接受有瑕疵的爱情和生活,于是索性用独身的方式来保全心中的这份情愫。

独身女子像蔷薇。

蔷薇植株较高,但茎干轻长,枝条蔓生或攀缘。茎刺较大且一般有钩,花开繁茂,花朵小儿浓密,香气淡雅,虽与月季、玫瑰同属蔷薇科蔷薇属的姊妹花,却内敛,含蓄,不张扬。

独身的女人骨子里散发出一种神秘的味道,自是一种悠然的飘逸感,傲放在枝头却无意争抢阳光和赞扬,静静地过着属于自己的生活。你来欣赏我,便看到了我美好的姿容。你偏要采撷我,我身上还有有钩的刺保护着。

  独身不过是一种生活状态，就像你可以选择结婚一样，独身女人是属于自由的。而这份自由是谁也给予不了的。也是最宝贵的。

减肥日记

文/谢宝黎

今天又受刺激了。繁华的街道人潮汹涌,忙碌的售货小姐笑颜如花。本人手拿一杯酸奶,肆意横扫了中心广场的服装店。几乎所有人都对我重复着同一句话:"不好意思,这件衣服您穿不上。"我本已要命的自卑徒然赶上了去年年初的股市大盘,直线飙升。顿时觉得手中的酸奶好像一枚定时炸弹,我滴血盟誓,(算了,滴血好像有点太残忍了。更何况一滴血两个鸡蛋呢,多奢侈啊)我愤然走向垃圾箱,狠狠地将喝了一半的酸奶扔了进去。我郑重地扔奶盟誓,一脸肃然,在心中大声呼喊,我要减肥!

我直奔药店,在减肥药专区驻足。一咨询就是一个钟点,最后终于选定了××营养素。这个东西我在广告上看过,体操运动员为保持体重都在用它,错不了。九十八块钱一盒,我买了两盒。(你说两百块要是买馒头,得吃多长时间呀?)来不及多想,我一阵风似地跑回家,坐在沙发上深吸一口气。偷偷想想自己变成苗条淑女的样子,禁不住心里一阵窃喜。嘿嘿,这回咱离美女只差一步了。

减肥第一天,我仔细地看了N遍产品说明书,然后惊奇地发现原来这种药是对每天的饮食有规定的。我顺手拿了根黄瓜放进袋子,拿弹簧秤一称,天啊!超重?我掰了一半一称,天啊,还超重!称来称去才发现每顿饭的规定是三分之一根黄瓜的重量。我心中暗想,如果每顿饭只吃三分之一根黄瓜,我还至于现在吃减肥药吗?哎,忍了,只当为了变成美女的梦想。我冲了一包营养素,对饭桌上的美食视而不见。不过,这状似粑粑的东东味道确实不怎么样。实在是难以下咽,为了明天的美梦成真,食之无味又何妨?

减肥第二天,早上起得特别早,绝对是饿醒的。醒来第一件事不是直奔厨房,而是直奔客厅的体重秤。啊? 一斤都没有少,这可如何是好? 转念一想,我们还需要时间的考验。在心里给自己打气,坚持到底,就是胜利!

减肥第三天,相当饿。我已经不再和家里的同志们一起吃饭了,因为看见他们喷香的饭菜,我发现我的唾液分泌系统越来越发达,总是一个劲不停地流口水。突然想起六零年没有饭吃那些饿死的苦难同胞,我想没有饭吃也许比有饭不能吃要来得幸福。

减肥第四天,我发现我的嗅觉变得相当敏锐。一到饭点,我就能闻见谁家吃的葱花炒鸡蛋,谁家在炸鱼,谁家炖的红烧肉,谁在煮炸酱面……原来怎么没有发现,左邻右舍的生活这么充满阳光? 这让我联想到警犬,它们在破案之前是不是也要大饿几天呢?

减肥第五天,我的想象力有如雨后春笋,见风就长。我看见汽车的备用轮胎就会想起热气腾腾的大锅盔,看见人行道上的地砖就会不由自主地想起大块的芝麻糖,包括看见女儿的小嘴怎么看怎么像圣女果,女儿粉嘟嘟的小脸越看越像带着露水的大甜桃。真想扑上去猛咬两口,我想那一定非常惬意。

减肥第六天,起床第一件事就是称体重。老天啊,我真的瘦了两斤! 苍天不负有心人啊! 我想我如果加以运动,一定会瘦得更快。所以,我决定去上街转转。走在熙熙攘攘的大街上,突然感觉到自己化身为《西游记》里的人物。看不清周围的人群,走路飘飘然有种腾云驾雾的感觉,眼前还忽隐忽现金色的星星。我远远地看那些曾经去过的服装店,心中忽然有一种莫名的安慰。也许不久的将来,我就可以以一副魔鬼身材来挑选我喜欢的任何东西了。呵呵!

减肥第七天,四肢无力,中午才起床。起床站在镜子面前,被镜子里的女人吓了一跳,仔细一看那人竟然是我自己,眼圈发黑,小脸发黄,目光呆滞,头发干枯,整个一黄脸婆形象。天哪,这样下去打造出来的可能不是魔鬼身材的美女,而是一个一脸沧桑的老大妈。这对我原本薄弱的意志产生了致命的打击。一进客厅就闻到了火锅的浓香,心想,是不是需要吃点青菜呢?如果不补充维生素皮肤和气色会不会越来越差呢?可不能减肥之后变成一瘦骨嶙峋的老太婆不是吗?想到这儿我抓了一把青菜扑到火锅面前,狼吞虎咽地摄取我的维生素。摄取完维生素摄取蛋白质,活了这些年终于感悟到什么是幸福了,过瘾啊……当我拿着餐纸抹着嘴巴站在阳台上时,突然发现今天的天空从未有过的蓝,阳光也特明媚,原来我怎么没发现呢?美呀!

减肥第八天,我坐在营养素面前,怎么也难以下咽。就算闻一下,都有想反胃的感觉。我在营养素面前静坐了一个小时,买菜回来的妈妈笑着说:"我出去的时候你静坐,回来了你还在静坐。不想吃就不吃了,犯不着跟自己较劲。其实,你只有一点点胖而已,而且你原来又黑又瘦,根本没有现在漂亮。"一听这话我备受鼓舞,直奔卧室的穿衣镜。仔细端详镜中的女子,不算很美却五官端正,有点臃肿却双目有神,气质平凡却颇有才情……呵呵……

到了第九天,彻底放下武器,不再折磨自己。从此扛起心灵美、内在美才是真美的高昂旗帜,高歌在充满阳光的康庄大道上!

我的左手凝视我的右手

文/宇文漪桢

PART A

我在孤寂的时候,很喜欢躺在沾满露水的木叶中,看着微亮的天空,树叶穿梭我的左手,绿色蔓延我的右手。撒射手心花纹的褶褶的阳光,总能够传导到大脑里的神经纤维,引起脑海里刮起记忆的旋风,波澜绚烂,一些往事像音符一样跳跃在明媚淡淡的青葱阳光,检索着一串串美好的回忆溶蚀光怪陆离的岁月。

请跟着我的左手,寻找童年的右手。

PART B

桀骜而又冷漠的年轮,一圈一圈地游走在蔷薇依附的画卷上,反反复复的弥散。无论多少片香樟的叶子宛然坠落以及多少瓣南国木槿的花色泛滥,一切都是那么的无情,那么的让人不可捉摸。花色摇曳的季节在苍穹中一轮一轮地悄然死去,留在刻在玄武岩的故事还是那么的无奈。

时间真是个很值钱的家伙,这是我十年前经常产生的想法。年龄中断裂的影子记录着一段一段幼稚的动作,我很清楚地记得。当晨曦蒸融出的阳光从绿叶的罅隙中打下来的时候,折断明晰的脉络,我很喜欢把放置床头的闹钟,翻转过去,让我看不见时间的冷漠,也让那个叫做时间的家伙瞅不见我。我以为这样时间会在我幼小的手心中停滞,和熠熠的阳光充满着温馨与幸福照射着,斑驳,青苔扑满灰色瓦墙的鹅黄色的古屋。

这是我很想去的地方,可以被称作是盛开着单纯的郁金香,无限地绽放。光滑的叶尖,滚着晶莹剔透的露珠,重复着一轮又一轮的凋零与鲜艳。

追忆十年的身影,有时候让我的眼泪冲洗着暗淡的瞳仁,我看着黑白相间的照片对着薇薇说,我很累,生活压抑着我,像一颗沉甸甸的陨石沉淀心头,即使粉碎了外表的黏膜,依然很沉重。我很想回去,回到青苔透着疏忽的光的时代。

薇薇一直发笑,很有规律地发出笑声。我很了解她,我知道她的意思,让我躲避在自己的天气里,这样可以保持健康的姿态。这是我自己定义的健康。

PART C

海子说,他有三种幸福。诗歌,王位,阳光。对于阳光我总有种虔诚的疏远感,在阳光的照射下,我总觉得我的身子好像被寂寞的精灵恣意地撕扯。

不知从何时开始,我对阴天和黑夜充满好奇,后来却成为形影不离、朝思暮想的情人。

青葱的岁月,两三方斜斜的阳光默默地移动,走过木槿的叶子,就开始无聊的天气,阴天了,小雨了。

没有阳光的日子,我陈迹的心灵总是流徙在1/4的阴天,3/4的小雨。早晨七点钟,黎明与绒蓝的天空一起到来,大清早起来,顺手撩开淡蓝色的窗帘,灰蒙蒙的颜色笼罩着广袤的苍穹,这样的颜色我感觉很快乐,一种说不上来的愉快。然而好景往往不会长。

像风云一样的嬗变。

如流水一样的无形。

蔼然的天空有时也非得造出些事端，为此，令我憔悴的脸上时常爬满皱纹，宛然划破描摹城市的明眸。静谧的时间，我心里的容器总是满满的，那些雨水拍打芭蕉的声音一直让我感到烦扰。由此，我开始远离雨天，阴天成为我的最爱。

或许这根本不是什么逻辑，但是沉默不语的阴天一直缠绕着我，溶蚀一段一段如童话的剪影。

喜欢上黑夜，是由郭敬明的《假如明天没有太阳》开始的。郭敬明激扬而氤氲的细说像一股淡蓝色的水流在心中流淌，霎时让心头很凉爽，感觉冰激凌的泪滴缠绕着每个细微的神经。

阳光掉进暗淡的瞳仁里的时候，我会觉得异常的寂寞，那种不好说的感觉，像撒了一地的檀香，渗晰的气味太过于浓烈。

我是个对香味敏感的人，所以我觉得在阴天时，远离色彩真是个逃避阳光的好办法。

我经常对薇薇这样说，她没有说话，只是一直在微笑，而且笑了很多次。我明白她的意思，让我回到美丽的葡萄园里。

PART D

人的一生有很多的 the first，我不例外，比如第一次和薇薇绕过即将收获水稻的田埂上，去偷农村老伯的葡萄。此刻的年轮影射着灼灼的秋季，可是火红的太阳丝毫没有褪去锐利的芒刺，照射着一切从不张扬的植物。薇薇的鼻尖冒出一层细细的汗水，随着微风轻轻地流动；绛红色的阳光挂在头顶上，宛然在头顶上划出一道道明媚的倒影，撒射下来，扯疼棱角分明的脸蛋。可是她却从不说苦楚的词语，挽着袖子对我说，"你在这里等着我，我进去摘几串葡萄出来，嘿嘿。"这样的话语，我听着习惯，以至于忘了她应该是个女生，这样的定理被改变是她给我的电话里，说自己有男朋友的时候。

九月的葡萄园里充满着伊甸园般的静谧和诡异,我本是个喜欢安静的人,此刻却时常感觉阴森的气息笼罩着我,像一群恶鬼吹着黑色的号角,遗留荒凉的梦魇。

我就像一个被遗弃的稻草人,静静地站立那里,等待着薇薇的出来。即将闭眼的阳光从穹隆之外瀑布般地倾泻下来,古老的绿树在阳光下自由地呼吸,生长茂盛互相缠绕相互噬咬的枝叶,道道光影延伸到每个不可触及的角落,互不融合,整个空气中荡漾着葡萄汁的味道,很有寒冰岛森林的感觉。

等到薇薇出来的时候,她的脸上和头发上都沾满腥臭的泥土。她拿着一串拥有污垢的葡萄,用手巾擦拭几下,放到我的面前说,"赶快吃吧,如果不够的话,我再进去给咱们弄上几串。"说完也拿了一串,马马虎虎地用手摆弄几下,放进嘴里开始咀嚼。我不敢吃,因为心里总存在妈妈说的"不吃不干净东西"的话语,看到她狼狈的样子,我也就顾不得这些规则,放进嘴里品尝。

我刚放进嘴里,就哇地喊了一声,吐了出来。因为是秋天的葡萄,已经失去夏天的甘甜,我的声音引来主人的脚步,主人看见我们的身影,严厉地呵斥,"谁让你们来的,叫你们家长去。"我被吓得站在一旁不敢吱语。

"我们不是本地人,你看我们也是小孩,步子很小,就算回家叫家长,那需要很长的时间,你能等吗?"我为薇薇的无理狡辩和大胆感到羞愧,毕竟我是个男生,在她的面前失去男生的刚强。

"呵呵,有理啊!那好,不叫你们家长了,来给我锄地,不锄就叫家长,我可以等待。"

"傻瓜,还愣在那里干吗?赶快来锄地。"薇薇说着挽起袖子开始劳作。我本想说,"薇薇,我们离这里很近,家长可以很快叫来,何必要在这里劳动呢?况且我也不是一个擅长锄地的人。"而薇薇的手拉住我的手,进了那片葡萄园,开始劳动。

夕阳的影子停落在古老的石墩上,赖着迟迟不归,转眼间,已经是白天落幕的时候,我们就这样劳动了几个小时,这期间,薇薇没有说出一句累的词语。她看起来很坚强,缺少女性传统的温柔。

"来,孩子们,现在可以停止劳动。"老伯走来,他让我们留在葡萄园里吃过晚饭。我的肚子早早就开始叫了,准备答应老伯的请求,可是自己还没有开口,薇薇说,"吃什么吃,我们不饿。"

"那你带几串葡萄回去,好给家人尝个鲜。"

"不要,我懒得要你那葡萄,我家多得是。我今天来是看你的葡萄好不好,害怕你坑害消费者……"

老农对薇薇的话语霎时不知所措,只好说,"那好你们走吧,以后不要做这种事情。"

"哼!"薇薇拉着我的衣襟走了。

"你刚才为什么不要葡萄?"走到几十米外的地方,她忽然问我。

"你不是说不要吗?"

"我说不要就不要吗?像那种人的葡萄就应该要,吃了还要骂他,懂吗?以后记着。"说完就回家。

于是,我成长的故事里也蔓延着这样的一个美好的词语,偷盗。我一直觉得它是个褒义词。

PART E

不知从何时开始我对文字产生感想,每每入睡的时候,一切美丽的字符在脑海里开始蹁跹起舞,迫使着我又重新穿上厚厚的衣服,做在深蓝色的屏幕前,不断地 key in key in,在电脑里记录着自己每天的心情,升华,凝固,然后定格在某个沉沦的芥蒂。等写完之后,发现周围的人群的鼾声很大,温柔的夜晚坍塌得很深,深到不能自拔的地步,就像我对暗恋的女生陷入不能自拔的情愫里。

我不喜欢说话,于是点点滴滴的文字,组成了错综复杂的感情,像缠绕在淤泥的水草一样,纠缠不清。

夏至的影子被太阳拉得很长,薇薇坐在被苔藓覆盖的岩石上说,"这个季节我们可以活得很潇洒。"她脱掉纯白色的高跟凉鞋,脚不停地晃动,嘴里叼着我刚给她买的冰激凌,圆润的嘴唇像河边的芦苇花,没有休止地跳动。

我明白这个看似男生的女孩已经悄悄长大,扑朔迷离的童稚,或者刚强的影子不断地断裂,断裂。藏匿暗地潮湿的角落。

回忆是阵阵的花香,我们说好谁都不能忘。明媚的阳光衬托着冰蓝色的溪水,看着薇薇放肆的笑,放肆的言语,我的脸色顿时红潮蔓延,血液里好像有顽皮的金鱼游动,击打着骨骼。我不明白当时的年龄,为什么有这样的反映,不明白,一直不明白。

烟花分散的黑夜,琴键上透着光,彩绘的玻璃窗,装饰着歌特式教堂。谁弹一段一段流浪忧伤。顺着琴声方向,看见蔷薇依附十八世纪的油画上,记录着一段一段逝水年华的光影。

12岁,香樟叶子恣意漫漶的地方,遇到喜欢笑、时而逃学的她,开始颠沛流离的生活。

16岁,枝叶繁茂的榕树下,她开始和我一起低声吟唱《两个人的森林》,无忧无虑地歌唱着。

18岁,觉得自己破碎的韶华开始苍老,一轮一轮地死去,沉重的习题集子压抑着我,忘记了谁浅红的嘴唇还轻轻颤动。

20岁,开始一个人的精彩,认为张楚的《孤独的人是可耻的》是谬论,耳膜上疯狂地沉积着《幸福的瞬间》,相信凡是美丽者,都是瞬间的存在。不是吗?

立秋了,夏至已过。

瑟瑟的细雨,任意践踏着湿漉漉的木叶,似水年华的青春以每小时100公里的速度在告别。我傻傻地发呆,告诉薇薇别怕,这个季节很美丽,是一种遗失的美好。

我不明白当时为什么要说出这样的话,也许遗失是暗藏心底的孤岛,是破碎的梦想聚集起来的圣地。

她在走的时候,眼眶有些湿润,什么都不想说,默默地给我包装精致的音乐盒,就径直甩头,头发像台风里的芦苇一样地摆动。昏昏斑斓的灯光下,我打开开始慢慢享受,原来是 Y. I. Y. O 的《一直往前走》。此时我也变得缄默不语,穿上衣服打开电脑开始记录心情。

写完后,我终于明白当时说那些话暗藏的呓语,原来我是一直喜欢着她,开口要说的时候,已经没有时间留给我,所以只能用遗失来划上美好的句号。

PART F

躺在空旷的大地上,我有种虔诚的亲热感,沉淀着熟悉的气味,湿漉漉的木叶互相噬咬与我左手为邻,花样年华的年轮在我的右手像百合一样地绽放,散发着淡雅的香味。那些右手曾经碰过的 KFC 和冰橙子柠檬饮料如风干了的烈酒随着枝丫摇曳,慢慢地溶蚀不可捉摸的日子。

于是,我的左手很喜欢凝视我的右手,记忆的旋律开始播放。

我知道,当左手静静地看着右手的时候,那些不被大家熟悉的往事,和我不小心丢失的童年,在明晰的脉络的茎叶上,抹了一层自然浑厚的颜色,正在我的右手里悄悄地涂抹。

很快的涂抹上浓绿的颜色。

PART G

右手刻印的花纹已经慢慢演变成历史,左手冻结的细微弧线开始滋生,近似春笋的成长。

电脑里储存了不少美丽的文字,我想把他们安静地埋掉,一刻也不能继续待在这个世界。

我知道这种事情我是做不出来的,因为我还一直眷恋着华美的青春。

我用 G 部分来结束本篇文字，是这样的理由，G—GOOD。

我想告诉薇薇，一切美好的事情都已经过去，都成为美丽委婉的挽歌。那曾经的故事已完全地倾泻在字里行间之中，而这些辞藻仅仅是一场沉淀的见证。此刻的我开始微笑，可以不吃甜美的冰糖。

希望这个丑陋的英文单词离开厚重的词典，粘贴在我们的左手里，永远不随时间的洗涤而憔悴，未来用左手阻挡生活的岁月里，它能够起到中流砥柱的作用，离开悲伤，一切安好。

我 饿

文/引力

1

过了午夜,我还在疯狂地搜索那些食品的图片,因为,我饿。

谁的食指大动了?我。

午饭的时候菲律宾的男孩走来,对我说,"可不可以去中国城吃点东西,我恨三明治。"然后,以热烈的口吻,"我爱米饭,就像爱我的家乡。"

顿时,令人念起网上俗语,老鼠爱上大米。

刚来的时候常会怀疑,漂亮的公园里,那些欧洲人只是抱着一盒生菜丝津津大嚼着,也吃得下去。妈妈问我,"现在经常吃什么?"我会说,"生菜啦。"

在家的时候常见母亲吃生菜沙拉,只是为了健康,自己亦如此,为了容颜。母亲是主动素食者,源自外婆。外婆是不用晚饭的,只有一杯牛奶,常用些香菌之类的,主动素食者往往是奢侈的。外婆去世的时候虽届九十,但面色红润,只有额头有些许皱纹,眼角的尾纹不细看是看不出的。

如今的我,只想做个主动肉食者。旧友发来结婚照片,看得出那残羹,满是油腻的盘子,我的视线第一时间转移在上面,大喊着菜名,近乎贪婪,重点就放在了那些浓油赤酱上面。想象自己如初次参加乡宴的人,面对着颤颤的五花肉,尚如有些书籍中描写,"要那走油带膘三指厚的才好"。

不知道食文化与人的肤色有无关系,品了一些非洲同学的食品,觉得颜色和口味都是偏重的,欧洲则大不同。不知如何处理的,这里的牛肉、猪肉都会泛白,令人胃口全无。鸡也是撕去了表皮的,为的是减低脂肪的摄入量。菜色是漂亮些的,红的红,白的白,绿的绿,只是红色日复一日的是西红柿或者胡萝卜,白色日复一日的是土豆,绿色还不错,竟然会还些品种,只是多为生菜。

想到烤鸭与涮羊肉,我,能不饿吗?

在北方长大的我,冬日里一口鲜嫩的白菜水饺,吞掉舌头也不稀奇。春天的野菜,夏季的各种新鲜蔬果,尤其秋日里,随便什么都不仅足以果腹,尚可享受。我怀念一切,哪怕只是一碗阳春面,又洒了碧绿的鲜韭或葱花。我怀念一碗雪菜拌豆腐,我怀念一切,甚至猪蹄与红烧排骨。

我不能读那些描写吃的文章,"妈妈的一碟打卤面"之类的文字足以让我泪下,当然不仅是思念母亲,还有那文字背后可以想象的香嫩。"乡宴"是提不得的,不晓得原因,除了菜色,还有那份豪气令我神往。

渴望那些"大碗饮酒,大块吃肉"的日子,虽然,或许我从没经历过。

过年的时候去买半扇猪,扛回来,炖着吃,烤着吃,烧着吃,炸着吃,卤着吃,煎着吃,炒着吃——我的理想。

2

学校图书馆的书够多了,不然还可以去大英图书馆借阅,因了马克思的脚印,对那个地方充满了神往。

仍然处在一个文化饥饿的阶段,腹内空空,头脑空空。

我不算什么才子才女,只是幼时也读了几句诗词,开蒙也学了些许古文,套句《红楼梦》里的话,"也识得几个字,不是什么睁眼的瞎子"。只是没料到如此迅速,宛若唐敖吃了什么灵芝仙草,由不得的就忘记了。只是人家留下了精华,我却是消化了精华。

处在两种迥然不同文化之中,想要寻找一种平衡不是易事,我的英文拼写尚常出错误,中文拼写又新近增添了些毛病,已被家乡父老笑称"邯郸学步"。只怕,还是当面听闻,背后恐是要被称为"效颦"的。

我只是个穷书生,负担不起昂贵的中文资料。那日偶得一纸中文菜单,从门缝塞入,便被我留存起来,时时拿来观赏,视为至宝。欧阳修说了,读书厕上马上枕上最为惬意,只是若读英文,千万不可枕上,那是好过一切安眠药的。

而今勇气不足,初来之时,曾在某座山头高呼过"红旗漫卷西风",也还慷慨过"我欲因之梦寥廓"。只怕再陷入语言的饥饿之中,只得奔到泰晤士河边吟咏"大江东去"了。

3

到处都是风花雪月,却都有一种情感的饥渴。

想起一句再庸俗不过的话语,人多时候却寂寞。似乎每天都在忙碌,但不晓得做了什么,甚至夸张到日日都有约会,却仍是感到了一份空旷。

或许是欠缺了一种妥帖踏实的感觉,就会空虚。如同饿久了的人,睡梦中也想要抱着一份食品,即便不品尝,手边的冰箱也想要是满的。

见不得街边草地上团坐的一家人,见不得地铁里不顾一切亲吻的情侣,更见不得公园里的露天婚礼。婚礼蛋糕是诱人的,婚礼的喜庆气氛却每每令人泪下。只是遇到了,便也难得那份新鲜,更何况还要等待抢夺那束新娘手内的鲜花,只是我们都寂寞。

空气里总有一种湿润,都市也是拥挤的,一个人却被设定了漂浮,停止不了的寒冷,或许就如他所说,灿烂的或许是笑容,也只有笑容。

曾经开满了鲜花的心内,如今疯长的只是草,无力修剪,任由其生长,有天终将老去,只怕留下的便是无数纠结的枯草。

"冯小姐"的情感世界

文/德江

一友知我喜欢信鸽,去年送我两羽。其中一羽灰色,其头平方,双眼左顾右盼,特像我一个亲戚小冯,既然与其神似,便叫此鸽为"小冯"了。又因是雌性,就送她一个好听的名字——冯小姐。

冯小姐其貌不扬,全家人都拿她开玩笑。她好像能听明白似的,总是善解人意地向我们频频点头。

冯小姐长大能飞了。

大概年初,她丢了。我特惋惜。谁料第二天它回来了。只见其主羽毛10根掉7根,仅靠残羽归巢,估计是在鹰隼爪下逃生的。从此后,我们开始对她另眼相看了。

今年春节一过,她更亲近我们了。只要叫她的名字,她就会走过来,用身体蹭你的手指,一副娇羞的样子,好令人心醉。

她长大了。到4月份,她已经6个月了。她开始找对象。

在鸽群里,只有一羽绛色大花脸雄鸽最好。他高雅,威武。站有雄姿,飞有速度,该有一个好妻子才是。

然,常言道,"好汉无好妻,丑汉娶花枝",这话在"大花脸"身上又应验了。

冯小姐就选中了他。

她频频献媚,百态千娇,使情窦初开的大花脸一下坠入了她的情网。

对此,一友不同意。大花脸何等血统,何等高贵呀!而冯小姐既无出身,又后天不足,这门亲事太不般配。

我这个人的最大优点也是最大缺点就是心慈面软,有人讲,像我这样的人,干不了大事。这我知道。但可喜的是在我眼中"大事"的概念是抓"拉登"什么的,既然这大事用不着咱,那干其他事大家也都差不多了。

我对好友说:"别,你看他俩好成啥样了？就让他们结婚吧。"

冯小姐特别珍惜来之不易的婚姻。她特别爱大花脸。她会不厌其烦地给大花脸梳理羽毛,其缜密的过程令人叹为观止。她先给大花脸梳理眼睛周边的小羽毛,梳完左眼,再梳右眼,然后梳头顶,然后梳脖子,然后梳前胸,然后梳后背。梳完后,趴在大花脸对面,含情脉脉地深情地注视大花脸。

大花脸完全被冯小姐的爱所感动了。

我不知道大花脸用什么语言告诉冯小姐骑在身上,自己则高兴得抖着双翅,呢喃着一种只有冯小姐能听懂的情话。

蜜月很快过去,她产卵了。她变了,变得对我们凶悍起来,谁都不能碰它的窝或卵,否则它拼命咬你。

卵就是孩子,小冯喜爱还不曾是孩子的卵,简直到了一种疯狂的程度。

世间什么都要有个度,过了,好事就变成坏事。

小冯每隔10多分钟就用嘴翻一下蛋,你说,什么坚强的生命在躁动下能面世呢。

我并不希望它有后代。一是她毕竟还小,身体不成熟;二是不成熟的生理状态是不会繁育出好后代的。

其实我们也不必担心,用过分的爱是繁育不出后代的。后来,果然。

最让我们佩服冯小姐的是她居然能把爱在趴窝的时候,留一半给大花脸,她坚持自己趴窝,让大花脸出去玩。玩久了,她会把大花脸叫回来。大花脸回来后,她会情真意切地给大花脸梳一会羽,还不时用头蹭大花脸的头。

可能我们一些人每每谈及爱情,大多是婚前,可婚后这样的情感世界,有几个人能见到!

她把母爱给了不曾谋面的孩子,她把似水柔情给了自己的丈夫,她没有什么要求,那样心甘情愿地奉献着自己的一切!

面对此情此景,谁能不浮想联翩?!谁能不受感动呢?!

冯小姐连着孵了两窝蛋,都没出雏。今早查棚,看记录,她孵蛋已过18天,显然不能出雏了。

我取出蛋,打开,蛋内有血,但已有些臭了。这是她太勤奋的结果。于是,把臭蛋扔了。

没想到,冯小姐依然趴在窝里,还不时低头,转圈找蛋。

又过一会儿,它离窝,又叼了一根树枝,放在窝里,然后趴下,小声地呼唤着孩子。

我实在不忍心,小冯一定要有个孩子。

我把一对十分优秀的种鸽的蛋送给冯小姐,但愿属于别的鸽子的蛋而属于小冯自己的孩子能顺利出世。到时,我会摆酒,和冯小姐一起用不同的方式庆祝。

一把青菜

文/严雨龙

我不知道对面楼里住的那户人家姓什么叫什么。我们两家的晒台遥相对应,常常相见却不相识,只知道那户常住的是老两口。男的踩三轮,女的好像下岗,或许是退休在家。有个孩子是在部队工作的。平时偶尔在小区碰面,也是互相颔首下,以示"知道"对方,略表友好。别的便没什么接触。

突然有一天对面女人送过来一大把青菜,说是他们自己种的——大概在哪个尚未开工的工地上,开垦出一小块,消遣地种种玩玩。这让我们顿觉不知所措。当然不好问人家,平白无故为何送我们东西啊?

对面邻居,居然送我们一把自己种的青菜!匪夷所思,感动中便是不解的不安。妻子却是很肯定地说,这应该是对她的奖励。我说何以见得。妻说,她与她倒是每天早晚在露台上要相见的,虽然没有什么招呼,可她觉得彼此心里一定是问好的。因为小区路上遇见了,对方是很客气的。话不多,有时就说一句:"当老师是很好的";有时便说:"你每天真勤快"。如果把这些零零星星的话,联成一个整体,那就是:一个当着大学老师的女人,每天还能起早摸黑地干着家务,应该是很了不起的。所以这是对她的赞赏奖赏,要不然咋送青菜给咱家呢?

我说这是借机对我嘲讽呢,还是自以为是地自我夸奖? 然而不管对楼是否真的出于这样,妻子是当真如此。因此那把青菜在其眼里心中,仿佛便是块奥运金牌似的,喜滋滋美滋滋,一时还颇为不舍

"随便"炒了吃。

妻子所言，该是相信的。因为除此之外我想不出还会有别的解释。更因为所住的邻居，我是一无所知，而妻子似乎比较了解。哪家哪家的"基本情况"，她好像都掌握。比如她就知道，那个每天早晨像拖自家客厅样、拖楼道的老头，是哪家的老人，来自何地，多少岁数等等。对面屋顶一排太阳能水管，哪个老是漫出来无人管的，是哪家的，咋会老不在意小心等等。再比如哪家小孩怕奶奶不怕父母等等。

有时便开玩笑说，"你是有偷窥癖还是就爱管人家闲事咋的；你这人如果干居委会或社区工作，肯定成为全国人民的榜样。说不定你就走进央视'感动中国'了。"妻说，都住一个小区这么多年了，空气里都流动着家家信息。除了你这个没胡子的马克思，整天想着国家大事，谁还会、还能够无动于衷啊？你是一定以为楼道是小区保洁员拖干净的，或许你就认为那老头便是保洁员。是不是？要不然门口保安换了新的，就老要对你多看几眼。你这样的人，一看就不像"居民群众"，而像是外来串门的。是不是一村人一家人，不要说人，就是连狗都能感觉出来。关心关心，自己的心在小区，什么都能相通。心不在小区，再专职或做什么事在哪里，都是外行外人。

此话该是言过其实了，不过似乎还真有这点意思。是啊，一个时时能够关心着周围的人，那周围的人应该是不会忽视她的存在的。这把青菜大概正是个说明，说明了某种关心的回应，或许真是个奖励。

这把青菜的奖励，对妻子是重要的。其实对社会也应该是重要的。这使我想起另一件事。有一次走在大街上，熙熙攘攘的人流里，突然有个人喊了一声："注意！东西别掉了啊"。当即判断喊话的人估计是发现有小偷在活动。闻听这句提醒，有的似乎充耳不闻，仍然不动声色地匆匆而行，尽管还是情不自禁地会捂一捂捏一捏自己的口袋提包。而有的就停下脚步，对喊话人报以微笑。稍后不知从哪儿冒出了个小姑娘，走到那喊话人面前，恭敬地献上了一束鲜花，并说了声谢谢,行了一个少先队礼,然后走开了,人流又复归于原来的熙熙攘攘。留下那个喊话人手捧鲜花,傻傻地呆着。

这一幕几乎只是个闪现。可我觉得那束花是那么的耀眼——赛过了常常看到的文艺晚会上明星手里的那束。当然,这是小姑娘对喊话人的奖励,但也是社会对他的奖励。这使我想到,对于社会中许许多多的好人好事,确实需要"组织"和"集体"的表扬、鼓励、奖励,以弘扬和倡导。但是,作为一个公民,也是有着同样的义务责任,自觉地予以承担表扬、鼓励、奖励他人的义务责任。尤其许多日常的细小的事情,更是需要素不相识人的赞赏,哪怕是一个微笑一束鲜花。因为美,才得以放大壮大了。虽然微不足道,却极有彰显的必要。这当是每个人应尽的社会责任吧。而当我们面对丑恶行径时,或许还有胆怯或许还力不从心。但是我们表达自己的心意应该是可能的——给那些伸出爱心和正义之手,送去点什么。好意总归是个有力的鼓励。

如此,我后悔没能够对那个献花的小姑娘,也说声谢谢。

于是,我倍感这把青菜便是一束硕大的鲜花!我将之献给所有的人。

油焖烤带豆

文/xssxd

单位组织庐山七日游，老婆带着儿子去潇洒，只留下孤苦伶仃我一个，美其名曰看老家。她说："这下，长夜漫漫无了时了吧。"原来她知道我的秉性，对生活往往不在意，有点不放心我，害怕我饿肚子。我硬着嘴巴说，"没有老婆才叫自由呢。"在她走后，我发现桌子上留下一碗油焖烤带豆，烧得特别油，特别红；一碗红烧肉，不知道在高压锅里煲了多少时间，特别爽口，肉放进口里，刷拉一声，就滑进肚子里；一碗打蛋汤，蛋花厚厚，像肥胖老人鸡皮疙瘩的皮。感觉不是很好吧，呵呵，没有老婆的日子，只好将就点，不能多追求了。

那一天，好享受，好自由，一张两米宽席梦思，横着躺，直着躺，都没有人挡。一觉睡到大天亮，伸个懒腰，有点饿，当然油焖烤带豆拌冷饭充饥了。我在学校里，是数学天才，绝对高智商，高考是满分啊，这次派上用场了，我运用几何和算术知识，把它们用黄金分割的方法，分得恰到好处，够七天混的了。晚餐是带豆拌蛋汤皮。匆匆忙忙地完成吃饭的任务，接听老婆的问候，向她汇报，我把生活安排得如何如何的合理。

次日，景色有多美丽就有多美丽，房间里阳刚气十足。家里来了一群光棍，天南地北，海阔天空，全把我家当作聊天吧，当然饭是我请客了，没办法。我把他们带到夜排挡，享受了一番。君不闻"偷猪头"的俗话吗，这样的故事是适宜于老婆不在的日子，偕几个朋友，浪费一些铜钱，找些美食，奢侈一番，以贪快乐。

接下来的是"家庭式聚餐"，我说大家吃啊吃啊，可是身边的吃客渐渐少了,伙伴们不够朋友,不能同甘共苦,嫌弃小菜太低档,逃跑得比兔子还快。于是一个人,自己对自己说吃啊吃啊,不吃简直是浪费。然后自己回答自己说要剩点要剩点,还有五天呢。就这样一来一往中开怀大饮,独自如神仙,悠哉游哉,好不自在。

再来一次黄金分割,啊呀,大事不好,昨天太诙了,消费太多,小菜不够混七天了。于是只好饼干当饭。饼干当饭,好啊,舒服!坐在电脑前,嘴巴里嘎蹦嘎蹦地响,碎末满天飞。节约时间用来玩游戏,连屁股都不用移动,没有人催促,没有人干扰,一会儿在边锋游戏里成了金庸笔下的鸠摩智段延庆,一会儿又在QQ房间里回到旧社会赤脚穿草鞋,满脑子昏天黑地。

接下来,日子过得紧巴巴,看样子有点不如意。等到下午,饿了一餐。半夜时候,肚子咕咕响,像鸡爪在挠痒痒,于是从床上爬起来,在厨房抽屉里大扫荡,对儿子的饼干果冻之类的实行"三光"政策,不过还要担忧明天该怎么熬啊。于是想起生活里还是有老婆好,有老婆嫌老婆太听话,没个性,平时想找个吵架对手的机会也没有。没老婆,怎么样,日子过得有些凄惶喽。

最后的日子里,已经饿得两眼昏花,等到老婆打来电话,说汽车停在烟草公司大门口,已经回老家了,我禁不住高喊一声:"My,god。恰到好处。"迫不及待地骑上摩托车,一路狂飙,接回她们。老婆真是贴心,第一时间来到厨房间,掀开锅盖,一看锅里还有一大堆油焖烤带豆,已经长了薄薄一层白花,怪不得后来几天厨房里有一股霉馊味。于是只能谦虚接受老婆的批评指教,诚恳接受老婆的生活指导。儿子也趁热闹,忙着给我讲故事。他竟然说,很久很久以前,一个老母亲要远走,为他儿子的脖子上装了一个大饼干,可是等他母亲回来,饼干只有在嘴口边啃掉一小圈。气得我变成猛张飞,睁圆眼睛,扬起手掌,作势要打他,可是没有用,他借口中暑,骑在我背脊上,一边治我,一边整我,扭得我全身都是红和黑,见我痛得呀呀叫,还笑得合不拢口。

风华绝代之旗袍

文/划水无痕

独坐夜阑,缺月斜挂,云树葱茏,花香馥郁。

在这样的夜晚,开始怀念那些轻易被感动的时光,即便是曾经的蛛丝马迹。

我分明看见一个女子,留着婉约的发式,别着银质的月牙形发卡,穿着白色缎子面料的旗袍,迈着细碎的步子踩着绝世的才情和容颜,渐渐消失在深巷的那一头。恍然,又见一位女子,穿着黑色缎子面料的旗袍,姗姗地托着银丝咖啡壶在大堂里穿行,老式的大喇叭留声机里咿咿呀呀地说着:"夜来香……"那个时代歌女尖细的歌声刻录在那一堆黑得发亮的老式唱片上,那里面有红极一时的:阮玲玉,周璇……

她从清朝浮着阵阵檀香的时空中飘然走来,举手投足,一颦一笑尽现传奇的别样色彩,与生俱来的冷艳中透出一丝忧伤,诉说着她的无心,她的寂寞。

曾有个旗袍盛行的年代,旗袍的"花样年华"在那个时空中绽放着妩媚的烟火,在每片浮光的灯光下,有裹着各式各样精致的旗袍的女子,花团锦簇如粉霞一般。当旗袍遇上了这些风情万种的女子,三十年代的上海恍惚间移了魂,织金绣银,镶滚盘花的色彩在尘埃中落定,把她们定格在烟尘般的繁华中。突然有一天,她们发现,旗袍已融入她们的生活甚至生命了。衣服是女人的第二肌肤,而旗袍,正如张爱玲所说,"是一抱软玉温香,柔弱无骨的温柔。"不同的女子穿上它,都将会演绎一段只有自己才懂得的传说。

旗袍生来是忧郁的,因而不适合过于鲜亮的颜色,最经典的旗袍应带有一点悲剧感,如:阴蓝、深紫、玫瑰红、鹅绒黑……也许有人会认为这样颜色的旗袍很俗,其实,旗袍是种很难言的寂寞,是雅俗的极致。张爱玲说过,"大雅即大俗,大俗即大雅。"这句话放在旗袍身上再贴切不过。

旗袍不是什么人都能穿得的,《一世情缘》中的沈英说:"女子啊,一穿上旗袍这一辈子就被束缚住了,背不能驼,人不能胖,腿不能打弯。"的确,穿旗袍首先得有标准的"东方身材",修长的腿,细嫩滑嫩的肩,盈手可握的小蛮腰,胸部丰满,凹凸有致。

旗袍有无袖的,短袖的,有低开衩的,中开衩的,也有高开衩的。开衩的旗袍,稍露洁白细腻的小腿,步履摇曳间,一闪即逝。东方女人的含蓄内敛不曾打折,却又添加了万种风情。张爱玲说:"初兴的旗袍是严冷方正的,具有清教徒的风格,旗袍元素在西方服饰上的应用,又使旗袍迎来了一个全新的阶段。旗袍在由保守到暴露的演变过程中,又将女性的万种风情展现无遗。"爱玲真的是参透了旗袍,看彻了世情!旗袍是拒绝又是诱惑,细瘦却又浑圆的衣型下最适合包裹一颗被欲念和矜持双重煎熬的心,因此也就在无意中捎带了一丝沧桑。旗袍总是渴望有一天离开这繁华的附庸,总是知性地冷观世间所有的纷争,直至退尽光华。

岁月会老,红颜易逝。在急走的时光中,世事翻覆,物是人非。

旗袍一如烟花,艳极而衰,昙花一现的惊艳后,是一地的冰冷清瑟,一地的支离破碎。香消玉殒后,只留下一世沉默,一袖沧海,一袖桑田。静默中世事悄然移位,玉簪、青瓷碎了,雨巷淡出了视线,杏花春雨在年华中让位于沙尘洪水……

可是,又何必可惜?旗袍不会让人懂得,它定格在那个时空中的惊艳。它宁可在尘世翻覆中悄然隐去,如果你哀伤,你可以为它悼念,却无法改变它的坚持。

现如今,临花照水的雅致闲趣,静衣素手、弄弦调琴的逸致才情,唇惹茶香的闲淡自适都已成了奢侈,可望而不可即。水莲花的娇羞在这个开放的时代更是凤毛麟角。于是,有些时代,只能在记忆中寻觅,斯人斯物,只能在梦中怀念。

家事琐记

文/闫文盛

一年前的今天,儿子来到了这个世界上,转眼间,儿子满一岁了。这一年,对于他的父亲而言,充满了难以言喻的神奇。我常常回忆儿子初临人世的时刻,也许,对于所有的父亲,这种回忆都是根深蒂固的存在。我们在共同的历程中找到一个相似的起点。

我在忙忙碌碌中度过了三百六十多天。每一天,他小小的身影都会充斥我的脑海。他渐渐长高,慢慢会走路,他开始咿呀学语。当他第一次喊出"爸爸",我兴奋了整整一天。我甚至不能确定他是否真的在喊"爸爸"。他喃喃自语的样子像极了一个童话的开头部分。

我曾经发誓要为他写一部长长的书。他生命中的每一个细节都将是无法复制的灵感。在事务繁多无暇他顾的日子里,我依靠这些细节填充了心灵中的每一次荒芜:他已经是我今生中最重要的作品,我似乎再无必要为解决生计与写作之间的冲突而绞尽脑汁。

他原本并不知道他的父亲以写字为业,但他终将知道这一点。我始终不能确信他会选择什么样的人生道路,但我已经学会了不再苛求。我希望他生活得健康而快乐。他在渐渐长大的同时,我也渐渐往更年长的方向去。须臾间,三十年的光阴已经蹉跎而过。

我们始终无法走回过去的路。生命中的每一次错失,在记忆中,都会变得如此醒目。与儿子对视的每一个瞬间,我总是感慨万千。他尚且幼小,不知道生命中有多少坎坷。在儿子面前,我常常忘却自己所有的经历,我似乎能够看到自己三十年前的样子。

我准备写给儿子的书慢慢搁置下来。他在我身边的日子越来久,我熟悉了他生命中的每一个过程:他的第一次翻身,他长出了第一颗牙,他学会了坐,他学会了爬……但我不是一个忠实的记录者,我有许多理由为自己开脱。妻子却把儿子的生活照盘全录。

我不能说我在儿子出生后的这一年中到底做了什么?我可能在慌乱无措中度过了与儿子相处的最早的时光。他那么小,有着极强的依赖心。对于整个世界,他是防范的、被动的、恐惧的。随着时光的流逝,他对自己的信心才建立起来。我对他的信心也建立起来。

然后我就掉进琐碎的俗务中去:生活如此强大,它把我本有的预计全部打乱了。我的生存依然有动荡的成分,这是我原先没有想到的。尤其是春夏之交的一次搬迁,耗费了我将至一月的闲暇光景。之后多半年,我始终没有从这场迁徙中彻底地走出来。

直至今天,我们一家三口都住在这所租来的房子里。我曾经在一篇文章中描写过楼下的小巷,巷子口的水果摊贩;我甚至在一篇始终没有完稿的短篇小说中摹写了一楼独居的八旬老太。夏季的时候,这个处于闹市僻巷的小区里常常有收垃圾的人高声吆喝着从楼下走过。

我抱着儿子站在阳台上。阳光被稀疏的树影切碎了,它们星星缕缕地落在了儿子的脸上、胳膊上。因为怕晒,他一直用手揉着眉眼。多数时候,还会把眉头皱起来。有心事的时候,我会对着楼前的民房长时间地出神。儿子的胳膊和腿脚在我的怀里一下一下地动着。

他越来越淘气了。阳台上凡是被他接触到的东西都被弄得一片狼藉,他妈妈叠放在那里的衣物,我的十几本书常常落在地面上。卧室里、客厅、厨房,他所能抵达的一切区域都难以保持整洁。妻子被日复一日的家务弄得疲惫不堪。

我不是个称职的丈夫,甚至算不得一个称职的父亲。我逗留在电脑前的时光够久,几乎所有的休息日也被各种写作活占据。我无法从这样的状况里抽身出来。这似乎是提前到来的中年生活,我开始被一些离奇的错觉淹没：我将在这样的情境里滞留下去，一晃就是多年。

我刚刚过了三十岁了。这样一种感叹，在新年的第二天，点点滴滴地涌上来。我的一位年长的同事，曾经在二十年前有过同样的感叹。多少年后，他揶揄着自己曾经有过的这种感叹。一位早我几年出生的同时代的朋友，也以同样的语气对"我们的三十岁"进行过陈述。

我常常吃惊于我们的三十岁不可复得。时间从来没有停滞下来过，在儿子面前，我总是会看到自己眼角渐渐增多的皱纹。就像二十多年前，我曾经看到自己的父亲母亲，他们被生活无情的定律磨蚀。我甚至能够记得起父母亲三十多岁的样子。

他们不会知道我的记忆停留的时间如此久远。一般的情况下，对于母亲记忆中的事，我忘却的成分居多。多少年里，他们甚至已经对我失望。现今他们的生活虽不至于困顿，但离我早年许诺的好日子尚有差距。在初为人父的这一年里，我回老家的次数渐渐少了。

一岁的儿子不会知道他的父亲曾经有过多么复杂微妙的心思。如今距离我的童年越来越远，甚至距离父母越来越远，早年的影像却越来越鲜明。我梦到儿时居住的旧院子，梦到过着枯涩日子却始终习惯不了都市生活的母亲，几次在突兀醒来的夜里泪流满面。

直至今日，我都想把一次羁旅中的心情抄录下来。是的，它们早已在黯淡的夜色中独立成型，只差我的如实书写了。我所隐约记得的是晋南冬夜里的一个噩梦，我无论如何不能够忘却的是噩梦里父亲的离世，但我一直想不起这个梦的由来了。

天亮之后，我才打电话给母亲："妈，我爸没事吧？"我说。我看不到电话那端母亲的面容，但一切都可以想象出来，包括或许正在抽烟、或许正做着饭的父亲。我需要的只是从母亲那里进行验证。我当然没有讲出我做噩梦的事情。我不能让母亲知道我心里的思念有多深。

数月之前,因为要照顾孙子,母亲曾经来到省城,但仅仅逗留了十天便返回了。对于城市生活,母亲不像其他多数人,她没有想念,无法融入。我曾经希望母亲能久久地留下来,但终于无果。最后,甚至因为母亲的坚持,我发了火。事情过后,我写下一首《忏悔的诗》:

日子像流水一样过去,这无声的比喻来自宁静夜色中的一次回眸。转眼间,我离开家乡的时间已经太久。我还能有多少次机会说出对于母亲的愧疚?夜色越来越浓,我走在回家的路途中。母亲在黑漆的屋子里等我。母亲大睁双眼,在聆听门被打开后落在同样黑漆的楼道里的回音。我还在回家的路途中。

我不知道如何离母亲更近一些,在省城我租住的家里,我不知道如何让母亲的心像在乡下一样安定下来。母亲茫然失措的神态中隐藏了多少浮尘般的陈年旧事?我的心会针扎一般地疼。在母亲走后,空荡荡的家里只有儿和妻,只有我们三个人。在母亲住过的屋子里,空下来的床铺上铺满了十天那么长的时光。

可是我不知道母亲为什么会决绝地离开了。在母亲要返回故乡的前夜,我不知道怎么对母亲说起心中的愧疚。在省城我们的家中,我的心会针扎一般地疼。四个月大的孩子或许见证过母亲短暂的忧伤。母亲把许多坏情绪都一点一点地隐藏。这不是母亲住习惯了的老地方。在我们看来,母亲的敏感与不快与生俱来。

如今我们早已搬离了那个旧住址。在市中心的广场上我看不到母亲,在省城的大街上我看不到母亲,在我居住的城市里母亲终究不在场。我无法写下心中真正的情感,如同母亲在时,我总是无法说出来。母亲注视我的神态带着与往日不同的虚妄之光。这不仅仅是我的错觉,或许更是命运:我总是在忏悔中思念母亲。

这次还是这样。我们母子秉性相同,坚执而不懂改变。在知道父亲无事之后,我甚至想再度提出接母亲到省城,可话到嘴边,终归放弃了。一辈子很少离开故土的母亲,在她此生中或许是唯一的远行中留下了一段并不算美好的记忆。她到了省城儿子的家里,但总是如同客人。她无法把自己放到一个适当的位置上。

　　对于母亲的生分,妻子甚至暗地里生气。她想把事情做好的努力终于告诸失败。我不能真正地安慰妻子。多少年里,我总是如此。我时时想起自己幼时在母亲那里所受到的宠爱,母亲是一天天看着我长到了十五岁方才离她外出的,以后时断时续的母子相聚,我们母子之间的感情渐至藏匿而形同疏淡。

　　这似乎是难以更改的。在目睹儿子成长的日子里,我总是无法忽略这样的类比与想象:此前关于母子感情的体验常常被我置换成我与儿子的父子情感。我知道,母亲也曾是这样看着我长大成人的。她在我身上的百般操劳,我至今又能领略多少?生命的延续带给我许多崭新的思考。我或许应该写下一本关于亲情的书。

　　儿子一天天大了。岁月漫长,他会以我无法察觉的速度长到真正独立的那一天。不管我与妻子将来如何不舍,他终归将离开我们的视线,投身于生活的汪洋。多少年后,当我们老时,回忆起年轻时候,或者便易于理解现在的母亲:她虽为儿女付出一生,但却始终生活在自身的世界里。

内心地理

文/周诗影

[初]

  九四年仲夏某夜。星光硕大,大如斗笠,梦境窄小,小似鸡笼。睐不着眠不着,在青涩潺热的季节里,毛茸茸爬上了指尖,指尖亦有心事。起来坐捂笛孔,笛孔浑然心眼,心眼幽闭——内心初有地貌了。众山是山,众水是水,等高线却不是等高线,是真有大地温驯宽谅的起伏了。山自有高,高山足以参差月亮的朦胧;水自有深,深水足以消融鱼儿的秘密。时光只因淡入了漠蓝的天空才得以静谧,风老如海,鸟高若石。

  那时候想,要知晓内心自有土地了,地自有理,即唤地理。内心的每一次地质运动都是毁灭性的,是在极其迅疾的时间里发生变数。秒针以某个中心为主轴,挪移过一格一格的桑田沧海,天籁人籁亦只能被单调的滴嗒声所暗喻。内心的土地只有一次生命,死掉再也没有了,而且地上的承载也不可挽留,河海山川,花鸟虫鱼。古直的炊烟,空朗的晴丝,及至铺肆闹热,比肩接踵,人事温攘纷然。

  在内心,每一次地壳的破裂皆要借助内心以外的力量,现时的物象,书籍里冷寂了的世事。季节可从清少纳言的《枕草子》中匀出来,日历可以拿去年的那本陈旧的,上面用红笔圈了母亲去送种蛋的日子。内心的变乱是难以抗拒的,一枚枫叶的脉络能指陈一座城池商旅往来的历史,缫丝技艺的播散和钧瓷烧制方法的外传,而一柳叶儿的上弦月则能卡住年久失修的记忆枢纽,使其每一次运转都吱吱有声。

内心生土。土上自生物象。物象叠乱纷繁。纷繁难测,只记下那些恒久的。

[一] 植物

第三天就有植物了,承地海之后,逾太阳之前,总算也是有了。是大地的皮肤,不可分离了。

所有的植物都该是静持宁致的,潜生于根部平和的生长情感,自下而上,沉默吐纳,伸枝展叶,信柔温良。

迷恋植物,自2003年的一场雨后。午后几撇兰草贴附于地,南方多见的阔叶梧桐水分充足,缓慢滴落,时有鸟雀跳跃,滴落散乱。雨后的阳光暖红羞怯。蹲在屋后的林子里,还是有很多植物叫不上名字,和很多人一样了。

内心只有诗经里的植物才是好的。是在今年的四月份,那时天快要亮了,天色微青,读竖排的毛诗,一行一行念了下去,喉结疲涩,心思沉缓。记得时间是天角露了鱼肚白的光亮,才豁然清朗,像要初遇那些长在很多年前的植物,不曾摇曳,只是守住早就开始了的契阔。

那时候,人们都信仰植物,一切事情皆要以植物起兴。娶妻嫁女先不说,先要唱红那夭夭之桃,遇见美人先不提,只是说水湄边的苍苍蒹葭。采苓采苓,须去首阳山巅才正儿八经的;采艾采艾,爱得你一日不见如三秋呢。

那时候,日影飞去而或晨光初现,活下去亦不想要太多的物计,最近的最远的,只是草木。言其采芹,终朝采蓝,那天芹是拿来炒夜饭的,蓼蓝肯定要拿来染衣裳。男人家只一个死染,染过就算的,女人家哪里会肯,只是中意那绚烂的葡萄染,边缘参差的扎染,恋慕款款娉婷，着了一身的光鲜，才顺得了自个儿的神思。椅桐梓漆，匠人才睐得出大用，一般的家室，只闹些个简单的活计，到东门的池子边沤麻沤纻的，孩童看久了也尽学会了，还要笑话你沤得毛糙。一年来操劳得也多了，只想到天地间走走，秋天去郊野了，却惹了一裤腿的卷耳，拖崽带女的也不是什么好事。拿卷耳作投子，投到女孩子家的长头发上，越扯越要乱的，再扯几扯没弄下来，心都要起出老皱子，亏了那时和畅的惠风。总要恼孩童不爱干净，游游耍耍脏了一身，有时竟要弄毛了衣裳面子，幸亏集了些个栩子，搓搓洗洗一阵，提起一望，气爽神清，倒也能浣得干净，于是也不思嗔骂了。

那时也有风流之人，大笑谁言河宽，一苇足以杭之，桧做船楫子，松作扁舟子，也可以涉渡中河。一直知晓南有乔木，令人不可去休思，思念得茶饭不想，其实也讨人生嫌。虽是山有扶苏，隰有荷华，茹藘在阪，彼泽生蒲，可是焉得谖草，言树之背。

一年覆一年。七月食瓜，八月断壶，九月叔苴，恍惚日子。闲来独坐河畔，映照面容。且有游荇，圆叶细茎，随水浅深。

那时，他们为每一株植物命名，亦是知晓每一种植物的质性。蘋，自生水底，叶敷水上。荇，叶大厚润，夏初起苔。似有泽兰，广而有节，菣蔓于野，叶盛而细。他们暧昧地喊着植物的名字，细细地想念它们的一生，因他们知道，只有植物才可以同在，相守于瞬息。要诚心记取每一株植物的名字，他们有此挂念，观省植株，生命纵横斜错。

《月令》里头浅浅叙写，仲夏，木槿荣。那是令人珍爱的一种植物，也可叫舜，颜如舜华。他们说仲夏的时候，木槿要繁荣了。《月令》是由清简的笔记缀成，它说，一月一，三月三，九月九，开什么花，细碎絮叨，却又有密实的意思，那种亲切也讨人欢喜。他们让人知晓，他们也是关注花草和节气的，下种春秧，草木生长，他们也好得意，那是他们知道的事情，他们于是记了下来，高兴地记了下来，要告诉后来的我们。他们肯定认为后来的我们傻，不会知道花卉开落的时间,季节湿气来袭的时间。你们不会知道,八月只能断壶,你们不会知道,七月只能食瓜,你们不会知道,六月里孩子还要吃紫黑色的野葡子。我们不说,你们肯定会搞错的。你们将不会知道。

植物遍布内心的土壤,将要生生不息了。

[二] 流域

只要曾生长于河畔十年以上,你就再难逃离出那条河的流域了。流域之内,自有法度。下犁,莳田,引水,扬场。皆顺时令。

雨热同期的南方,河水暴涨,螃蟹纷纷盘踞河岸,多是母蟹,肚子里包满红籽。和水一样,它们散发出繁殖的气味。水流退后,各类生物匍匐于地,如被水浸饱了的丝瓜、南瓜,还有河滩上慵懒的蟾蜍。又有萌黄或菜白的小蝴蝶飞飞而来,它们的翅子嗯扇,翅子的边缘是羊齿形的。那时节,流域的气味是深重的。

外界的河流,具体而实在,河汛,冰期,流量,都有计量。那样的计量是没有任何力度的。一条河流生于地面,委曲长狭,永不平和,它总是要将自己潜在的生命力向两岸侵染推延。推延之后,雨季也过去了,暴烈的阳光烤炙大地,侵染出去的生命力开始蒸腾,终于有了自己开创的流域。流域是强大的,它的气息总要笼罩河流两岸的人事;流域是强大的,它的水分总要湿润河流两岸的死生。有时可以看到农村宗族的出殡队伍,头上用麻线扎了白布,沿河缓缓而行。唢呐声,哭闹声,爆竹声,皆被水分染湿了,不是特别响亮。宗族内部添办的旌旗猎猎随风,旗上绣了自以为高贵的姓氏(是"裴"或者"赵"),本质上,那是河流统治下的姓氏。沿河的路途,被人踏过,留下了茶壳纸的灰烬。

如余华的意思,一条河总要不断吞没人的生命,用以补充它内在的能量,才得以恒久流动。在炎热的夏间,看着河中央的漩涡你就会知道,河流非比寻常。黄昏总有河流的使者上岸,是一种水猴子,人们都说它通身是红。上岸它只会哄骗,下河才把你拽入河流的最隐秘的部位。流域之内的人都这么说。总会有孩童因水而走,打捞上来,他们总是一动不动,衣衫凝滞,生气都被河流旋尽。孩童不做法事,有些被埋葬在浅浅的山谷里。有人说他们一直漂浮在水面,他们短暂的生平被写在水面之上。

雨夜潮凉,但总要睡下去才好,睡下去了,内心的河流生成肇始。先是内心的地表断裂塌陷,有了干涸的河床,而后随着意识力的吸引,雨夜的黑鱼迅疾,黑鱼因吃雨滴而有罪,它们被遣送,填充河床,化而为水,汇集成流,沛然冲决,直至无声。

内心的河流没有物理计量,简称内河。内河只是缓缓流淌,即便泛滥,旁人亦不可知。流动的初始原动力源自目睹,目睹无数的生死离乱,痛哀喜乐,它才要流动,且要你不发一声,缄口自守。内河有时流出,将要被唤成泪水,泪水咸涩,它携带了淡水内河总共的盐分。

纸面上已是有河,滋养流域内的文字,它们盛开和睦。萧红的呼兰河,缓缓成冰。杜拉斯的湄公河,悲沉入海。

"这是一条道,引向鞑鞑鲁的阿基隆水系,这里因污秽而且混浊并且产生广巨深渊的漩涡沸腾着,同时朝高居多河喷吐它所有的泥沙。"

就是那样一条河。令人惊异它的冲刷之力。从两座山脚的夹缝流出,它开启了所有人内心的扇形流域。那条河是维吉尔描述下来的,领承了《荷马史诗》里相关的意思。阿基隆水系不存在于世间,但它却侵染所有人的内心。从无到有,它的流域由此宽广。

那年七月间,又听到老辈人说起忘川。在忘川那里,可以看到长长的等待去遗忘的队伍。有时瞎想,那些不够去遗忘的人是否该被推落到忘川之水里。忘川的水里,没有留下秘密的人悲伤游动,久游为鱼,鱼儿啄咬水草,水草摇曳前世今生。

深爱河流就该不谋泅渡。应该站在它狭长的流域之内。那时候是端午节,你开始放走孤寂的河灯。

[三] 岛屿

以赛亚书里说,众岛屿啊,当在我面前静默。于是就静默了。这种状况就像最初的几天所说的,地要发生青草和结种子的菜蔬,并结果子的树木,各从其类,果子都包着核,而且你看着都是好的。岛也是顺着意思开始静默的,连同旁近的海水。

静默是岛屿的特质,抵达它难有路径。内心有了它,则更是内心了。不要太多地想象它拥有的样子,它的样子该是疏竦的,只有倪瓒或是徐渭的飞白才唤写得出轮廓。

内心业已想好岛屿的名字,喜欢日本的人们给取的,不仅仅因为它是岛国。

先要说说,日本的人们取名字的功夫是高崛的。郊野要呼唤作印南野,栗津野,春日野,飞火野,早计野。津渡要轻喊作流石渡,小桥渡。小桥却记成浅水桥,假寐桥。人间物什亦吵嚷得亲昵。里巷有人妻里,吵醒里,夕阳里,远方里,眺望里。馆驿有梨园驿,日暮驿,望月驿,野口驿,山驿。屋宅名作朱雀院,冷泉院,东三条。集市命为小房市,饰磨市,飞鸟市。

岛呢?篱岛,浮岛,八十岛,戏岛,水岛,丰浦岛,多度岛。

那些逗爱的名字就令人不作多想。一幕幕的世事在蜿蜒的内心之路上顽皮盛放。那里头的岛亦有人间情愫,不想孤绝。

内心的岛屿,简称内岛。要让它处在海的中心,为它作无望幻念。真正有人世情怀的人则会苦苦思索,以岛为据点,收拢纷繁的世态,营构出飞翘屋檐或青石小道。一切似若黑暗的秦淮河上华灯初挑的翩然画舫。

内岛上是没有日期。岛上的物象越丰富,你对世界的爱也将有多丰富。

没有时间添乱的内岛上,一天到头皆是彻彻底底的颠覆。早晨是维多利亚时代,下午便是宣统退位。昨天古罗马的城邦倾灭,后天明朝的手工工场走向繁荣。布宜诺斯艾利斯暧昧的探戈舞曲引导无数脚步。勾栏里分曹射覆,插科投壶,蜡灯初红。伯格曼电影黑色海岸一直延伸到狂热的加勒比海。汉代"长乐未央"瓦当轻轻地压着清朝坊间艳媚的春宫画。墨脱上空沉重的云块向爱尔兰风笛吹响的季节里挪移。古巴街头的少年唱着披头士的 *Hey, Jude*。香港的双层巴士喇叭鸣响,缓缓开动。

那一切都在内岛上无端上演。岛屿是现实赋予内心的,是独立在时空之外的时空之维。

重现或初现。或多或少。那些来自记忆或臆测的物象。

一个岛屿居留于海面上,从来不会有所祈盼。它的内核仍是孤迥的。这是那种断绝途径的孤迥,才因此有了你只是你的可能。

不宜对岛屿作过多的言说。不能像弗洛伊德那样对内心作那样精密的分剖。那样只会招致海水。暗涌,还有颠覆。

[终]

这是一篇空幻缺欠的言说,远没有勾勒大地的基本形貌,也没有把握内心物象生发的原理和过程。也遗漏了好多。山脉。湖泊。沼泽。草原。森林。南方的红壤或是古老的岩层。

内心拥有温暖的向度是在十一年前的黄昏。坐在茅厕后的干草垛上,四周弥散出石棉瓦的气味。落日圆穆,飞鸟如滴。第一次作为孩童开始安宁。那是内心元年。

风过蔷薇蕊满园

文/cxy__5801780

蔷薇花既已开过,就在园中留下落蕊,一片温暖的芬芳。

——题记

1

花未央,泪无痕。葳蕤的馥郁让我沁心。

每一个故事都有一个脚本,在你恍惚之间,就已尘埃落定。

那年的夏天,阳光炙热充沛,我穿着蓬松的露背套裙,那是我喜欢的天蓝色,泛白的仔裤,一个典型的猫科动物,在大都市里慵懒而又迅速。

我晃逛在一家超市前,超大的喇叭里正在播放着阿桑的一首《温柔的慈悲》,听得我心刺痛,疼的滋味真难得。当我被幸福团团包裹的时候,我想这一刻一定会天长地久。可是我太天真了,他还是离开了我,去了一个陌生的城市。

绿草芊芊,心中一片明媚。蹲在一幢楼梯的台阶上,看着破损处冒出的小草,茸茸的脑袋,有点欣喜。

2

旋转的木马依旧在转动,当他揽着我的腰,我整个人就是那泊在湖畔的小船,轻轻地抛离了岸。

每天下午，我会等候在转角处的那个食堂，看着他买出的咖喱饭，然后狼吞虎咽，我小小的心溢满了幸福。记得第一次看见他的时候，我是归裔华侨的女儿，家里有的是钱，只要我愿意即使用钱来当餐巾纸都不为过。可我不会那样做，特别是在当今经济封冻的时期，钱是多么的重要。

他的父母是卖菜的，我喜欢那种紫红色的包菜，因此，每天暮合四分之际，我会跂着卡通人物米老鼠的大头拖鞋，来到他的小摊前，捡一个最水灵的装在手提袋里。他动作娴熟，一口流利的山东话和我搭讪。慢慢地就熟稔起来。他额前的刘海打结，长时间没有打理，有些凌乱，遮住了眼睛。我想他一定很多天都没有洗过头了，但是，阴埋在头发里面的瞳孔一定晶莹如雪般的透明。松垮的西装裤外露出一条红丝带，想必是在本命年。标志性的内裤牌子也赫然在嘈杂的人群中招摇着。我不喜欢这样的男孩子，在我离开的时候，他说，"可以留下联系方式吗？每天到这个时候我亲自送门上货，这是对于老顾客的特殊优惠。"我扭头，看到他扭捏的样子，骤然觉得很好笑。可我还是让他拿出一张牛皮纸，用钢笔写下了自己的宅址。隽秀的笔迹，木草香的墨水，很怀念那种味道。

3

从那以后，每当我在阳台吹风晒太阳的时候，门铃响起，我知道，他来了。

打开门，看到满头大汗的他抿着嘴呵呵地傻笑。我欠身，让他进来，宽绰的屋内凉气袭人，他穿着白色的衬衣，衣袖边已经变得黢黑。他坐在沙发上大口地喘着气，我斟茶递水礼貌性地说了几句客套话。然后，他把包菜放在厨房里就走了，下楼梯的那一瞬间，我的心在一点点地沉沦，沉沦到无边无际的黑暗中去，然后豁然开朗，我知道自己的隐忍开始大朵大朵地迸溅开来。

我的父母亲不在家,他们都在外边昏天暗地地跑生意。我自己独守空房,只有猫咪凯蒂陪着我。晚上我瞪着铜铃大的黑色眸子,然后"虐待狂"一样揉乱它纤维一样的猫发,听着它凄厉哀鸣,我竟有一丝的快感油然而生,然后癫痫病一样把它搂进怀里沉沉睡去。

早晨醒来,画很淡的妆,描很粗的眉,闩上门,走了出去。呵!阳光真好,"桃之夭夭,灼灼其华",我轻吟了出来。如果,有机会我会背"关关雎鸠,在河之洲。窈窕淑女,君子好逑。"我很空虚,我找了一个僻静的角落坐下,拿出预备好的读本神情专注地陶醉其中。书中唯美煽情的故事几度让我落泪,我不知道编造这些虚妄的故事作者到底经历过没有,但是我仍然感动。我就是这样一个性情中人。

漫无目地朝着一个方向走着,不知不觉走到了菜摊前,他看到我满是讶异,问我,"怎么不好好待在家里,坐享其成。"我咬嘴以示反抗,"你诅咒我老掉啊!我年轻着呢?自己动手丰衣足食吗?"我反驳道。他笑嘻嘻地说,"大小姐,今天我专门给你留着,你说要怎么感谢我啊!"他的语言轻佻。好看的柳叶眉朝上翘着,脖颈上挂着一个骷髅架,紧身的内衣像蚕茧一样裹着他一块块的腹肌。我头也不回地走掉,拎起塑料袋。但是走了不知有多远,我回头瞥了他一眼,这人,长得还可以,不是很差劲的那种。

再往后,我们一回生二回熟,渐渐地就热络起来。他告诉我,自己是一个海豚,我就是美丽的天使。海豚失恋了,整夜浮出海面,唱着恸哭的情歌,而天使动了凡心遭到了众神的逐鹿,脱光了羽毛,刚好邂逅惺惺相悉,最后他们相知相爱。有一天,天使羽翼丰满,将要飞回苍穹的那一刹那,天使的眼泪跌落到了人间,而海豚也一声叹息,诉不尽人世的悲凉。

听后,我内心波澜不惊地说,有的感情是平行线,一辈子不可能有交点;有的是交线,汇合得快,分离得也快,他们的交点是纯粹的就是两个孤单的灵魂在一起相互取暖而已。

我看人的眼光凛冽,我的内心是冰砌的。当他第一次吻过我之后,他说,"你的唇瓣凉得跟雪一样。"我癫狂地大笑不止,这个迂腐的男人,我心灰意冷了,我能在睡觉的时候听见自己心结冻的声音,呲拉拉地响,有如芦苇荡里的响尾蛇。我们一起疯狂,在我的家里跳狐步舞,开派对,搞得乌烟瘴气。我觉得自己很幸福,我找到了归宿。我不再看着窗玻璃上的冰花解冻,化成水变成歪扭丑陋的曲线,不再一个人在绿缘的柳树下感伤惜怀,不再一个人去河边痴痴地望着在春花绚烂的季节里情人的嬉笑怒骂。

4

我命犯孤煞之星,注定要孤独终生。这是宿命,冥冥之中注定的。我为了他,画地为牢,决定今生不再逃离出那个圈子;为了他纸醉金迷变成了问题少女。我开始频繁出没于酒吧、网吧,呛鼻的烟味,辛辣的白酒,然后不停地咳嗽。我变成了一只花蝴蝶,在他朋友的圈子里周旋,成了名副其实的交际花。面对他朋友的挑逗,我含垢忍辱,因为这个男人,我爱他,我早已把灵魂归附了他,别人只是看到了我形同虚设的肉体而已。

那天,他收拾行李,对我说,我们分手吧!我已订了飞往另一个城市的机票。我没有问为什么?我只是看着他眼睛,长时间地凝望。分手不需要理由,感情锉刀流水,从此,这段记忆生锈,每每打磨都是惨痛的代价和脱胎换骨的煅烧感。我们的爱情就是抛物线,画上一个完美的弧度,然后只剩下烙过的沙滩,涌上的海水带走的余温。他说,"感谢你一直照顾我,你的大恩大德我没齿难忘。"我咧开嘴,佯装微笑,"小子,好好出去闯荡。一定给我领回个嫂子啊!"他亦无语,然后关上门。

在此同时也关上了一房的尸气。这里像个坟墓,他走后。

我又照旧的落寂,只不过有时会点上一支烟,慢慢地点燃,可是我并不吸,看着烟头忽明忽暗心中莫名的戚戚。我常在黎明5点醒来,他该出摊了吧,今天的紫包菜肯定很好卖吧。我啜着街对面弄巷里的绿豆粥,喝着喝着就发觉这汤怎么咸咸的啊,然后付钱结账走掉,像兔子一样逃窜。我承认自己想他,老爸回来说,你不能这样下去了,迟早会变成神经质的。我说,怎么会呢?我风姿绰发,好得很呢?老爸无奈地走开。他的背影很长,小的时候,我常踩着他的影子调皮地说,"爸,你快看,我捉住你了。"可是,现在物是人非,我变了,变得连我自己都感觉到陌生。

日子还要继续,我浑浑噩噩也不是办法,于是我也开始摆地摊,和那些吆五呵六的女人不一样,我安静地读书,我不专心经营我的生意。只是在等待一个人。我怕他回来的时候,不认识我。我更加奢侈地冀望就是在他踏进这个城市火车的那一刻,第一个看到的就是我。我揣测不出他见到我的是激动抑或是兴奋。

可是,他的母亲告诉我,他不是和你挑明要和你分手了吗?

我这才迷瞪过来,自己原来一直就在犯傻。我们已经分手了。

5

那天不应该晴空万里,应该下着小雨。我快步跑向楼梯的时候,看到他们有说有笑五指环扣亲密得要死的样子。

牙根气得痒痒的,这才捱了几天,就如胶似漆羡煞旁人的了。他们目不斜视,当然不会注意到我的存在,我脸上泛醋的表情愈来愈明显,我从前付出的难道都可以忽略不计吗?他们的置若罔闻,我显得好无奈,真想冲上去,揪住他的衣领说,"她到底有什么好,一个骚货,一个小狐狸精,除了勾引男人还会干什么?槲寄生!"我瞥了那女孩一眼,矢口否认,他们的确很般配,直到今天我才怀疑木石前盟是不是真的?

理智钳制我,清醒的意识遏止我,我也只能形同陌路了。

我知道,一直以来都是我的自作多情,就是我把感情放得太开,以至于无法挽留。我相信,他是爱过我的,只是魔法术一样幻真幻假的爱。

我打开房门,走了进去。门口有一束蔷薇花,开得正艳,那种红色是我喜欢的。这一定是送错人了,可我看落款是我的名字。我感到身后的异样,扭头,看到了他。

鹰隼一样的目光险些将我击垮,踉跄地后退几步,迅速稳住重心,逡巡四周,看到了侧面和他貌合神离的女孩子。

"这是我的亲妹。"他也爽快,扯着我的衣襟说,"这是你未来的嫂子。"

什么?如五雷轰顶,这一切来得太突然了,让我无语以对。

静下心来,我才明白,那天所谓的分手只是一个谎言。他的妹子得了败血症,需要一大笔的治疗费用。可是不想连累我,于是就莫名其妙地提出了分手,他要出去单枪匹马地独自奋斗,挽救妹妹哪怕只有一线希望的生命。临走时,嘱托母亲要坚毅地提醒她我们分手了,因为我是一个好女孩,不能因为我耽误了终身的幸福,减轻他对我的思念。我的妹妹遇见了好人,她活过来了,接下来就是我们幸福的婚姻殿堂。

蔷薇花既已开过,就在园中留下落蕊,一片温暖的芬芳。我轻声说出,嘴角是甜甜的微笑。

苔花如米小

文/独泊伊河

檐下,花盆里,峭拔挺立着三根柱形的仙人掌,长得泼辣旺盛,因为多年没换土,在盆土上就结了层青苔。

汛期,阴雨连绵,我懒得将花盆搬进搬出,一任风雨洗礼。盆里的苔一度长势很好,变厚了,有一指多厚,也密了,用指一触,软软的,宛如一团活的肉体,压一下,又随手恢复了原样。变得更青了,像倾泼了一盆浓浓的靛青。细细端详,这片苔长得极细碎极精致,我想多高明的微刻匠人,也刻不出这复杂的组合体吧。

苔,把那三根仙人掌衬托得越发有气势了。

我看仙人掌,也看苔。

看的次数多了,就更喜欢苔。

我又特意到花园墙角寻了些,小心翼翼移植到一个浅浅的青花大盆中,细加莳养。

一天,好友来访,看见此苔,哂笑道:

"你就是图新鲜,这么好的盆,不栽花,却养青苔。改天,我送你盆兰花。苔只配做古树怪石的衬景,不可为主角,你本末倒置了。"

我也笑了,我无意反驳他,他有他的道理,他是用园艺家的眼光来看苔。

苔做不了主角?

是我刻意打扮了一个灰姑娘?

美有主次之分,这很好理解。但主次也不是固定的。此主角可能是彼配角,此配角也可能是彼主角,更何况,钟情如我辈,更有喧宾夺主的偏好呢。

我独青睐苔。

我喜欢它那阴柔脆弱的一面。

"应怜屐齿印苍苔",诗人也怜爱这片苍苔,踌躇不忍下脚,唯恐将它踏碎。小扣柴扉,友人不在,诗人稍感惆怅,然而,那一枝红杏,满园春色,却让诗人觉得不虚此行。满园春色中,一枝红杏,满足了诗人的视觉和嗅觉,遍地苍苔,是不是在触觉上更直观地留住了诗人,那屐齿印在苍苔上,也印在诗人的心板上,脆弱惹人怜惜,阴柔让人流连,这是女性化的美,让人触之心动。

我喜欢它沉静孤傲的一面。

苔痕上阶绿,草色入帘青。阶上的苔,入帘的草,是刘禹锡卷舒的心情,得意失落,以平常心待之。有朋友来,可以品品茶谈谈诗;没有朋友来,可以调调琴诵诵经。然而,在多数时光里,还是门可罗雀吧。不然,那阶上也不可能生出那么厚的苔。那苔,伴着诗人固守半间陋室,固守内心那条孤傲隐忍的底线,安慰着诗人眼睛,度过了多少苦雨之昼和漫漫长夜呢。

我喜欢它大胆展现的一面。

"白日不到处,青春恰自来。苔花如米小,也学牡丹开。"苔是低级生物,不会以乔木的高大、花朵的妖娆来炫耀自己。它不因渺小而怯场,不自卑,不言弃,不标新立异,却也有声有色。在日光稀微的地方,要么零星地点缀,要么抱成一团,集结一起,向人间诠释生命的鲜活和泼辣。去虎跑寺看看,那段美妙的绿壁,就是他们的杰作。它们自信,平凡一样可以获得尊重,寂寞的守望者定会等到知音。

我更喜欢它衰朽后的新生。

苔是水性,没了水,就干枯得难看,像卸了妆的过气明星,缺了脂粉的涂抹,就现出了憔悴的皱纹,让粉丝们唏嘘不已。有人说,这时的苔是颓废的,就像是一片片老人斑,衰朽,接近死亡。其实,它是在等待,一旦有了温度水分,孢子就快速衍生,返青,复苏之快,让人诧异,惊叹。苔是生命衰朽后,还赠人间的一丝妩媚微笑。

我更喜欢它的顽强执着。

在高级生物无法生存的地方,它活得心安理得,零下几十度,高温几十度,总泰然,坦然。雨林、平野、戈壁、荒原、雪山、极地,它用柔嫩的脚掌,抓住每一块有生命的地方,演绎了生物界的奇迹,尝试了生存的种种可能。这是一种连上帝也无可奈何的生物体,上帝死了,任你独行。

苔,对于你,死与生不再是明显的悲欢界定,枯与荣也不再是衡量生命的外相。

苔之美,是特殊状态下的生命之美。

我以为。

从快乐单行道散步到婚姻双行道

文/漫步在雨季

从儿时只知道伸着手要糖吃,不给就躺在地上翻滚打混,直到逼着父母满足自己小小的要求;从学生时代每天只知道从家里到学校再到家里的三点一线方程式,啃完了书本,和几个小哥们一起做着遨游天下的美梦,直到考试成绩单拿到手中,才发现都是一场白日梦;从踏出校园,满怀憧憬的步入社会,打算实现多年以来设计的那幅宏伟的创业蓝图时,忽然发现闯荡社会不是自己曾经想的那个随口都可以咬到的大蛋糕,咬不好反而把自己变成了大花猫。在社会上混迹了数年后,好容易能够基本解决了自己的温饱问题,就看到身边的朋友都不再是独行侠,一个个都升级到了神雕侠侣的境界,在外面都是成双人对的,和他们走到一起,感觉自己像个马猴,一边忙着调笑狐朋狗友,一边卖力地巴结兄嫂弟妹,处处还得瞻前顾后,已经没有了当年孤家寡人的几个朋友半夜里坐在一起把酒言欢,喝多了跑到大马路上嗷嗷地吼上几嗓子,犹如当代版快活林。现在要还是敢这么做的话,先不说过路的行人骂你神经病,就是自己也感觉像个白痴一样,与实际的年龄相比显得格格不入。

总之,岁月不饶人,人总是要过婚姻这道坎的,尤其是看到身边的兄弟们夫唱妇随、卿卿我我的场景,心里就像被小猫挠抓似的。到了英勇就义的时刻,就要像个爷们,抬头挺胸地往前蹿,就是明知道以后要向单身队伍告别,每日行程要被某人监管了,那也得先风光一把。吃完晚饭,约上女友,行进在林荫树下,时不时地讲个恐怖鬼故事,引来一顿温柔的暴打,心里偷偷体会着那种痛并快乐的滋味。每逢双休日，两个人偷偷地避开身边的所有人，溜到市区找个热闹的街道不停地进这个门，出那个门，陪着自己的霸道女友，满足她逛街的小小要求，美其名曰给你表现的机会。逛得累了，还得买个钟楼牌的小奶糕，让她吃着，自己流着口水在一边先看着，直到她不紧不慢地吃完了，自己颠颠地再买两个，三口吃一个，五口吃掉一个半，还有半个得让给她吃。时间总是过得很快，快乐的考核期很快就结束了，接下来，就该提心吊胆地陪她回娘家见家人了。根据女友独家提供的娘家秘笈宝典，仔细研究分析一下每个家庭成员的脾气性格，针对个人的兴趣爱好进行一番知识恶补，大致流程一般不会比高考的程序简单，唯一的区别就是高考成绩今年不行，明年你可以继续来考，而这个讲究的就是一把过，不成功就成仁。但是像我这样平时功课做得扎实，结果自然是皆大欢喜。

在婚礼的进行曲中，你要有充分的思想准备，把能想到的那些婚礼恶搞节目都要像筛子一样过一遍，那样才可以应付突发事件的随时来临，你还要有良好的身体素质，防止某些天才型的选手创新一些新的恶搞花样，建议最好能够备用两个替身，随时能够为自己抵挡糖衣炮弹的攻击，如果这些准备充分，那就准备男人小登科洞房花烛夜！

新婚过了，蜜月走了，生活就开始了。二人世界就好，还可以续个约，继续过过蜜月。假如和父母同住的话，男人啊，你还得慢慢地学习啊，你这个润滑剂要是质量过关，你还可以左右逢源，处处落好；如果你这个润滑剂是个伪劣产品，轻点的就是左右都会骂你不中用，做什么都做不好，重点的就是买家打着要退货的标语，在你面前示威游行了。小日子就这么一天天地过着，当有一天你收到老婆大人的一条暗语，提示你要多攒点钱，今后日子可能要紧张了，那你可就得盘点一番，把小算盘拨拉拨拉，什么奶粉、小衣、小裤，还有小鞋都得准备齐全了，记得小鞋要准备两双啊，把其中的一双一定要留给自己，省得到时候还得单独去买，多麻烦啊！

当一个小生命降临在你的视线中时,你的好日子也就算彻底结束了,崭新的生活也会重新开始,其中的滋味还得自己慢慢地咀嚼了。这就是生活,一个男人从快乐单行道走到婚姻双行道的一个逐步过程,有喜有乐、有酸有苦,人生就是这样一步一个脚印往下走的,至于是什么味道,就要自己用心体会了。

浮生三戒

文/山东李良智

我曾经小试三戒,即戒网络和手机、戒文字、戒开车。多有所感,说来与诸君共享。

大千世界,红尘滚滚,诸多生命在其中随波逐流,短暂而虚幻,正可谓"浮生"。贝多芬说:"我要扼住命运的咽喉。"但实际中真能主宰自己的有几人?多数的人还是"随大流",或可谓中庸之道,不偏不倚,人云亦云,人家怎样我也怎样,要不就有被视为另类之嫌,其实这恰巧是自我意识的缺位,是自我个性的丧失。

但当人对当前的活法审美疲劳或者生厌后,都会产生换个活法的想法。换而言之,就是想换位思考,想换位体验。葛优主演的《甲方乙方》其实就是揭示人的这种心态,开奔驰的大老板,在大把花钱、吃尽了天下美食而丧失了口味后,在住尽了天下豪宅感到犯腻后,却喜欢身不带分文到偏僻的山村里进行原生态的生命体验。体验结束,看见活鸡都眼红,啥东西到了嘴里都那样香甜了。

于是我就进行了效仿,感悟颇深。我是做教师的,教师工作的最大优点就是有较长的寒暑假期。假期中做教师的和孩子们一样,走出学校,放飞心情,真真做回自己的主人。

在前年的暑假,先进行了第一戒,那就是戒掉网络和手机通讯。

于是,手机关了,网线拔了,电视关了,大门不出,二门不迈,躲进居室成一统。无手机铃声之乱耳,无网络消息之移情,无电视广告之喧嚣。世界被关在了门外,豁然才发现,居室顿成了宏大的世界,归于沉静的心灵也成了宏大的世界。孩子在安安静静地做作业。妻子成了居家小妇人,准备三餐,洗洗涮涮。我则拿了鸡毛掸子,轻轻拂去书架上的浮尘,取下一本一本尘封的书籍,静静地品读,悄悄地和这些老朋友做心灵对话,谦恭地聆听大师们的声音。心沉静若秋水,又听到了自己匀称的心跳声,听到了墙壁上钟表的嘀嗒声,听到了书籍里先贤们前行的脚步声。读着读着,便也读出了些歉意。书籍本来是我的朋友,可是当手机、电视、网络这些声情并茂的新朋友介入我的生活的时候,有了新欢,忘了旧爱,书籍这些当年让我走出蒙昧的最忠实的朋友被打入了冷宫。看看现在,人们忙忙碌碌,真正能静下心来读本书的有几人?那些装帧豪华的书籍在改变了阅读的功用后而成了豪宅里的装饰品的倒不少,把书籍彻底请出豪宅而把电脑、网络、摄像机、液晶电视机请进家里的倒不少。

想想起初,买了手机,太方便,太便捷,亲朋好友的距离一下子拉近了,真正做到了天涯成比邻,有了它可以联通天下,对话世界。后来,有了网络,更是天下是一家,天下新闻在握,天下朋友在握,查信息,发邮件,写文章,发帖子,玩游戏,方便,有趣,迷人,叫人忘乎所以,叫人走火入魔。一开始认为,这是人的得力助手,后来当大量的时间被浪费,大量的精力被消磨,大量该做的事情被懈怠,才知道这不是仆人而是请了个主人,时时刻刻被手机和网络牵着鼻子走。如同早上在大街上看到的遛狗的贵妇人,分不清是人牵着狗,还是狗牵着人。手机和网络的"物化"和"异化"作用太甚,人已经乖乖地成了手机、网络等现代科技的奴隶了,时时刻刻,它们会牵着你走,让你的心灵得不到片刻安闲。把这种异化现象推而广之,才发现号称万物灵长的人类有时候其实傻得很。有了酒,有的人便成了酒的奴隶。有了烟,有的人便成了烟的奴隶。房子问题更甚,数以万计的人们预支房款几十年,纷纷加入到"房奴"的大军,像蜗牛一样,身上背着重重的房贷压力,将在今后的几十年里沉重地踽踽前行。

卡夫卡真是大家,在他的名作《变形记》里已经写到人的"异化"问题了,人被异化成了甲虫并不仅仅是文学意义上的夸张手法。如果不调整心态,在今后的日子里,还不知道有多少人将异化成汽车,异化成房子,异化成现代的电子产品呢。

所以,我认为我的戒网络和戒手机很有意义。不戒不知道,生活真美妙。在家里过了几天小家小民的散散淡淡、清清静静、和和美美、安安逸逸的日子后,就带着老婆孩子,带了相机,依旧关掉手机,关锁门户,窜到大自然中去看那些较为原生态的山山水水。山看的是沂山,水看的是沂水,还有沂水县的地下画廊,外加日照的大海。在沂山沂水体味孔子"暮春者,春服既成,冠者五六人,童子六七人,浴乎沂,风乎舞雩,咏而归"的意境。不过不是春天,但是只要你的心中有春天,则四季都是春天,真正的春天永远在心里。在沂水县地下画廊,看地下岩溶地貌,慨叹大自然的鬼斧神工。在日照海滨,蓝天碧水,羡大海之浩淼,感人渺小如一粟,进行全面的生命之思。

关机关网,让心灵宁静如水,回归了本真,绝对是一个绝佳的尝试。等到开机开网,各地的电话纷纷打进来,短信一个个,邮件满天飞,博客上的留言一片片,皆惊讶不解,我笑而不答。陶渊明云:"此中有真意,欲辩已忘言。"

第二戒是戒文。戒掉文字的意思。

多少人看了刘禹锡的《陋室铭》都会莞尔一笑,会心一笑,羡慕一笑。我羡慕其中的"无丝竹之乱耳,无案牍之劳形"两句。羡慕那种闲适,那种恬淡,那种人生的洒脱。"案牍",一般指官府的公文,做教师的面对的那些教案作业之类同样堆积如山,有点和官府的公文相像,于是权且就这样联想了。我是做教师的,又是教语文的,又喜欢在电脑上搬运些文字,帮着写些公文,整理些材料,计划些思路,总结些经验,一年到头,永不停歇,将六千多个常用汉字搬来搬去,凑积成大大小小篇幅不等的也足可以叫人"劳形"的文字。虽然其中快乐无穷,却也劳心费神。加之,实在看不惯当下的教育论文市场,不会写的找网络和枪手就可以写,水平达不到发表水平的舍得银子就可以发表。这些剽窃来的文字,这些花钱发表的文字,在学校里照样吃香,在教育主管部门那里照样获奖,在评职称的时候照样是敲门砖。那些鲜活的教育随笔、那些见解深刻的真论文真评论、那些文笔优美的散文小说、那些独成体系的自称一家之言的教育论著,没有得到相应的重视。叫人看着来气,就以失语来做无声的抗议。沉默有时候表达的意思就是抗议。大家风范的人是叫封笔的,有骨气的甘于弃文从武的人是叫弃笔的,我这样的连个小家风范都不是的人,就用"失语"和"戒文"这些词汇吧。

戒文是寒假进行的,在工作时间里戒是不行的,工作时间哪里有个人的戒文自由? 哪能那样不负责任? 寒假的时间是自己的,于是就把笔锁了,把笔记本封了,电脑上不敲一个字符,原来写过的东西一个字不看,一篇文章都不写。而原来我最少也要三天一篇千字文的。写东西是思想的输出,整个寒假三十天,一点都不输出了。烦了。不干了。如果说是为了忙年只是托辞,忙年和走亲戚的同时,只看书,只看电视,只看网络上的"迅雷看看"。没日没夜地把电视剧《闯关东》、《红楼梦》、《三国演义》、《亮剑》、《暖春》统统看了一遍,有的属于复习,有的属于恶补,有的属于系统化。

室外大雪纷飞,室内炉火通红。火炉上的烧水壶吱吱有声,热水翻滚,泡上一壶铁观音,茶香溢满书屋,一边品吃香茶,一边从电脑上一集接着一集地看电视剧,看得痛快淋漓,想看到几点就几点,想看哪部就哪部,尽可率性而为,有几次是看到东方既白的,实实在在享受了远离文字芳形的那种快乐。《红楼梦》"一等一的好玩,一等一的有趣"(马瑞芳语),《闯关东》和《亮剑》透露的是人的一种精气神,《三国演义》的智谋叫人叹为观止,《暖春》的亲情让人潸然泪下。这些都让我在逃离了文字世界的时候,从另一个渠道得到了最好的精神滋养。

第三戒是车。这是近来的事情。

由于上班的道路不近,就买了车代步。悠哉悠哉,雨天淋不着,冬天冻不着。走亲访友,自驾出行,莫大的便捷,生活确实提了一个档次。

结果,油价太贵弄得我这工薪族捉襟见肘不说,有时候给朋友们祝贺结婚的百岁的乔迁的就要喝酒,有时候上级领导来了检查工作就要喝酒,有时候有朋自远方来就要喝酒。喝酒是开车的大忌。喝了酒就不能开车,晚上在单位住又不太方便。酒后开车,又是违章,也太危险,于己于人都是安全隐患。生命容不得玩笑和重来。

再说,现在倡导建设节约型社会,我这收入不高的人更应该响应这一号召。这是为自己戒车的第二个托词,有点阿Q。现在不是提倡绿色出行吗,干脆,又节约了,又绿色了,又体验了,三赢。有此三个理由,不开车了,体验一段时间再说吧。

然后就去挤公共汽车。为了上班不迟到,就要早睡早起。为了早起,就用手机的闹钟功能定时。黎明即起,洒扫洗漱,冒着初春的寒气,早早吃点饭,趁着那点热乎气,步行走到汽车停车点,和打工的民工、早起的小商小贩、上学的学生、进城的老农,等等,一块去挤公交车。这个提着装被子的袋子,那个提着盛着地里刚拔出的蔬菜的挎包,还有的带着鸡鸭呷呷有声,看到这些劳碌的朋友,我忽然感到了对生活的满足,便想起了那句教化人要自足的歌诀:"世上纷纷说不齐,他人骑马我骑驴。回头看见推车汉,比上不足比下有余。"

等汽车到站,下车,换乘市内公交车。继续等车,继续挤车。市内公交车往往没座,没办法,就要在世界上人口密度最大的人挤人的这个小环境里站着,只叫人站得身体发酸,手臂发麻,鼻子里嗅着烟味汗味等各种味道组成的什锦气味,身体随着车辆颠簸共振,然后到站,下车,再步行十几分钟,到单位。前后历时一个半小时,要经过步行、公交车、市内公交车、步行四个阶段,经过行走、就座、站立等多种运动方式。

有时候,一旦早上起得稍晚,就来不及吃早餐,只好在第三个步骤完成的时候,下了市内公交,买几个火烧,边走边吃,连火烧夹带早春的寒气一同吃下,头不能抬,怕叫人见了笑话。戒车之际,个别时候回家耽误了公交车,热心的同事就拽着我上他们的车,不管路途遥远,一次次地把我送到家里,心里感念不已,无限感激。三戒中的这一戒,看来最不能坚持长久了。

之所以进行了"三戒",就是有意在这浮躁的生存心态下换种活法,换了活法就体味到不同的人生况味,就会体味到两种活法之间不同的辛苦与不同的幸福,就会更加珍惜当下的幸福,就会学会感知别人的辛苦。感到了自我的幸福,便能好好地认真生活。知道了别人的辛苦,就会学会尊重别人的劳动。我们是平凡的人,定力不够,对浮生三戒只能做些尝试,只能做些体验,体验之后,反思当下的生活,更加珍惜拥有的幸福也就罢了。大家则不然。余秋雨说不上网,无网生活一年年。台湾著名学者傅培荣则秉持"四不一没有"的策略,即不碰政治、不上电视、不应酬、不用电脑、没有手机。这些,更叫人叹服。

我的爱情高筒靴

文/阡阡陌上菡

天冷了,新买了一双靴子,很合脚,特别是一穿上它,马上提升了整个人的精神面貌和气质。

这是我有生以来买过的最满意的一双靴子,我给它取了个名字,叫"爱情高筒靴"。

买这双靴子并没有众里寻他千百度,倒有点一见钟情的感觉。说实话我的工资并不高,但遗留了资产阶级大小姐的臭脾气,呵呵,不瞒您说,我爷爷,我爷爷的爷爷,在以前可都是有名有位的,用我母亲的话说,我们是地主的后代!所以,我死性不改,东西专拣好的贵的买。

去到鞋城,直奔那几个知名品牌而去。鞋城里鞋们云集,一路过去,发现我要买的靴子都是新上市的放在最显眼的地方,那些靴子瞭一眼就有数了,有的太贵,物非所值;有的太老气;有的太花哨;都不感兴趣,所以连试也懒得试。偌大一个鞋城,将近大半逛下去了,没有看到一双满意的,正要失望,最后走到"星期六"的牌子前,驻足下来。这个牌子的鞋在我们这种小地方算是好的,价格中等偏上,也不算最贵,款式青春、大方,不过有个特点就是鞋跟很高。我平时大都喜欢穿高跟鞋,女人嘛,一穿上高跟鞋便显得婀娜多姿、娉娉婷婷了!何乐而不穿呢?哈!最近俺竟然成了最受公众关注之人物,原因就在俺的这个嗜好上,单位里那些娘们在暗地里把我评为"鞋跟最高最细的女人","呵呵呵!"荣幸荣幸!俺大笑三声!

售货员见我观望,忙热情地介绍,我说我想买一双靴子,她慌忙从货架上拿下一双,黑色皮面,靴长及膝,两边各绞了两道暗辫的花纹,至上花纹尽处嵌了个朴实的铜质装饰扣,不尖不圆的头,中庸,不高不矮的跟,跟是大跟,上面偏大,下面收小,整体看上去不是很抢眼,但细一看才发现它与众不同的品质,正是那份看似简单又不简单的质朴显出它的不一般的品位。我的心动了,没有再看别的靴们一眼。漂亮的女售货员恰到好处地说:"这是今年的新款,刚到货,很抢手呢,又要去补货了,你看这皮质,绝对是上好的牛皮!"我并不是追时髦的人,管他流不流行呢!我看中的是它的品质。欣欣然穿上脚一试,37码,正好!脚指头在里面还能自由地伸展活动呢!

售货员说:"我看你穿36码就可以了,要不要试试?这鞋子偏大。"女人嘛,当然是脚越小越好看了,我听话地试了36码的,结果是也能穿,但脚指头觉得憋闷,穿久了可要受活罪呢!那份罪我可是受过受怕了的。得,从小野惯的人了,不怕难看!慌忙脱下来又换上37码的,在镜子前头照来照去,十万分满意。

售货员说:"鞋子会越穿越大的,您看……"我打断她说:"我就要这双了!就穿在脚上吧!"她尖叫起来:"可是,外面下雨啊!"我也尖叫起来:"什么?你这靴子下雨天不能穿啊!"她慌忙说:"不是了,我是心疼!这么好这么贵的新靴子下雨天穿!"我呵呵笑了,说没事,不会脱胶吧?她迟疑道:"这不敢保证!"嗯,真是个老实的闺女!我就问:"那这鞋保修吗?"她爽快地说:"终身保修呢!"哈!那敢情好,万一脱胶了拿回来就行了呗!

我说没事,我会很小心的,催她把发票开起来,呵呵,好家伙,一千多呢!不过我是老客户,九折优待,还要九百九十,但比起那些最贵的已经便宜多了。

付了钱后神气活现地穿着这靴子去了单位,嘿,看那些女人,现在还拿不拿俺的粗鞋跟说事了!一路上那些卖鞋的大姐大嫂都盯着我的靴子看,不无艳羡地说:"好看!好看!"把我这心里乐的呀!

后来单位里的女人们对我这双靴子的评价是可想而知的,在此就不多赘述了。

　　这几天老下雨,如今,我这靴子都已被我穿了好几个下雨天了,上班下班,有时走路有时骑车,走路时才领略到了这种大鞋跟的好处:稳! 耐磨! 酷! 显然是比细高跟更胜一筹了。鞋面上落了点雨,对里面的脚却丝毫无损。外面风雨交加,里面温暖如春,到家后顺手拿块软布一擦,不就完事了吗? 再查看接缝处,牢着呢! 这就叫一分钱一分货,物有所值啊!

　　冬天穿靴子的好处,可以跟任何衣服搭配,小脚的裤子可以塞靴子里面,大脚的裤子可以把靴子藏里面,愿意变大脚为小脚塞里面也行。呵呵,俺这靴子最大的优点还在这,再大的裤脚都塞得进去却照样保持腿型的漂亮! 就像我的爱人,能包容我的一切缺点。还有就是配短裙够酷,配长裙够优雅……总之,这个冬天,如果不再买新鞋,我打算出门都穿着它了。

　　因为我的爱情高筒靴,温暖、舒适、朴实、耐看、耐用、不易过时,就像我的爱情,风雨无阻地保护着我! 还可以终身保修呢!

黄瓜向左,丝瓜向右

文/我不穿袜子

1

左边是八分田的黄瓜,右边是一亩二分田的丝瓜,在三月的阳光里,它们都胆怯地缩着脖子,有些虽然打起了一两个花苞,但也是藏头露尾的,偶有两棵开了一朵小黄花,羞羞答答的,甚是拘谨。

其实料理这些瓜们也是一件费心的事,从春天的脚步开始叩响的时候,我便忙着整土、平地、分畦、施肥、盖膜,当一切准备停当,我便从朋友那里运来秧苗。

黄瓜1 200棵,丝瓜1 600棵,还有五分空地,栽上辣椒好了。

请了几个人,忙活了两天,终于把这些宝贝一样的瓜苗栽下去了。

2

都说黄瓜这东西比什么都好,我不知道是说它的形状还是味道。当初看三毛的文章,就觉得好像嚼黄瓜一样,口味清淡。它很适合大众,而且身份低微,在丰收期,用一块钱就可以买一大抱,如果凉拌,大概可以盛十几碗吧。

年少的时候,曾经很喜欢那些三毛描写自己经历的文章,令许多如我一样的少年热血沸腾,抱着"读万卷书,行万里路"的理想,每天憧憬着遇到一个如荷西爱三毛一样也爱自己的人。后来有人在报纸上揭露三毛的旅程都是她杜撰的,包括荷西,心里突然好像有什么东西碎了。

再后来又喜欢上一段席慕蓉,还有汪国真,他们的那些诗啊散文啊,是怎么地使一颗敏感的心深深地沉醉过啊。

如今吃上一盘凉拌黄瓜,或者咬一口嫩嫩的生黄瓜,那味道确实水灵灵的,使人口舌生津,但这毕竟不是一样大菜,无论如何上不了正席。

在烟尘迷梦中,在觥筹交错里,我们的舌头渐渐地被麻木,我们的心灵慢慢地被腐蚀,有时候,吃上一盘凉拌黄瓜是多么困难的事情哦。

3

丝瓜比较娇贵,三折腾两折腾,它就变形了,黑黑的,难看又憔悴。

小时候,丝瓜是我的最爱。只要桌上有了丝瓜,其余的菜我都一般置之不理的。记得家里人为了哄我去上学,连拇指大的丝瓜也煮了汤给我喝。

没想到若干年以后,我竟然种起了丝瓜,第一次就种了几亩,丰收的时候,望着堆积如山的丝瓜,我是又喜又忧。一天就产了近千斤,真把我愁得好像伍子胥。

年轻的时候,喜欢一个女孩子,白白的皮肤好像削了皮的丝瓜一样,我像爱丝瓜一样爱着她。世界上的许多事情都一样,当你认真追求的时候,它就远远地躲避你,甚至离你远去;而当你漫不经心的时候,它又悄悄地朝你走来。爱情也是这样。

如果世界有真正的爱情

如果你还年轻
你就等一等爱情
自然爱情也会等你的

4

在菜地里忙了一天,有些腰酸背疼,但是看着那些黄瓜已经陆续地开满了小黄花,结满了筷子样的小黄瓜,心里还是满心的欢喜。

收工的时候已经是黄昏,路上有不少散步的人,当然有不少的熟人,随便问起,或者聊起栽菜的事,我还是满心骄傲的。但是当他们问起去年我栽菜赚了多少钱的时候,我有些嗫嚅。说句实话,说赚钱的事情,那确实上不了台面,些许小钱,真的是羞于提起。

有些事情,我们喜欢追究的是目的,我发表了一篇文章,也有人问起有多少稿费,正如我现在栽了几亩菜,别人关心的是我能够赚多少钱,不由得使我叹息:吾谁与归?

想起人的一辈子,最终的目的是什么?人生其实就是一列火车,是一列开向死亡的火车。如果追究人生的终极目的,最后的走向都是免不了死亡,但是我们还在活着,或者快乐,或者痛苦,或者幸福,或者坚忍,我们为什么要活着呢?这是古往今来许多哲学大师考究的高深问题,我觉得,很简单的一句话,在这列开向人生终点的火车上,我们关心的关注的是路上的风景哦。无论美丽或者萧条,这都是必经的过程。

天空中没有翅膀的痕迹
但是我已经飞翔过

我很喜欢这几句话,正如我把丝瓜栽下去以后,我相信它一定会长出丝瓜来。是的,丝瓜总会长出来的。但是,我没有料到,丝瓜这东西和爱情一样,非常娇贵,如果不好好包装,或者留的时间太长,它会萎缩,它会变形,最后会变得一钱不值。

5

生吃的蔬菜不多,黄瓜即是其一。

据说黄瓜很有一些药疗的作用,刚刚百度了一下,这一发现还真的让我惊奇了一番。黄瓜中含有的细纤维素,可以降低血液中胆固醇、甘油三酯的含量,促进肠道蠕动,加速废物排泄,改善人体新陈代谢。新鲜黄瓜中含有的丙醇二酸,还能有效地抑制糖类物质转化为脂肪,因此,常吃黄瓜可以减肥和预防冠心病的发生。另外,黄瓜含有一定的水分,具有美容的作用,被称为"厨房里的美容师"。还有,黄瓜是很好的减肥品,当然这是需要生吃。

现在的时代变了,一年四季都能够吃到各种各样的蔬菜,即使是寒冬腊月,也能够吃到夏天的蔬菜,科技已经使一切都变得无所不能。但是我们虽然拥有了一切,又好像失去了许多。

比如真正的黄瓜的味道到底是怎么样的呢?那些在大棚里种出来的黄瓜,它们真的是黄瓜吗?没有太阳的光合作用,没有雨露的挥洒滋润,也没有蜜蜂蝴蝶的垂青和亲吻,那些瘦弱的细长的黄瓜是不是缺少了什么呢?

我们习惯把这种作物称为温室里的花朵,就好像没有经风历雨的爱情,总是不能够经受时间和环境的考验,稍有风吹草动,就会变味,褪色,甚至消失……

6

吴伯箫在他的《菜园小记》里说道:种菜的乐趣不是在吃菜,在种菜的过程中,时时都有乐趣。"一颗新芽简直就是一颗闪亮的珍珠,一畦菜怕不是一首清新的诗?"

以前做学生的时候,学到这篇课文,没有更深的体会,现在重读,忽然就有许多共鸣之感。时间就是奇妙,有许多文章都是这样,有许多人也是这样。总要等到多年以后,才能够理解其中的真谛。

比如爱情,有谁会用 10 年的时间,去等一个远行的人? 有谁会在 10 年之后,依然想回头找到那个人。只有时间可以考验一个人,只有时间可以证明一段情。爱情就好像剥洋葱一样,总有一片会使你流泪的,如果你一直剥下去。

比如亲情,当我们拥有父母的爱的时候,我们总是不知道珍惜,我们老是忽视,当我们某一天回头才发现,树欲静而风不止啊!

结婚十年

文/绛雪无语

  三十四年前的今天,一颗北斗星落入你们家的房后,紧接着只听婴儿的啼哭声,一个小女孩呱呱落地。时光如白驹过隙只听得耳旁的风声呼呼,四季轮回一转眼,"杨家有女初长成。"十年前的今天,你牵着那个一出生就在世界某个角落里等待的那个有缘人的手,披着婚纱走上红地毯,走进爱情的坟墓,走进婚姻的殿堂。此去经年,人在江湖身不由己,人在婚姻情不由己。

  婚前,那个男人用五音不全的嗓音唱着跑调的情歌,开始对你大献殷勤,不太温柔的眼里闪放着菠菜的光芒。你如一只涉世未深纯真的兔子,经受不了他糖衣炮弹的重重攻击,幸福地掉进了猎人精心设计的圈套之中。最后决定,把自己嫁掉算了。

  婚后,你才发现,什么是"原形毕露"。那个在婚前无所不会的家伙,婚后确实什么都不会了,即使偶尔良心发现,下厨、洗衣也总是做得差三落四的。有人说爱情是盲目的,因为那个带着一双翅膀背着箭的小天使只是一个小孩,他没有什么判断能力,说得一点也不错。拿他使用频率最高的一句话,那就是:鱼都上钩了,还要鱼饵做什么?他露出得意的笑,你恨得牙根痒痒的。

  步入爱情的坟墓你才发现,婚姻并不像你想象中的那个样子,"青蛙王子遇上美丽的公主","王子和公主过着幸福的生活",两个人朝朝暮暮相处天马行空不着人间烟火。步入婚姻你才发现,你和他结婚,预示着你和他的一切关系都会有着千丝万缕的联系,并且你不能再使小孩子性子,得知大礼识大体,宽容大度,而这一切都得从头学起。你有着湘云的直性子、黛玉的小心眼儿,偶尔还能来几句像"此鸭头非彼丫头""携蝗大嚼"这样的幽默,唯独没有宝姐姐的行为豁达,你文静沉默却不安分,有些倔强,还有些任性,因此生活中的柴米油盐磕磕碰碰在所难免,婆婆姑姑家长里短在你沉默是金中难遂人愿。你才真正地了解到生活确实是一个大学校,这些知识是在十几年的寒窗苦读中学不来的,你在生活这个学校里却是个差生,一切都需要你在时光与阅历中成长。

婚前你有从小到大成长的温暖的家,婚后成了狡兔三窟,娘家、婆家、单位里、自己的小窝,因为没有自己的根据地,所以常常如游击队一样到处迁徙流窜,你常常含泪满面酸楚对他说,"自从嫁了你,我就没有了家。"他总会安慰你说,星星之火,可以燎原,面包总会有的,一切总会有的,道路是曲折的,前途是光明的。后来再闲来无事提起从前,你总会幽默地这样说,"我们的婚姻初期那就是中国的一八四零年。"

没有爱情的人生是不完美的人生,同样没有孩子的婚姻也是有缺憾的。前者在你读《红楼梦》读宝黛的爱情时就已经意识到,而后者却是在那个粉粉嫩嫩的小家伙一出世,一双好奇的乌溜溜的黑眼睛看着这个多彩的世间无所适从哇哇大哭,你感受初为人母的喜悦时才体会到,这个小家伙的出世带来了全家人的喜悦与忙碌。你想起了某个影视剧里有这样一句台词:爸爸发现了妈妈,爸爸和妈妈发明了我。边想还边能笑出声来,这是一个多么可爱的世界!

多年以后你这个生活的差生在努力地改变着自己,逐渐变成了一个奋进生,一双纤纤素手在厨房里忙碌把他们两个都养得白白胖胖,孩子茁壮成长,充分显示小康显示社会主义制度的优越性,在勤俭节约的传统美德中白手起家终于有了自己的一席之地"荆州",口中高呼万岁"五星红旗迎风飘扬",终于迎来了黎明的曙光。

而这个时候你安静地坐下来,却发现双方的父母都老了,他们步履有些蹒跚,有些沧桑的眼神里盼望着团聚,盼望着常回家看看。他们都辛苦了一辈子,节俭了一辈子,确实没有享过多少福,有些事不管是他们对还是错,没有必要再争个高下和他们计较,只要老人高兴就好,其实有些事看开了看淡了就格外的和谐,生活有时候也很简单。

这么多年你才真正地了解家的含义,它不仅仅只是有个大房子,这个房子里有孩子的哭声,有欢快的笑声,同样也少不了争吵声;有相互依靠的肩膀,可以随意说随意笑随意玩随意闹,它是一个原形毕露的地方,更是累了休憩的地方,同样也是心灵的憩息地。

世事沧桑时光如水,岁月的车轮在红尘中碾过去,十年时光一晃而过,这一路除了风尘仆仆灰尘扬起,笑中有泪苦中有乐,在这些磕磕碰碰忙忙碌碌争争吵吵之中,更多的却是"执子之手,与子偕老"相濡以沫的细节与感动。

春日的疼痛

文/疏山梅影

1

小松鼠来到雪石边,用前爪钩呀钩,敲敲地面,寻找去年埋藏的松籽。大地寂寂的,毫无声响。小松鼠将头偏了偏,用双爪再敲呀敲,急急挠开地下的一方土——松籽没了。一条小溪清清地流,将雪石缝下浸出了一棵绿绿的小草,小松鼠想:呀,被雪溪冲跑了——它掉过尾巴,决定去看它的姐姐,一跳一跳跑上不远的一棵大树。树上萌发了许多新芽,小松鼠咧嘴笑笑,一头钻进树窟窿里——阿嚏!打个喷嚏,全身湿淋淋地跳出来,茸茸的大尾巴也成了滑滑的一缕儿,"真不走运——忘记昨儿下雨了!"小松鼠摊开双爪遮一下乌溜溜的大眼睛,看看天,太阳公公正赖在天中,悠悠地瞅着它笑呢。

2

哎呀,衣服这么厚,怎么好飞出?蝶蛹躲在自缚的茧里自责,都怪自个儿冬季贪暖,用厚厚的丝缚了又缚,冷风进不来了,此刻,却只能听着风儿与绿叶骂俏,"害得我心痒呢!我得赶紧飞!"

它扑扑扇一下翅膀,却怎么也打不开天窗。这小而闷的空间哟!它记起了去年与红铃兰的甜蜜之约。花儿开了吗?春风怎么越来越紧了?蝶蛹惦着与铃兰的蜜月,切切切,用小小的牙啃啮着厚厚的壁垒。一毫米、两毫米,通——一线亮光,蝶儿翩翩地飞出,为了赴约,还穿了一身美丽的花衣裳。

它寻呀寻,一眼看见铃兰,正吐着柔柔的芯子在那儿顾盼呢。蝶一头扎过去,啵——在铃兰身上重重印下一吻,铃兰的脸,倏地红了。

3

讨厌鬼,谁在上面扑通通地跳动哟,搅得我好不安生!豌豆愤愤地在地下想。叭嗒——叭嗒,正敲在自己的头上,有点儿疼,有点儿凉,好似很有韵律的音符。

呶。它重新躺下,继续前面的美梦。

蚯蚓可不依了,"小懒虫儿,快起来,一起去看外面的世界!"豌豆欠欠身子,一手支着脑袋,"外面好玩吗?""当然好玩,外面下雨了,空气清新,我马上就要出去!"它使劲地钻啊钻,从豌豆左边绕到右边,又从右边绕到左边,土质渐渐松了,它又使劲往上一拱,豁,豌豆苗一下,被托出了幽黑的地下。

咦,果然是美。豌豆惊叹,赶紧舔开舌头,伸长脖子喝了一口天上的琼浆。它四顾看看,一派绿意,清新迷人。嗯,我再也不回地下了!它使劲拔拔身子,噗——摘下了丑丑的小黑帽。

4

老爷爷和漂亮的小孙女坐在屋檐下。爷爷的手把着一根柳枝儿,苍老的手左一拧,右一拧,柳枝的骨脱了稚嫩的绿,爷爷把柳骨扔掉,又用右手一捏,掐去一截绿衣,放嘴边,"嗯——嗯——"悠扬的柳笛声传得老远。

惊醒了一只瞌睡的燕子。噗——,落下一滴鸟粪,正敲在柳笛上。

爷爷嘟囔一句，"孬燕子"，把脏了的手往地上一抹。小孙女可不依了，呜呜地哭起来，捂着眼睛，清澈澈的泪水从指缝流下，在地上砸出一个个小窝窝。

爷爷心疼，说："囡囡，去，再给爷爷折个柳条儿来，爷爷给你做个更好的！"

小孙女破涕为笑，一跳一跳跑向远处的柳树，宛如一只红衣的小燕。

爷爷呵呵地笑，失了牙齿的口内灌进一股股春风，爷爷咕咚咚，一股脑儿喝将下去，"人老了，还是觉得春天好呢。"

他抬头望望，那只淘气的燕子，也正趴在细弱的电线上，歪头得意地瞅着他呢。

得陇望蜀,不知道是否因为爱

文/细玉如斯

"如果有事,你就上来。"

我电话给朝宇,"可以下来一趟吗?"结果碰了个不红不白。

朝宇就这德性,一副宁死不屈的样儿。我嘴里嘟嘟囔囔,身体却已经向门口移动。

如果不是需要朝宇帮忙,我这傲骨如何会屈就。不知道结果,朝宇会念旧怨吗? 会不会本色到直截了当地回绝? 一颗忐忑不安的心,直到落座在朝宇面前还在咚咚跳跃。

门刚开一条缝,朝宇的笑脸就亮了出来。看来心情还好,他身后的电脑闪烁着。很显然,朝宇之所以不肯下楼,还是因为打游戏。游戏让朝宇从前的所有爱好尽失,并持续至五年后的今天。

事情很顺利。我不由感叹,朝宇还真是男人。

我不否认,我曾经让朝宇特下不来台,那么多人前,我让朝宇的内心像块肮脏的破抹布一样被阳光暴晒出一股暧昧的气味。我很讨厌这类男人,自负至张狂,无视旁人态度。但无法否认,朝宇思维敏锐,聪明能干,但他就是有这种无法更改,或说他根本不想改变的弱点。

朝宇一开始还是注意的,对薛冬人前人后尊敬有加。只是符合了所有蓄积已久山洪将至的剧情,在后期私人的聚会上,朝宇似乎真的自持不能,眼神肆意。所以薛冬跟我说,这样可不好。

我尽量表现得有些诧异,怎么了? 我怎么了? 他怎么了?

我明白薛冬的意思,我也当然不是他想的那样。听说朝宇的未婚妻舍他而去,原因挺俗的,她的初恋回来了。可那又怎样,朝宇并没对我表示什么,我也没想过要跟他如何。

薛冬还会和朝宇联机打游戏,还会一起喝酒吃饭。只是每次回来,薛冬有意无意会说些有意无意的话,让我心里不痛快。薛冬便不再开口,我只好一个人憋着。

但后来,还是有些风声传来。薛冬又不厌其烦地,委婉地跟我谈。

我对着镜子,镜中人依然白净,眼角光滑。"老牛吃嫩草"?虽然挺难听的,虽然朝宇比我小了五岁,我可不是个滥情女人,不过朝宇是能让人很顺心。

而薛冬,除了内向少语,跟朝宇还有什么可比性呢。我喜欢的东西,都在朝宇身上。可我不喜欢的,也在朝宇身上。

有时候我也觉得不可思议,朝宇是个比较直接的人,甚至简单到单一,却对我从来未轻易吐过一个爱字。但我分明感受到了,很是浓郁醇厚。

但后来发生了一件事,朝宇很长一段时间不再跟我说话,我也觉得太过分没再理他。

一次聚会,酒精激荡中的朝宇,在他那帮朋友的怂恿下,用一只胳膊把我使劲搂住,说,"我喜欢你,想跟你接吻。"我本来一惊,怒火马上烧到脸上,我几乎使出全力,照着朝宇那双通红的眼睛就扇了过去。

事后朝宇未作任何解释,我知道他的秉性,他从来不会对他的错误悔言。更何况那件事对于朝宇来说,未必是一时的冲动。

因为朝宇的出面,我和薛冬的房子保住了。为了不让薛冬误解,除了朝宇,我们还请了一堆朋友去斯努庆祝。

若不是因为酒力不胜,可能这辈子薛冬只能是薛冬。

朝宇的张狂借着酒劲,和薛冬翻滚在一起,整个包房狼藉一片。我像个傻子,舞着双手,躲着厮打的拉架的人们,说不出一句话。我的脑子一片混乱,所有记忆和想象像夜晚的霓虹灯一样反复闪耀。

我痛哭,面对流动的鲜血和愤怒的叫喊。那刻,我想这个世界最好立刻崩溃,一切都消失,要么重来,跳过这一段。

我做了什么?我该如何是好。

很难堪。那段日子,整个色调都很难堪。

薛冬走了。什么都没说。电脑在很久一段时间蒙着灰尘。除了我,以前薛冬最宝贝的就是他的这台电脑,和电脑中的游戏。现在想,以前的日子挺好的,薛冬和朝宇每天都端坐在屏幕前,嘻嘻哈哈联手在游戏中横冲直撞,甚至成拜把兄弟。

我不知道薛冬去了哪里,他的所有朋友也说不知道。

半年后,薛冬离开的这年秋天。

午后,我坐在床边的阳光里,望着不大明亮的天空,才发现,其实薛冬去了哪里,在我的内心深处一直都模糊不清,但身影始终于我左右。

我开始尝试着给朝宇介绍女朋友。不知道属龙的朝宇真是标准高,还是宁愿孤独。他仍一个人。

我从来没想过许朝宇一个婚姻,所以在我一再地拒绝后,朝宇沉默了。

我经常在深夜十分醒来,四周静寂,干燥。

我用薛冬的游戏号登录几次,看到朝宇只是呆立着,衣袂飘飞,依旧洒脱却落寞。我很快下线。

黑暗中的清醒,总有一种飘忽无定的感觉,像睡在深渊里。毫无征兆地,眼泪就滚下来。

别人都说是朝宇破坏了我和薛冬的美好婚姻。我也反思过,虽然有薛冬的日子没那么阳光灿烂,却也晴空白云,我故意刁蛮也惹不起风浪。薛冬那么迁就,那么纵容……

其实,薛冬很爱我,我早知道。朝宇也爱我,我也知道。

只是不知道谁更爱我多一些,也不知道我更爱谁多一些。

只是。现在爱,也爱不动了,这种纷争中的爱太过烦躁、易碎……
因为看到这样一段话:

也许每一个女人都希望生命中至少有两个男人。一个无法触摸,一个脚踏实地。一个被你伤害,为你受苦;另一个让你伤心。一个是适宜做情人,另一个却可以长相厮守。一个是火,燃烧生命;一个是水,滋养生命。

一个女人一生中到底应该有几个男人?张小娴的答案是两个。得陇望蜀,人之常情。不管怎样,珍惜身边的平凡幸福,珍藏心里的浪漫梦想,就好。

我不知道你爱我

文/月色飘零

她和他从认识到相爱,只用了不到一个星期的时间。

尽管朋友们都说这太快了,但他们却不这么想。

一见钟情的童话再一次出现在了现实中,第一次见面,她就被温文尔雅、阳光帅气的他所吸引,那是一种灵魂上的触动。

而他也对美丽大方、性子温和的她产生了好感。

他们有着共同的话题,共同的爱好。

就这样两人自然而然地走到了一起,她有时觉得,可能自己这辈子再也离不开这个男人了,她习惯了每天听着他的歌声入睡,习惯了每天早上被他捏住鼻子叫醒,她感觉自己现在是那么的幸福,生怕哪一天这段幸福离她而去,就像一个手攥着巧克力的小女孩那样患得患失。

在尝过了恋爱的滋味后,两人决定共同步入婚姻的殿堂。而就在婚礼的前一夜,一桶过期的涂料洒在了正为新房忙碌的她的眼中,她瞎了,尽管事后她被马上送到了医院,却还是失去了光明。

那一夜,装睡的她第一次听到那个一向坚强的男人哭了,就趴在自己身边,哭得很伤心。

"我会一辈子对你好的,"第二天早上当她醒来,他坚定的对她说。她开心地笑了,她相信他。

日子一天天过去,原本活泼开朗的她渐渐地失去了笑容。

那是因为他消失了。

"你还嫌你拖累他拖累的不够么?你这个扫把星。"隔着冰冷的门,听着他家人的冷言冷语,她哭了。是啊,她又做错了什么。

这些日子,她几乎找遍他所有可能在的地方,却还是没有他的踪影。难道,他真的那么绝情。她不止一次地想到这些,却始终不肯相信。

她要面对面地问他,是不是不爱她了,而今天她是抱着最后一丝希望来他家找他。或许,这就是命吧。

她不恨他。

"如果你同意了,就在这签下名字吧,"一个温和的声音在她耳边响起。

这是她的主治医生,也是他的朋友,她在和他的订婚宴上见过医生,很稳重的一个男人。

就在刚刚,医生打电话告诉她合适的眼角膜找到了。

签完字,她认真地说:"谢谢,你是好人。"

看着她倔强的样子,医生笑了,笑得很苦。

手术很成功,医生对她说,再过一个星期就可以出院了。

听到这个消息,她应该很高兴的,可脑中那个淡淡的影子却总是挥之不去,她还是忘不掉他。

接下来的日子,在医生无微不至的照料下,她渴望的光明也离她越来越近。

"你怕么?"医生问她。

不,她再一次倔强地摇摇头,但双手却紧紧地抓住医生,显露出内心的紧张。

当眼睛上的纱布越来越少的时候,她反倒平静了,可是内心中却依然有着小小的幻想,可能他就站在旁边吧。

但结果却让她再一次的失望了,随着模糊的视线渐渐清晰,一个温和的却并不帅气的面孔出现在她视线中。

她忽然很想哭,紧紧地抱住医生,努力让自己平静下来。

"我们结婚吧,"在酒吧里,昏暗的灯光下,医生单膝跪地捧着一枚戒指。

"好啊。"她干脆地答到。她不爱医生却更不相信爱,她只是想找一个能给自己温暖的怀抱。

四年过去了。

这个时间足以让一个女孩成长为成熟的女人,也足以让她明白很多。

她觉得现在的日子过得很幸福,体贴的老公和顽皮可爱的儿子几乎占有了她全部的精力。或许这样的生活是很多女人都向往的吧,只是她自己知道,心底不断闪过的那个影子似乎在证明着曾经的那段感情。

这天她带着儿子去医院体检,却意外地发现了许久不见的他,虽然他的半张脸几乎被墨镜覆盖住了,但她还是认出了他,她熟悉他的每一个动作。

她并没有去叫住他,质问他,而是默默地看着他在自己面前走过。

晚上,在饭桌上她装作无意间向丈夫问起了他的情况。看着沉默的丈夫,她好像明白了什么。

当一份压在箱底的眼角膜捐献协议被丈夫小心翼翼地摆在她面前的时候,她则清楚地看到了志愿者签名上他的笔迹。

她笑了,笑得很开心,一边笑着一边将那张薄薄的却又承载着许多东西的纸一片片撕掉。

如果有来世,我一定不会选择认识你,我恨你。

美女乱弹

文/无明

时下,"美女"这个词使用频率很高,见面打招呼,不管俊的、丑的,只要是女性同胞,一律唤做"美女",就像美眉的用法一样。叫的人真真假假,戏谑的或是嘲弄的;听的人假假真真,不置可否,或许心里还偷着乐,就好像被称着"作家"的"美女"一样。

某日街上闲逛,突听背后有人狂喊:"哇噻,美女,好几天不见了,想死我了。"赶忙回头去瞧,想一睹倾国倾城的风采,不曾想,"美女"居然是个一脸长满"美丽青春痘"、戴着黑框眼镜却染着几缕红发丝的恐龙。从此留下后遗症,一听"美女"就想起那张脸,实在扫兴得很。

进报社前,就闻听老总手下有四大美女。果然,四美女并非徒有虚名,虽不至于闭月羞花,沉鱼落雁,倒也楚楚动人,秀色可餐。

四美女分驻广告、通联、财务、办公室四个部门,可谓万绿丛中一点红。编辑部、采访部及电脑室虽说也脂粉飘香,呼来唤去的"美女"如云,却净是白垩纪时代的生物,进化得最好的也就是拿着吹箭筒的印第安部落。这也难怪,整日跟太阳赛跑的老记就不必说了,别以为编辑就如那部肥皂剧《编辑部里的故事》一样,成天端着茶杯,说说俏皮话,耍耍嘴皮子那么轻松,老编每日神经都绷得紧紧的,一到签版的日子更是鸡飞狗跳。

电脑室的"美女"最多,人都说,一个女人就是五百只鸭子,电脑室养了高达数千只的鸭子,可却是一群整日怒气冲冲的鸭子。人少活多,琐碎繁杂,打字、排版,一遍遍修改着画得如天书般的稿件。于是,这些鸭子就像炸弹,一触即发。若有通联或是广告部的美女施施然从门前飘过,那无疑就是导火索了。城门失火,殃及池鱼,这倒霉的鱼儿就是架着厚厚的瓶底、弓着背为他人做嫁衣的老编。

按说,一人有一人的命,有人凭脑袋赚钱,有人靠皮囊活命,这叫做各安天命。美女也好,恐龙也罢,在老板的眼里,就跟设计师或是工程师手里拿着的尺子和圆规一样,功用不同罢了,或许,美女会更顺眼一点,就如精致的衣服或是首饰,你总会把它放在显眼的地方,时不时欣赏一番或是卖弄人前,而袜子和鞋,只有在需要的时候才会把它从角落里拎出来。

于是乎,美女们随侍老总不离左右,除了养眼,自然还有不少功效。搞发行,拉广告,疏通上、下级关系……吃饭,跳舞,打球……美女们功不可没。

君不见,时下"经济"概念层出不穷,汽车经济、假日经济、娱乐经济、网络经济甚至高考经济,众多"经济"风起云涌,而"美女经济"当属最能吸引眼球的亮点了。"漂亮的脸蛋能出大米"是前不久媒体一直热炒的话题,据说是20世纪70年代一部朝鲜电影中著名的台词。

应该说,媒体热衷炒作的"美女经济"不无道理。足球宝贝、啤酒女神、房展导购、车展美腿小姐、精彩内衣秀……美女们可谓出尽风头。美女能拉动消费,还是拉动经济姑且不论,美女实实在在让一部分人先富了起来却是事实。

于是,媒体惊呼:美女经济时代来了……

曾趣闻,某报老总有一经典妙论。

人问:慧内,貌美,二者不可得兼,如何取舍?

答曰:慧为虚,貌为实。况慧为后天之德,缺可补之,貌为天然之美,可遇不可求,故舍慧取貌者也。

只是我是女子

文/简心

夜里头回来,盘着的头发已经散乱,中间落下一根来,灯影下映着,似根葱叶在飘,突然就想到,从前的人,要把自己卖了,便是插根草签在头顶,戚戚哀哀跪于路旁,袖着手,低着头,一泡的眼泪。

那么这卖身契将要签与谁?

深巷子里头闻到花香,直觉这香该是蓝色,是那种深蓝,深得见不到底,然后沉溺,然后死亡。

爸说:"你不能再这样忽悠忽悠下去了。"我低头抠指甲,我说好的。

下午地方台开始重播白娘子,那天走时瞅一眼,正演到法海初遇许仙,劝说许仙出家去。叶童演的许仙愣头愣脑,一脸憧憬的模样:"不啊不啊,我还想娶妻生子,我要娶一个又美丽、又贤惠的妻子,唉,那该有多好啊。"

他长叹一声,我忍不住要笑。只恨其时不知将来的事,若他知道他以后会受怎样的苦?当初,当初他还会不会那样的憨憨付出?若他知道有一日他会受铁链穿锁骨之痛,他还会不会那样的坚贞不二,誓不从老法海之意?其实屈了也许对谁都好,各得其所不好吗?再怎样的尽力挣扎,到最后不过是换尽满脸沧桑,天地两隔梦中相见。

可是不知,全不知。

李碧华说:女人自轻视开始厌倦你,终有一日她要走时,那是九头牛也拉不回的。世间没有什么事情舍不得,你舍不得这样,舍不得那样,其实全是自己窝囊,闲了会生事,还是忙着好。

于是我翻厚厚的书,那些冷冰冰戚切切的宋词元曲,原来都是闲的人写出来的,不然怎么会无意伤春,看见落花也掉泪?

只是我是女子,我毕竟不是那般自心到肺都似块冰的女子,我若要走,那便是你伤我极深我需防备,再不走,我恐怕不落全尸。那么在我还囫囵的时候我且把自己收好吧,不然东掉一块肉,西拉一条胳膊,那将是多么恐怖的事。

到最后人嫌自嫌,本就了无生趣了,人生在世原是自己给自己找乐趣,如果连自己也嫌,什么还能够有什么意义?

怨月恨花烦恼,不是不曾经着。这情味,望一成消减,新来还恶。

那场大雨,我撑住伞站在电影院门口等自家十路公车,雨落在脚下散成一朵朵花,又急着汇到一处奔流了去。外面下大雨,我的格子伞里头下小雨,于是我诧异,这伞是新伞,怎么也会漏?原来有些东西大了,连伞也靠不住。

倾泻而出如泥石流,给人看到瞠目结舌,心下慌张,哎呀我该怎么办。一时的急将无法,伸出臂来抱了个满怀,心下暗喜,眉头假装紧蹙,不给人看出自己的雀跃。谁不是爱占小便宜的人,老天掉下这样大的一件东西,那样奢侈华丽,不拿白不拿,且拿了去再做日后打算。当时只是喜,不曾想,它会砸死你。

只是我是女子,我还是那样的满心欢喜。我不怕被砸死,我只记着我的甜酸、我的感激、我翩若惊鸿飞起来,我连头发丝都带着笑意。

女子尤贪便宜,女子尤其斤斤计较,女子不在意撕开华丽的外皮里头疮痕满布结结巴巴,只要那里头,有自己的影子。

硬的质与软的量究竟哪个更重要?这些日子我变得开始多疑,从前想事情很清楚,习惯分做一二三来清条理:一,如何,二,怎样,三,后果。我知将来会怎样,我知过程跟从前一般无二,我知那些话的分量孰轻孰重孰真孰假。我却不知,我当初生吞下去的东西,到了肚里已经混淆一团,再无条理可寻,再无路数可找。

小说里的日子那样容易过,你翻个三五页,几十年就过去了。当初怎样相对的两个人,往事已化轻烟,相逢一笑泯恩仇。若不然就当做陌路,看那人有几分神似,心知就是他了,怎样的接近到连呼吸都清晰可闻的距离,怎样的拿刀拿针把心切割成一块块欲死欲仙的过去,可是就是神似,不见得就是。于是摇摇头,依旧各走各路,毫不相干。

可小说总是小说,日子却还要那样的掰着指头过。

旁的人那样的撇清,换做旁的人旁的事,伸指头叉腰骂骂咧咧也就过去。有些事却不成。也许,因为我是女子。

我因我的构造不同,我因我的多血质,我因我的星座、我的头发丝,我因我的个性、我的习惯、我的指头吐出的字。于是那些千丝万缕的联系如蛛丝如乱线,令自己一再犹疑一再犹疑。

那么你的心何在,你的肉里头有哪一块是干净的,你的脑袋里面有没有一刻停不下不想些事情,那些无谓的事情?

闲闲几多风月,路人讪讪作笑料。

你是路人甲,或者是路人乙? 我站在雨里右脚踝的伤开始疼,酒席上出来走了一路,它都不曾发作。人真正是贱,原就不该给你得了闲。需得一刻不休的忙死你累死你,看你有没有功夫七想八想。可是那些车都往哪个方向? 能不能够带我去到我想去的地方? 车窗里看见雨打风吹,伤不着自己丝毫。那时我便是路人甲,也是路人乙。我安逸地坐在车里,我看着大雨里的人抱头鼠窜,狼狈不堪。而不似如今,如今需得找些借口,告诉自己,花香没有深蓝,花香根本就没有色彩,花也许就没有香,只是魔由心生,你在天下本无事,庸人自扰之。

只是我是女子。我听见雷声会怕我做了噩梦会哭,我害怕一切软性动物,我见不得血流成河四分五裂,我怕被剥落,怕被抛弃,怕被人厌倦,怕醒来时一枕的湿。

于是我便乖乖的,我是女子。

我将软的心与肉呈献出来,我的手指缠住你的手指,不看我的心,我自己都不愿看。在被人丢掉之前先把自己抱住,失重之后会跌到粉身碎骨。

我怕我没了骨头会变成软体动物,鼻涕虫一样的粘住谁,肮脏到无法控制。

因为我是女子,我总需有个怀。所以你的手臂可以绕在我的手臂外,你不知道你抱之前我已经抱紧自己,你不需知道。

我只是安生地对着你笑。

我是女子,这一遭,我要扮作路人甲或者乙,嘴里塞满一些甜的溺的东西。我把它们消化了,你再喂给我吃。

若不然,我不依,不依。

陪我去看流星雨

文/简心

这实在是个滥俗的名字,而我一直不愿用这种名字来写些什么的。

我说:"广场上这些孩子平均年龄一定不超过 25 岁。"他笑:"是吧。"

大雪刚驻,四周一片的雪白。寒冷的空气将一切冻住了。我说:"你知道我现在最想要什么吗?我想要啊。我想有个人跟我开个房,然后我把自己在浴缸里洗干净了。跟那个人睡觉,再然后,我就死去。"

他说:"这真是古怪的想法。"

我说我想回家,其实这不是我真正的想法。我想要有个人陪我在干净的白布床单上睡觉,在我洗干净以后,然后我看到我生命中最后一场流星雨。我快乐地死去。

我实在是酒后糊涂的想法,因为人喝了酒之后,总想要抛弃现实里许多不能抛弃的东西。

我们坐在广场上不锈钢栏柱上,我的棉袄粘在上面的冰上。我们抬起头时,那些平均年龄不超过 25 岁的孩子们,在放烟花。

我看到一场流星雨,那些白色蛾黄的花朵在夜空中瞬放,我突然快乐起来。

我在想啊,我有多久没有这么快乐了。上次好像是 2002 年的 12 月,我吃过火锅,喝过白酒,然后到酒吧继续喝啤酒,然后我笑得很大声说隔壁喝多的女孩子大嗓子哭得像个傻 B。那晚好像我笑得很大声,那女孩哭得有多大声我笑得就有多大声。

其实其实,我一直是个,那么叫人放心的女子。

陪我去看那场流星雨,然后我在谁的怀里烂醉如泥。然后我搂住谁的脖子哭了,我说我要嫁给你。

陪我去看那场流星雨,那只是别人放出的短暂的烟花啊,可是我喝了酒的眼睛里它们那样美丽。我像古代里出逃的小姐一样怯生生地跟你私订终身,可是我再也不能反悔。我认了认了,我的那些小心思全放下了。我是你的是你的是你的,因为那场醉眼迷离下的流星雨。

你知不知道错过有时候等于相遇?你知不知道有时候刻意等于天意?你知不知道,我不再是那个天真可爱的女孩子,我跟你说的我十七岁上高中时候,坐在公园秋千下的长椅上只打哆嗦的女孩子,也是这样大的雪夜里,她不敢要求身边的男孩子些什么。可是那已经是过去,我现在想说:我想要你。跟我睡觉吧,然后在我没有醒来之前我已经答应嫁给你。我不后悔也没有权力后悔。

因为啊因为,你是陪我看这场最终的流星雨的人。

那些年轻的孩子们在大雪的滑溜的广场上放着烟花,在我这个心死如灰的人的眼里,那实在是一场美丽的流星雨。

于是因为这个实在是不应该浪漫的夜里我突然变得如十八岁那样的浪漫起来。我要你,这个一直深爱我的人,提一些要求给我吧。

虽然平日里我任性得不似个女人,可是在这一刻我是毫无保留地答应的。

只是因为,你陪我看了这场流星雨。

哦,今天是2月10日,现在是22点43分。我说四天后就是情人节了,你说是啊。我说要是情人节下这么大雪就好了。你说也许会吧。

嗯,我其实很想说:我其实打算情人节那天跟我过的男人我要嫁他了。

嗯,可是我没有说出口,我点着烟看着天空。

我心里说:吻吻我吧,因为这场流星雨。然后,我回家去,独自哭泣。

请你别哭

文/简心

我还是很清楚地记得那个日子,虽然过了一千三百零六十天又二十八个小时三十五秒,那是五月十五日。

5月15日

你第一次出血,你的额头碰到冰箱门上,现在想想这其实是很滑稽的一件事情,因为众所周知,冰箱门被一块软性物质包围着,虽然我不能确定它的名字。它的四周虽然满是棱角,可是它是柔软的。

然后你的额头碰到那里,我看见你在流血。然后我拿纱布,你拿着自己的手,你拿着手,挡住你的额头不给我看,你说,"没什么大不了。"你的胳膊肘让着我,"一边去一边去,我是男人我会照顾自己。"

我把纱布和棉球扔在你脸上,我们对着笑起来,我的右手里,拿着我没吃完的苹果。

可是那血好像没有停的意思,于是我蹲在饭桌前的椅子上啃着苹果看着你,你满不在乎地抽烟。半小时以后,嗯,我记得很清楚,是30分钟57秒以后,那血不流了。我扔掉苹果核爬到桌子上,凑近你的脸看,我看见一个小三角的伤口,它们张着小嘴,像是在要东西吃。你拉拉我的辫子:"干嘛干嘛,是不是想让我亲你?"

7月25日

早上刷牙,我看见马桶里的血丝。我没有说话。因为我无话可说,或者说我没有说话与询问的对象,因为那时候,你已经急匆匆地出门上班。

可那血不是我的。

晚上我看着你的眼睛,你说你很累。我伸出手去摸摸你的皮肤,它很烫。

我说:"亲亲我。请你亲亲我。"

你把我的辫子拉过去,然后把我揽在怀里,你说:"小孩儿,我好好的,你放心。"

我索着你的嘴唇,而后我的嘴里腥甜一片,我把你推在床上,我跑进卫生间里龇着自己那两排雪白的牙,我看见它们变红了。

我拐进卧室把你拉起来摇着你,我说:"混蛋给我听着,明天,明天咱上医院。"

你傻呵呵地乐起来,然后我看见你的眼睛突然湿了,你说:"小孩儿,如果我有什么,请你别哭。"

我没说什么,因为我无话可说。

10月1日

"今天国庆节啊,我说小孩儿。"你穿着被单似的病号服盘着腿坐在白床上,我看不见什么,我就看见你那病号服上浅蓝的宽条条在那晃啊晃啊。

"是啊,国庆节了,混蛋。你打算什么时候去我家啊?"我懒洋洋的斜在你脚下。

"那等我好了吧。要不然我张口一叫:妈……。喷她老人家一身血沫,那不得把她吓昏了哈。"

我猛然坐起身,我啪一巴掌打在你脸上,我那时昏了头了,估计比我妈看见你口吐血沫还昏。我忘了医生说的,白血病人不能有任何擦伤,万一出血,会时刻危及性命。

我想手与脸都那么软,不会就这么容易流血吧。我什么也没做什么也没做啊。

然后你用那种眼光看我,我看见你的眼睛在说:小孩儿别哭,我没什么的。

我抬头看着你那额头上那小嘴巴,它们在笑我们呢,我知道。

我骂起来:我哭豺狼笑,我靠。

10月11日

"医生,白血病是什么啊?"我靠在医生办公室门口有一搭没一搭的问。

"白血病是由于造血细胞增殖分化异常而引起的恶性增殖性疾病,它不仅影响骨髓及整个造血系统,并侵犯身体其他器官……"医生扶扶眼镜开始大套大套。

我的妈呀,我转个身跑起来。这么复杂啊。

我穿过走廊跑到花园,跑到医院小湖边又绕湖跑一圈,然后坐在长椅上。我的呼吸困难急了,我觉得我的心都快要跳出来了,我眼泪鼻涕一块流下来,我从来没有这么丢人过呀。

我想吐,我觉得我快要支持不住了。

唉,现在体力不行了,想当年上学那会我还3 000米冠军呢。可是我想哭,我为什么想哭呀他妈的?我想着想着,我的眼泪吧嗒吧嗒滴下来。

我抬起头看见住院部三楼,那块大玻璃下面,你站在那里俯视着我,我冲你龇龇牙。

我心说:这么远,他一定看不见我的泪。

12月13日

"化疗很恶心吧？"我问。我又在啃苹果。

"我想吃苹果，可是我牙太松，咬了估计又流血。"你躺在床上颧骨很高，双手搭在胸前十个指头像鹰爪。

"那好办啊，我嚼啊嚼啊再吐给你，你吃到嘴里也不嫌牙松了也不会流血了。咋样啊？"我为我的突发奇想自鸣得意，我得意的双腿吊在床边晃啊晃啊。

"我呸，你可真恶心你。"然后你哈哈笑起来，我把苹果咬在嘴里，拿苹果碰碰你的脸，我抓住你胸前的手，嘴一张，苹果从我嘴里掉到你胸口上。

"鹰爪王，鹰爪王。"我轻轻叫起来。

白血病人一日配餐食品的种类和数量如下：

米或面主食8两，蛋糕1两，面包1～2两，鸡蛋或鸡胚蛋2个，绿叶蔬菜1斤，水果1斤，牛奶0.5～1斤，植物油1两，糖1～2两，瘦肉2两，动物脂肪适量。上述食物分4～6次在一日用完。

合上书我看你一眼，你睡着了。

你的头发很稀，你的眉毛还是很浓，你的病号服很干净，你就是瘦了一点，我说，跟从前没什么两样。

我觉得眼前有什么东西挡住视线看不清楚你了，我拿手背一抹。湿答答的水，我转过头去。我又觉得那湿答答的水随着我的动作飞泄起来，一定很美，一个我见犹怜的小孩儿美人儿，嘿嘿嘿嘿，如果抓拍的话。

我咬着下唇笑，小孩儿别哭，你说过的。

2月17日

"小孩儿，过来跟我说说话。"

我把双手袖在毛衣袖子里,两条小辫在胸前细细的。

我凑到你脸跟前,你拿手一挡,"去,这么近乎干嘛。"

我说我想看看你啊看看你。

你说,"我现在这副丑样子你看个屁啊,你回家去拣我最帅最迷人的一张给我当遗照。我现在一定像个骷髅吧。"

我把头发在你的胸前拱啊拱啊,然后抬起头来。你看见我的头发猫毛样翘着在空中飞舞,你哧地笑起来。

"小孩儿,你听我说。

"第一,如果我不好了,你不要哭,别亲我别看我。我怕你的嘴唇印弄到我脸上我不能擦干净,我会带去下面,那里的女人看见我会找不着老婆。听说那里天寒地冻没人暖被窝可惨啊。"

我弯着中指和食指啪在你额头点一下。我又看见那张小嘴了。

"第二,以后再吃包子,出门记得照镜子,对,就这样,要先龇牙,记得把门牙上的韭菜叶儿弄干净了。别跟从前一样啥事都要人照顾,别还是大大咧咧没一点儿女孩样儿。怪吓人的。

"第三,搬回你妈家住去吧。我没机会把她给吓昏过去了。不知道你的下一任有没有这个本事了,嘿嘿。

"第四,我最后的要求,听我的话,等我闭了眼,把你那小辫剪了吧。剪成个男孩子头发,你就那么过啊过啊,过些个把日子,你的头发又跟现在一样了,能扎小辫了。那时候我就知道了,哦,我的小孩儿好了,她又能活过来了。我在天上看着你呢,你知道不?

唉,"小孩子儿……"

4月1日

我说混蛋,今天是蠢人节啊。你干嘛躺着不起来你,我靠。

医生你是骗子,你说他最少能活一年到两年的!!!!

你说只要有人捐骨髓,他就能救活的!!!!

你说化疗虽然很恶心,可是能叫他多活两天的!!!

你说这病有希望有希望,我们的技术还是很先进的!!!

医生你是骗子,混蛋你也是骗子!!

我的混蛋,你骗我的感情骗我的青春,你拿啥赔我!!!

混蛋,你给我起来叫我小孩儿,拉我的小辫,我想亲你的嘴。

可是你说你不让我亲,你怕下去了找不着老婆。混蛋你真花心,你是个大混蛋!!!

混蛋混蛋,我不哭我不哭,我为你哭个屁我……

我还是很清楚地记得那个日子,虽然过了1306天又28个小时35秒,那是五月十五日。

你闭上眼睛时我看见你的泪了,它顺着你的眼角流下来。我当时想扑过去说:混蛋别哭,你不叫我哭你也不许哭,你说话不算数你。

我现在穿着你的棉布大衬衫,我坐着抽烟,我的头发又能梳小辫了,可是我又活过来了没啊?我问自己。

混蛋别哭,我是你的小孩儿,我也不哭。可是你骗了我,因为我看见你哭了啊……

我以为花都开好了

文/细玉如斯

故事发生的年代不短了,重现的场景也日渐模糊,兔子十年的等待终于可以有了一个结果,而十年等待的日子曾经那么漫长而伤感。

大概因为今年闰五月,给人感觉该暖的时候反而冷下来。这般倒春寒的日子持续了大约三个星期,之后,雨突然就停了,却又起了不小的风。沙尘暴止于头一天晚上,次日一早,大街上铺了一层薄薄的黄土,这在美国加州是从未有过的景观。小安倒不像街上人表现得那么厌恶,反而看得很仔细。

十年的时间,这个城市发生了翻天覆地的变化,高耸的大厦鳞次栉比,街路两边桃花盛放。小安从广场街的另一端走了好久,才看见比十年前大了许多倍的人民广场。广场周围人来车往,每个人看起来都那么匆忙,头顶的大太阳明亮而刺目,岩岩候在稀薄的树荫下,树叶间漏下大块的光亮,晃在岩岩的脸上。

老友们都说小安的身材保持得很好,十年如一日,像是夸某人的敬业精神。小安并未把这次十年一见的聚会看得如何重要,本来始终犹豫着,完全是被岩岩强拉硬拽的。所以小安只是随便地穿了一件。要说好身材是不挑衣服的,小安细挑地站在那株紫皮桃树下,双臂交叉在胸前,头冲岩岩微微歪着,眼睛却看向广场的另一边。

那个身影远远的,虽然有些模糊,但她肯定就是兔子。小安把头正过来,太阳镜后的双眼快速地跳了几下,阳光才没那么扎眼。

岩岩说是同学聚会,因为担心小安不肯来,因为她不知道十年后的小安是否能够听进去解释。解释十年前的一件事,十年前的一个误会。

兔子真的没有多少变化,除了一些这个年龄的沧桑感。兔子的视线随着走过身边的美女变换着角度,身体和头保持不动。兔子觉得那美女有些像二十几岁的小安,眼神不由有些迷乱,而这在美女看来就有些复杂了,这个色鬼还是挺帅的,就是沉不住气,于是美女佯装恼怒地蔑视了兔子一眼。

放在以前,兔子肯定会把嘴唇撇出一个不屑的弧度,或者干脆朝地上啐一大口,她们的气质与小安实在相差甚远。现在的兔子只当那美女的羞恼是他肺泡里折腾出来的二氧化碳。

兔子当年非常优秀,有着现在少女们毫不吝啬爱意的帅哥的标准形象,名牌大学毕业,和金碗饭,父母都是大学教授,还单独给兔子买了一套独立公寓。兔子的周围自是不乏追求者,但兔子的心思只用在小安身上。

小安不知道兔子为什么偏偏喜欢她,也许因为对面桌日久生情?兔子这种家境富裕的公子怎么会跟她动真心? 小安不是美女,也没任何背景。但兔子说小安气质很好,是他所见女孩当中最别致的。

小安开始只把兔子当哥们,不觉得她与他会有什么未来。兔子在花钱上对小安很是大方,但小安会把贵重一些的礼物恰当地送还给他,还不让兔子面上无光,这在兔子看来又是一大优点,和很多刻意接近他的拜金女孩很是不同。

万事俱备只欠东风的场景下,不可能也会转变为可能。所以兔子在多次玩闹之后跟小安正式求婚时,不单是小安没信,连他们俩的共同朋友岩岩也没信。按照兔子以往的风格,不会没跟岩岩透露就决定一件大事情,且还是终身大事。

关系一旦确定下来,顺理成章的,男女应该发生的故事一一上演。爱情很平常,每个人的经历都大同小异。只是到了最关键的时候,有了某种转折,爱情才似乎显示出一些电视剧里波折的一面。

小安相信当年的兔子是忠诚的,但奇怪的是,往往人们不敢相信自己的判断,或可能是某些人为的罪恶感,让两个人产生歧义。只是一个插曲,现在看来,当初并不是那么的不可饶恕。

兔子从来都是个出类拔萃的男人,这个不分年龄,对女人来说,兔子就是个充满诱惑的陷阱,谁遇到谁都想跳进去。这话是岩岩说的,但岩岩给加了个备注,备注里四个字——岩岩除外。

交代一下,岩岩是兔子的哥们儿,确切地说是哥们儿待遇。好像一说哥们儿,岩岩就该是假小子那类女子,事实上正相反,岩岩挺女人的,但就是跟兔子不来电。按照岩岩的逻辑,大概是因为和兔子从小到大混得太过熟悉。

兔子说他甩开无数倾慕的眼光,只有岩岩和小安的最纯净。兔子的理由跟岩岩一致,所以爱上了小安。至于最后爱的方向发生了平移,兔子想了很久,也只能说是审美疲劳,松懈时闪了一下腰。不管是借口还是真实,最终小安还是做了一件至今不后悔的事,就是远远地离开了生活三十年的家乡,离开了兔子和岩岩,漂洋过海到了美国。这一走,就是整整十年。

真正到了兔子口里的"哥们儿待遇"的四十岁,女人无法不老了,男人却"风华正茂"。风华正茂的兔子嘴角的烟并未点燃,双眼却随着烟头一上一下的抖动像熏烤着了似地使劲皱着。岩岩见小安目不转睛地看着兔子,便一个人径直走过去。

岩岩的身材没有大改变,左右扭动的臀部被米白色的九分裤裹得很是饱满,一只白萝卜似的手臂荡来荡去,比起二十几岁时的丰满,背影也看得出是上了些年纪的女人了。岩岩至今未嫁,小安突然感觉,岩岩该不会是为了兔子才独身始终的吧?

兔子嘴角的烟停止了抖动,惊喜很快把他的眼睛撑得大大的,并迅速顺着岩岩的手指望过来。小安深深吸了口气,笑了一下,十年了,小安没对哪个男人这么笑过。

看着兔子快步地走过来,小安心跳加快,有一瞬的恍惚,十年前的恩怨情仇如潮水席卷而至,"哗"地打到眼前,又喧哗着退去。十年的时光,这么一起一落,便也烟消云散了。

兔子未等到眼前,就张开手臂,最后的几步简直就是冲过来的,猛地就把小安抱在了怀里。小安感觉到兔子胸膛大起大落间,听到了一阵压抑的啜泣。小安的泪也慢慢流出来。岩岩默默地看着,擦着眼睛走过来,把兔子和小安紧紧地搂在一起。

小安不想让十年以后一环一环扣下去,就像写故事,不愿意把前因后果交代明白,仿佛人生,活得太明晰往往容不下一星瑕疵。用这十年时间,小安甚至感谢这份变故,甚至觉得十年前的改变是种不完美的完美,海水潮涨潮落,生命有阴晴圆缺,才造就了十年的非同寻常。

是小安主动联系的岩岩,岩岩在电话里大哭,失而复得的悲伤。小安在春天故乡桃花盛开的季节选择了回国,不是续前缘,而是放下。美国的十年,不像别人的艰难,小安有导师举荐和高额奖学金,不用出去打工,她有时间权衡和思考。如果不是离开太久和太远,小安也许走不出自己,她感谢另一个国度给她安置另一颗心的空间,用来遗忘和怀念,甚至是超脱。

兔子打记事就认识岩岩,一起上幼儿园,除了小学没在一个学校,初中甚至高中都同校,真正的青梅竹马,机缘巧合的是大学他们又考到了同一个城市,小安跟兔子一个大学,岩岩所在的大学又在小安和兔子学校的附近。因为一次文艺演出,小安经岩岩认识了兔子。

大学那段经历,小安特别乐意回顾,因为纯真年代,总是最值得回味的。小安始终不知道兔子的家庭背景,以为就是比较宽裕而已,他们之间也从不过问彼此的家境。待大学即将毕业,兔子先小安和岩岩一步顺利进入国家电网公司,小安才略有所知。

也许玩在一起时,兔子真的没多想,一旦分开,才激发出了别样的情感。小安一开始拒绝了兔子,主要是认为彼此门不当户不对,她担心爱情遭遇金钱会生出铜臭味,而事实上兔子的父母也是因此反对的。

兔子横下心来,一路狂追猛打,最后小安和兔子父母统统败下阵来,一方被爱情俘虏,一方退而求其次要求两个人试婚。当然试婚一说也是兔子父母的无奈之举,只是没曾想一试就五年,终于熬不过,兔子父母答应娶小安这个儿媳妇。但更没想到,小安嫁给兔子没几年,这份不易的婚姻就灰飞烟灭了。

要说过日子需要一分一秒,讲故事却可挑梗概轮廓,再紧要的也就那么几段。我只说最紧要的。

小安出国前夕,发现了岩岩和兔子的事。也不是兔子喝高了,虽然有一点点是酒精的作用。在大家以为,岩岩心高气傲才大龄未嫁,兔子和小安也如此认为,直到兔子跟岩岩在榛子岭水库同床后。同床实质是彻夜长谈,是兔子后来告诉小安的,小安自然不信,但也不表示疑义,而无声让兔子更是坐卧不宁。

那晚大家到榛子岭水库去吃鱼,本来说好小安加班后赶来,但临时有变。等所有人尽兴回到各自房间,也许就是天意,兔子居然鬼使神差地走错了门,无巧不成书,岩岩的房门居然是虚掩的。故事发展到关键时刻,按照常规,兔子和岩岩之间不发生点男女事件,似乎都对不起观众。

两个人还真晕头转向地一个床睡了半宿,还互相搂住对方亲了一阵,兔子感觉"小安"的味道有些陌生,还嘿嘿傻笑着问什么时候换了化妆品。至于谁先清醒过来的,应该是同时,但尴尬让两个人各自惶恐了一会儿,都装作昏睡中。兔子有些尿急,岩岩想吐,挺不住的时候,两个人恍然大惊的样子,实在狼狈。

太过熟悉的是两个人的音容笑貌,身体上的接触也仅限于拍拍打打的玩闹,所以大惊之下,兔子及时窜回了自己的房间,先解决膀胱膨胀的痛楚。还好两个人清醒得比较及时,事件的发展未按照原定轨道运行。所以才有了十年之后小安和兔子的再度聚首。

后来是岩岩过来敲门。事情说清楚了,太阳光也爬了进来,兔子和岩岩的魂才还了窍。至于解释,小安固执己见的性格在这件事上表现得淋漓尽致。要不是小安突然某一天从内心里原谅了岩岩,兔子这辈子都别想再见到小安。

实际上小安到现在也不知道当初岩岩和兔子之间到底发生了什么,远走异国的十年里,环境的彻底改变和不同人文的熏陶,小安也变了,不再苛责偏执,过去了的事情她不再想知道,也没必要。时光倒转,改变过,复又归,如果结果是好的。

四十岁,是人生最关键的转折,能看破一些事情也就看破了,不能的一生就此定格。

小安以为花都开好了,所以适时回来了。

对了,这次聚会,其实只有兔子、小安、岩岩三个人。

约,十年

文/春夏散落

"十年之前,我不认识你,你不属于我,我们还是一样陪在一个陌生人左右,走过渐渐熟悉的街头,十年之后,我们是朋友还可以问候……"

1. 不准不开心

石板桥下,小溪缓缓流淌,转动的水车轻轻溅起水花,洒落在路旁,微润着青石路面。林跟在遥的身后,贪婪地欣赏着古筑小镇的美丽,时时还不忘拿起相机拍下永恒的刹那。

林像一只放飞的小鸟,被遥牵起的手还在不停晃荡。遥看看身旁经过的游人,回头温柔低语:"你不会安静吗?"林莞尔一笑,甩开被牵住的手,欢快地旋转在前方,沐浴在小镇的气息里,兴奋地对着遥呼唤道:"遥,我开心就停不了了!"遥宠溺地笑笑。他的笑仿若清晨里洒下的阳光,让林有些迷醉。

穿过长长的竹林,林和遥驻足在古桥上。两岸游人嬉戏河边,热闹的氛围为夏日增添了另一道美,荡漾在水面的小船上还传来阵阵欢笑声。据说前两天的七夕好多人来到这里放河灯,那场面实在让人遐想:闪烁的灯光布满河面,在夜空里带着祝福静静飘向远方,那是经久弥香的画卷。

遥倚靠着古桥,抽出一只烟点燃,用手拂了拂林被河风吹起的长发,情深意长地看着身旁此时快乐无忧的女子,他的眼光若有所思地飘向远方的风景。

刚才还雨声淅沥，此时小镇已风平浪静，昏暗的乌云也渐渐散去，慢慢拉下夜幕的帘子。小镇上灯光渐渐亮起，林挽着遥的手臂，随他走向桥那头的酒吧。愉悦或是苦闷的心情有时都需要用酒来尽情释放。

"'一米阳光'，云南也有同名的酒吧，很喜欢，就这里吧。"遥不等林回答，已进入酒吧。遥爱酒，喜极了酒后微醉的感觉，飘飘忽忽，可以暂时将尘世的一切忧愁抛之脑后。酒吧是兰竹筑成，别样的格调，几根柱子矗立在中央，使楼阁更显层次感。林和遥都喜欢亲近水，不用言语，他们便一同跟着酒吧老板往竹梯楼下走去。此时还尚早，酒吧里稀稀拉拉的只有几人，选了一个靠窗的位子坐下，从这里望向河面，有种凌驾于河上之感，飘飘荡荡的样子。遥要了一打嘉士伯和一包爆米花，大有不醉不归之势，或是他早在来时就已看透林眼里的愁苦，要在这里陪她一醉方休，不是古人常常云："一醉解千愁"吗？

遥独爱嘉士伯，无论走到哪个酒吧，只点这种酒。他不单爱它酒质优良清爽，口感丰满顺滑；更极爱它的那句广告语：不准不开心。他佩服、仰慕"香港设计教父"陈幼坚在五十九岁的高龄还能有这样让人震撼的创作。一句"不准不开心"，吸引了多少爱酒之人醉在嘉士伯的醇香里。

一曲《夜深风竹敲秋韵》宛转悠扬，窗外夜色静谧。遥为林叫了一杯清茶，因为刚才林觉得胃痛。林早已忘却这件事，没想到遥还记得。林感动着遥如此细心的怜惜。在这样的音乐里，景色下，林再也掩藏不住的忧伤流于脸旁，紧锁的眉宇微动着，别过遥关切的目光呆呆地望着窗外。

林从不知酒醉的滋味，有时也会听人说起，酒醉了思想是清醒的。所以她一直固执地认为，头晕晕的就是酒醉。等酒吧老板把酒拿到，林自斟酌了满满一杯，一口喝下，她真的想让自己在这样的景色下大醉一场，但自知自己酒量不错，要真醉应该挺难的。遥默不言语,静坐在对面,有些怒气袭击着他,他从不知林到底当自己是什么?知己?朋友?还是什么?他知道林总是在逃避着什么东西,他知道林是一个不喜欢面对现实的人,他也知道林心里一直是苦苦的,他更知道只要他不问,林永远不会告诉他。

几杯酒穿肠过肚,林微微有了一些醉意,她想起遥曾说过"酒不醉人人自醉",淡然一笑,将杯中剩余的酒再次一饮而尽。

"既然来旅行了,就放开怀抱,忘掉忧愁,不准不开心。"遥望着林有些润红的脸颊,忍不住说道。

"不准不开心。"林迎视着遥的目光,自顾念着"不准不开心",好像所有的苦恼在遥的一句话里转瞬全消。有首歌里唱"有些故事不必说给每个人听,有些情绪是该说给懂得人听。"遥读懂了她。人生能遇上这么一个时时陪伴自己的知己足矣。林抛去尘世的烦恼举杯与遥畅饮,"五花马,千金裘,呼儿将出换美酒,与尔同销万古愁。"

那晚,林和遥没有过多的言语,他们在酒杯里已经读懂了对方——"一米阳光"里,不准不开心。

传说,在丽江的玉龙雪山顶上,常常在特别偶然的时间,才能看到有一米长的阳光照在上面,那场面非常宁静,非常壮美。对于一个人的一生来说,真正灿烂、终生难忘的爱情一闪即逝,正如这"一米阳光"般短暂!

2. 含情隽永,最是两心知

天微凉,林拿了件长袖,提上包走出了家门。

林随意翻转着书架上的书,在书城里等待着遥。十分钟后,一个熟悉的身影出现在她的视线,她的手机响起,任音乐震动,她轻然地往门口走去。

"遥。"林叫了正在四处张望的遥。

遥回过头,看到林,止不住的兴奋快乐,拉起林就往对面走去。他们约好了在对面的露天酒家吃饭,庆祝遥的作品获奖。

两人在酒家坐定,服务员很快拿来菜单,遥叫了两瓶啤酒。

林知遥身体不好,本想阻止遥点酒,但她知道遥是那样的极爱酒,更何况是在这个他最高兴的时刻。

遥对着服务员指指点点比划了一阵算是点完菜。

两人还来不及谈话,酒已拿上桌。林看着遥将酒杯倒满,笑逐颜开,端起酒杯:"恭喜你获奖!"林开心地仿佛是在庆祝自己获奖一样。

遥更是喜不胜收,有林的陪伴庆祝,快乐的心情完全洗去了他平日的忧郁,笑容里的底蕴十足像个娃娃快乐真诚的样子。林是第一次看到这样快乐的遥,没有负担,没有压力,没有忧愁,他是那样的开心动容。

"我就知道你一定会成功的,最开始我就知道。"林激动地说。

"你怎么会知道呢?这次参赛的选手全是国际级的,竞争大的不是你能想象的。"遥疑惑地望着林。

"因为遥在我心里是最优秀的!"林不假思索地脱口而出。多少回忆凝聚在这一时刻,在遥创作的那段时间,她默默地陪伴着他度过的日日夜夜,与他一起细数了多少汗水滴下的日子。或许别人不懂,但是她懂,此次作品获奖对遥的意义有多大;她懂,当遥第一时间告诉他获奖的那一刻时的语无伦次包含了多少的激动和开心。所以她相信他一定会成功。

听完林的话,读着林眼里只有他懂的目光,遥动情地俯身到林耳边低语:"我爱你!"林有些醉了,不到情深处,她知道遥不会说出这句话的。心里暖暖,傻傻地看着遥,在他的一抹柔情里,她想起了那句"含情隽永,最是两心知。"

两人相视一笑,遥轻轻哼起那首:"真爱过才会懂,会寂寞会回首……一句话一辈子,一生情一杯酒……"

遥柔情的歌声与林的笑声快乐地飘荡在那个酒家。

此情景让人想起陈奕迅的那首歌:"十年之前,我不认识你,你不属于我,我们还是一样陪在一个陌生人左右,走过渐渐熟悉的街头,十年之后,我们是朋友还可以问候……"

十年前,我不认识你,你不属于我;十年后,走过渐渐熟悉的街头,"含情隽永,最是两心知。"

3. 约,十年

成都的盖碗茶。林记得十年前,她还常常随爷爷坐于成都的盖碗茶馆里。那时,五毛钱就可以在茶馆里坐一下午。十年后,爷爷已经不在了。林翻转着茶盖学着爷爷的样子,将茶碗里的茶叶拨向一边,然后用嘴轻轻地吹着,一股热气混合着袅袅茶香慢慢蒸发。

周末,公园里人声鼎沸,一河边的茶馆几乎都是满堂,林和遥只能选了一个最角边的座位。公园里的树木甚多,刚好也是在夏季最繁茂的时候,遮遮挡挡也掩去了一大半阳光,在这样的情景里,摆上茶桌,倒上两杯盖碗茶,坐着两个年轻人,还别有一翻情愫。林还沉浸在这样闲暇的氛围里,数着茶碗里的片片茶叶,心情淡然地就像眼前的这杯盖碗茶。

遥忍不住打断林的心绪:"有机会带你去一个地方。"

林抬起头,饶有兴趣地问道:"哪里?"

"上次和朋友去吃饭的一个地方,很漂亮,很别雅。名字叫'食书花园餐厅'。"

"好有意境的名字,那到底是个什么样的地方呢?"林一直对那种环境优雅的地方特别感兴趣。

"记得当时,我们刚进大门不远就走上一个长长的古筑回廊,回廊两边是种满荷花的池塘,满塘的荷叶倒映在水面很美……"听着遥娓娓道来,林开始向往,真想立刻拉着遥上那个地方去。

"别激动,我一定带你去!"遥逗弄着,他最喜欢看她开心激动的样子。

　　林的目光突然扫视到桌上刚才带来的矿泉水,伸手取过来拧开盖子,端过遥的那杯茶,缓缓将矿泉水倒入茶碗里。然后,俏皮地对遥笑笑:"遥,你尝尝!"

　　遥端起茶碗,尝了一口,仿佛还有冰冻后矿泉水的余味,他对着林又是无奈又是微笑,心想着,十年后我还会不会记得在这么一个下午里,有一个这样傻瓜干了这么一件傻事呢?

　　时间就这么流逝着,黄昏来临,公园的人群已慢慢散去,林和遥还舍不得离开,不约而同地想留在这里,在这样的河边赏赏月色。他们一起走向河边的凉亭,坐下。看着对岸的几个老人在比赛放着风筝,拂动的微风竟将几只五彩的风筝高高飘起,周围还有人不停欢呼着,好美啊。林有些看傻了,不由自主地说了句:"只缘身在此山中。"

　　月光悄悄地照进了凉亭,洁白地月色洒落在两人身上,静静地像一层薄纱。遥用手机放起了那曲《夜深风竹敲秋韵》,乐曲在流动的水面上,在美丽的凉亭中,在微风带来的五色馨香里,慢慢跳动飘扬。两人同时闭上眼睛静静地听着宛转的音乐,陶醉其中。

　　"你到底还会给我带来多少惊喜和快乐呢?"林眼里闪着光芒,宛若夏天里的朝气,像淡然阳光,温暖闪亮——这是遥心目中的林。

　　"你说,十年后,我们还会坐在这里吗? 你说,十年后,我们还是这样的知己吗? 如果十年后我们还跟今天一样,我就告诉你答案。"遥期待地、意味深长地连续问了三个十年后。

　　林转动着思绪,注视着遥坚定地说:"我想会,我们约好,十年后,还在这个地方,喝茶、聊天、看月光。"

　　"好!"遥迷人的微笑在月色里显得格外醉人芳香……

　　轻叹!

　　约,十年! 还在那"一米阳光"里,不准不开心。

　　约,十年! 同庆言欢,"相逢意气为君饮,系马高楼垂柳边。"

　　约,十年! 月色河边小亭前,"高山流水,非知音不能听。"

天若有情

文/天夭521

子衿说：虽然我相爱，但我们，不称之为爱情！！！

——题记

他们的相识是在网上，在彼此看不到笑靥的屏幕前。

那时候的子衿不知道何故，特别喜欢《相见欢》里的一句词：寂寞梧桐深院锁清秋。或许一切都是命中注定，从来不屑于与网络上的陌生人聊天的子衿，竟然在茫茫网海中找到了那株"寂寞梧桐"，看着资料中那句自己喜欢的词，凭直觉，对方应该是有着相当底蕴的男子，轻轻点击请求，与他聊了起来。于是，故事就这样云淡风轻地开始了。只是，多年以后，子衿才知道，遇上他是自己爱情生命里深刻的劫难。

1

他叫城，生在一个美丽的南方城市，刚刚认识的时候，就互相留了电话。和他在一起，从最初的相识到而后的相知，仿佛都很自然，即使是第一次的通话，感觉也如熟识很久的朋友般温暖。只是，子衿老是记不住城的名字，手机里存号码的时候也是用手机号后四位代替的。城夹杂着南方口音的普通话，往往会逗得子衿大笑起来。

城是一个能给人温暖的男人，虽然各自忙碌的生活不允许大家常常上网，但节日里，总会收到他的祝福，甚至有时候上网，他会和子衿的妹妹愉快地聊天。这是子衿万万没想到的,一个普通的网友,竟然就这样走进了自己的生活,甚至家庭。

故事没有像我们想象的那么俗不可耐,那时候的子衿有自己的爱情,在我们这些朋友看来,她总是那么幸福,身边有那么多男孩宠着,或明或暗,只因为她干净的容颜、如花的笑靥。我以为她会一直这样平淡地幸福下去。

以后的日子过得很平静,偶尔会听到子衿说起城。印象中记得最清楚的就是子衿用了好几年的QQ丢了,她很伤心,我们自是无能为力,要知道QQ上有好多子衿的朋友,如果找不回来,那就无法再联系了。最终在子衿将要绝望的时候,是城找朋友帮忙要回了QQ。对子衿而言,城就像是哥哥,让子衿的生活因他而温馨美好。

2

转眼过了一年多,子衿的爱情不知道因为什么走到了尽头,身边随即多了很多流言。但子衿看起来依旧那么平静,从不轻易向身边的朋友诉说。朋友们都说,该哭的时候子衿没有眼泪,是被打击坏了。只有我知道,有人在为她疗伤。

虽然知道隔着网络无法判断一个人的真实,但子衿与城,互相付出了真诚,网络回报了他们美好的友谊。痛苦的子衿靠着城温暖的信息,撑过了最艰难的日子,她不缺朋友,可心里的伤痛她只愿意告诉城。

后来,各自换了工作,城好像说自己开了一个公司,变得忙碌起来。子衿从来没有追问过城是干什么的、长什么样之类的问题,她对城的了解仅仅依靠自己的直觉。

有一段时间,因为忙碌,大家淡忘了彼此,只有固执的子衿会每个月发一次信息给城,虽然大多没有回复,但子衿说她得坚持自己的祝福,因为城曾经不厌其烦地安慰过她。只是,子衿说有好几回城都说要删了她的号码,忘了她,但不说明原因。

3

再一次的重新联系,是缘于今年城的生日,早早地子衿便送上了自己的祝福。或许是城没有想到,子衿会记得自己的生日,我只知道,他们又开始了联系,这一次是频繁的联系。

于是,子衿的谈话时候往往会提到城,说起城,子衿是满心的崇拜,仿佛这个世上只有这么一个优秀的男人。她说城会填词、会写歌、工作还那么好,短短几个月,城从几年前的兄长变成了子衿唯一的偶像。只是,我没有告诉子衿,当一个女子开始用崇拜的眼光审视一个男人的时候,那么她已经无可救药地爱上他了。

终于有一天,子衿告诉我,和城聊天的时候,碰上了城的一个朋友,当朋友假称自己是城的女友时,子衿的心竟然生生地疼了起来。虽然后来城的朋友倒了歉,但子衿终于发现,自己无可救药地爱上了那个远方的男人。自此,子衿的心因为城而有了生命,有了眼泪。

4

子衿明白,彼此都感受到了对方的暧昧,只是大家都不愿开口罢了。城温暖的信息被子衿一一存了起来,在想念城的时候这些信息能给子衿阳光般的温存。城很忙,忙得几乎没了自我,但子衿知道,他内心是想安定下来的,只是他已经停不下来。在子衿这里,他能得到平静的温暖。偶尔喝多了酒,城会打电话给子衿,有一次醉得厉害,一遍一遍地说要忘了子衿。那一刻,子衿心里暖暖的,因为知道自己爱着的这个男人他也在爱着自己,但心痛是难免的,粗心的城回家就睡了,电话也关机,那一晚,子衿担心得无法入睡……

偶尔,子衿会问我,如果他们相爱了,怎么办?她知道我同样欣赏城的优秀,有一次在城公司的网站上看到城的照片,子衿欢呼雀跃,第一时间就把照片发给了我,照片上的城看起来让人感觉暖暖的,但总觉得这么优秀的男人他的爱情史一定不会简单。只是子衿说,只要城在说爱自己的时候,心里只有自己,那么她的爱情就是完美的。

善良的子衿没有想到,在她与城的爱情日渐明朗的时候,会在上网的时候碰到城的一位朋友,其实知道那是个被城讨厌的女人,但还是与她聊了起来,不知道那个女人是不是故意的,她告诉子衿,自己与城曾经在一起过,而且城还有一个六岁大的女儿……她还说了些什么,子衿没有记住,子衿只知道自己心痛得厉害,但内心残存的一丝理智使她冷静了下来。因为我们都不相信城会是一个弃家不顾的坏男人。

5

"夭夭,告诉我为什么相爱的人不能在一起?"一天中午,我刚一上线,就收到了子衿的信息,她告诉我他们结束了。我不知道怎么把这个感人的过程写下来,还是用他们自己的话来说吧:

子衿:你一直都知道我爱上的那个人是你,对不对?而你却一直在骗我!

城:知道,但没骗你,我是有女儿,可我没有家,妻子受不了我的忙碌离开我了。

子衿:你不爱我对吗?

城:不是不爱,是不敢爱,我怕我的爱会伤害你,对不起,是我无能为力。

子衿:所以才一直要忘了我?

城:是想忘了你,可太难了,忘不了了。

子衿:其实知道我们不能在一起,那怎么办?

城：我会每年来看你一次，每年为你填首《鹊桥仙》，我们虽然不能在一起，但这个约定，一直到老。

子衿：一直到老，永不失约。

……

他们聊了两个多小时，子衿的眼泪就没止得住，虽然城只能看到屏幕上冰冷的文字，但他能感受到子衿的心伤，他希望子衿快乐，可他无能为力。

子衿告诉我，曾经她以为自己会为了城而放弃所有的，没想到到最后竟然会是这样没有选择的无始无终的结果。

就这样，一段美丽的爱情被画上了一个浪漫的休止符……

6

子衿说：虽然我们相爱，但我们，不称之为爱情。我明白这句简单的话语里她的幽怨，可我没想到，子衿会告诉我，她希望城能够找到一个愿意爱护他的女儿、侍奉他的父母、忍受他的忙碌的女子，拥有一个幸福的家。因为城实在太忙了，忙到无暇顾及爱情。子衿说，如果真有这样的女子，她会穷己一生为她祝福祈祷，因为她不想忙碌的城孤单一生。看着眼前为这份无望的爱情日渐消瘦的子衿，我终于知道，原来爱情也可以这样无私。

为了他们的爱情，我曾写下过许许多多的诗句，那些优美的文字曾一度让我认为自己是个诗人。那么长久的日子，写尽了他们的快乐与心伤，可当这份感情走到尽头，想再为他们的爱情写点什么的时候，提起笔才发现，平日里运用自如的文字，在深刻的爱情面前是那么无能为力，难怪人会说：常恨文字浅，不如人意深。

我想，我还会写故事，关于自己，关于别人，又或者只关于生活，但永远不会再写真实的让人心痛的爱情了，永远不！！！

如果真的有那么一天

你再也找不到我

那么请你一定好好保重自己

因为你的幸福

是我今生最大的心愿

我会在你看不到我的角落里

永远为你祝福

虽然你和我之间

只是瞬间的恋情

却在我心里留下了深深的烙印

我会一直记着你

一直到老

这是子衿的心声,我想,倘若上天有情,城一定能感受得到!!!

陪君醉笑三千场

文/山之岚

舍友送了一瓶酒,瓶身上书三个大字"五粮液",本人不善品酒,自然分不清什么五粮液比六粮液高贵在何处。俗语云"烟酒不分家"。名贵的东西当然要与大家分享,于是晚上和同学合力把酒搞掉了。

触景生情,回想起大学,曾经和兄弟一起喝酒的日子。一开始是生日聚餐,酒过三巡,每人一支烟,烟雾缭绕之中,互道心事。本人现在抽烟喝酒的能力,全拜那时所赐。这时的酒,透着平淡的安然自得和对快乐最简单的把握。

再后来,会有人为了感情的受挫暗自神伤,于是邀个好友,喝得酩酊大醉,搞得宿舍酒气熏天,满地秽物。故事的主人公一般是醉得最厉害的,躺在床上可以倒头便睡,半夜奇迹般地爬起来,去厕所大吐不止。年轻就好在想法并不复杂。连烦恼都可以如此简单,简单到可以用酒来解决。记忆麻痹之后,便可一切皆忘,一切又从头开始。

大四临近毕业,各种名目的聚餐多了起来,每天游走在各个饭局之间,喝酒自然是必不可少的。每次喝酒都有不同的体验。印象最深的是散伙饭,一个专业的三个班级选在同一天聚餐,互相敬酒必不可免。正好三班和我们在一个饭庄,本想提着瓶酒去敬酒,一想不妥,不能显示自己太过海量,不然会成为众矢之的。于是只拿一只酒杯,大义凛然地去冲锋陷阵,半途中遇到三班一女生,好意提醒我注意。本以为人家客套几句,到了三班地盘,才知境遇凶险,已经有几位不省人事,或趴在桌上,或胡言乱语,大有炸平饭馆,倒转地球之势。我只好硬着头皮,见招拆招。偏偏遇上几个山东人的典型代表,执意把喝酒的多少与感情的深浅联系在一起,我为了表示自己的诚意,只得往肚子里硬灌。一圈酒挨个敬下来,有一种超脱世俗的飘飘然油然而生。为了避免失态,落荒而逃。刚回到本班位置,二班敬酒的精锐部队杀到,于是又难逃一饮而尽的命运。当时的惨烈程度可想而知。每个人的下场只能用可悲来形容。

酒喝多了,自然话多,于是一群人凑一起,大谈大学四年,谈感情的失意,谈未来的打算。语言是最能用来表达思想的工具,却又无法表达明白。酒就像催化剂,喝酒之后的人或许感觉已经想通,说的话自然会引起共鸣,这样的后果是话越说越多,不该说的该说的一起倒出。可惜那时大家被酒摧残得丧失了探求他人隐私的欲望,所以这时候说的话安全系数极高。后来散伙饭结束,大家或背或扛,将几个即将成为烈士的运送回去。剩下的轻伤员只能自由组队,互相搀扶,摸索着回到宿舍。

酒的魅力在于与心情的完美契合,不同心情下喝酒会产生不一样的感受。酒入愁肠,反过来加重心情的体验。与其说是喝酒,不如说是品味心情。现在想来,那时喝酒,是心绪的一种表达,性情的东西多于形式。以前同学们都已经工作,仍免不了经历各种酒场。都是虚伪地赔着笑,带着言不由衷的无奈,只是为了喝酒而喝酒,再没有了大学时喝酒的洒脱和自在。

我知道,很多人跟我一样,每当烦恼无法排解时,多想有知己兄弟在身旁,诉说自己的烦恼和失意。而今有心常聚,却无力重逢。很多人很多事,就这样一去不复返了,当年信誓旦旦的相聚,也由于各种原因变得可望不可即。

又一次聚餐,举杯的时候,遥寄对每一位远方兄弟的思念,酒到正酣处,蒙眬中仿佛看见兄弟们举杯时的微笑。

兄弟,一起喝酒的日子是否还记得?

陪君醉笑三千场,不诉离伤。

穿过耳洞的红颜

文/绝不含情

女人对美的敏感和贪恋与生俱来。几年前看过一个电视讲座，栏目名字早忘记了，却一直记得那个如何为美丽加分的细节。

主讲的老师已经不年轻了，但是优雅而美丽。她的耳朵上摇曳着一副夸张而别致的耳环。讲到激动处，她微微摇一下头，指着耳朵上那对钢琴状造型的耳环说，"大家知我今天为什么选择这样一对耳环吗？其实包含着很多审美的知识。不信，我摘下耳环，你们比比看。"我目不转睛地看着老师，当她真的把那对"钢琴"从耳朵上摘掉，风采瞬间黯淡下去。

真佩服这个女人，把美钻研得如此彻底。连这么一点小小的耳垂之地，都能开发出一方美丽资源。用一对简单的耳环，就平添了自己的韵味和魅力，演绎出仪态万方的风情和妩媚。

从那刻起，我无法自控地迷上了耳环。从那时起，商场里售耳环的专柜就成了最爱，总是贪婪地浏览不够。耳朵上不再一贫如洗，开始亲近各种形状和材质的耳环，在陶醉和迷恋中，突然就发现耳环早已经大行其道。大到影视明星、小到街头美女，无不珮环叮当，摇曳着耳上的风情。很多时尚小女生，甚至从耳骨开始穿洞，然后把耳钉耳贴耳环，一股脑儿排列到耳垂上。

戴耳环的美女很多，但是把耳环的风情演绎到骨子里，让我惊艳、赞叹，并且念念不忘的，只有两人。第一人就是著名作家叶广芩。我是她不折不扣的粉丝。先是被她的作品征服，继而被她的人品征服，最后还发现自己又被她的耳饰征服。每次见到叶老师，她都神采奕奕,美丽怡人。不同色系和风格的衣服,一定精心搭配着同色系同风格的耳饰。那耳饰总是造型富贵,大小相宜,不夸张也不平淡,恰到好处地在主人的耳畔无语灿烂。人、衣服、耳饰浑然一体,美得大气,美得和谐。

正式和叶老师讨论耳环的话题,是她过生日的时候。那天,她身穿玫瑰色的高领对襟衫,耳上嵌着一对玫瑰色的耳珠,和来宾握手的时候,美丽的脸也灿笑成一朵玫瑰色的花。光彩照人,更照亮了每位来宾的心。我忍不住问她"叶老师,你也喜欢耳环啊!"她立即直爽地说,"是啊,女人上了年纪,脖子戴项链就不好看了,所以我有很多对耳环,明天我就要换一对!"第二天,叶老师穿一件粉色毛衫,果然就换了一对柔粉色的耳贴,像两个纽扣贴在耳垂上,看上去舒服极了。

其实,美也是触类旁通的。只有凝练了美的思想,拥有美的心态,并且对美永不懈怠,才能像这位格格作家一样,把美演绎到最高境界。

那年冬天去参加青创会,在电梯口遇到一个高贵优雅、略显矜持的女子。一眼注意到她,是因为她出众的气质,更因为她耳垂上一对别致的耳钉,形如一只停憩在耳朵上的蝴蝶,翩然欲飞。蝴蝶翅膀上镶嵌的钻石闪着悦人的光泽。银灰色的圆沿帽和长毛衣,在这样一对耳饰的衬托下,愈发高贵。整个人看上去既典雅又时尚,散发着浓郁的都市气息。

不知是耳饰点亮了她,还是她点亮了耳饰。

后来才知道,她出身名门,是《西安晚报》编辑,具备了书香家庭的熏陶和高贵的素养。她的美已经渗透到骨髓里,难怪会把小小的一对耳钉戴出万种风情。和她相熟之后,知道她是1969年出生的,掐指算算,居然四十岁了,可是给我的感觉,她是一个不存在年龄的女子。因为她的美,根本与年纪无关。

一代才女张爱玲对美的追求也执着而热烈,常常穿着自己亲手裁剪的华衣,招摇过市,彰显着内心的不俗和对衣饰的迷恋。只可惜,她只知道衣服是无声的语言,却不知耳环是无言的美丽。所以张爱玲一直都未明白,自己还缺一样东西,来遮掩内心的锋芒,来绽放才女的妩媚和柔情,那就是耳饰。否则,她不会因一个胡兰成而低到尘埃里。

如果说,女人的衣橱里,永远少一件衣服。那么,女人的耳朵上,永远少一对耳环!

赵薇在《耳洞》一歌中唱到:"有人说穿过耳洞的红颜,下辈子还会是女人"。言下之意,只要耳朵穿过、痛过、摇曳过,就会把美延续到下辈子。

如此看来,耳环就是一对永不调零的花。这样的花无关年龄和青春,只要开着,只要爱着,就会美到下辈子。

放下一份爱情,等待下一个春天

文/燕子阿飞

这两天,天气一直很好,高原的天空格外湛蓝,走在街头,仰望蓝天是一种清爽的享受。作为这座城市的过客,心中有一种无言的惆怅。或是因为流浪,也或是因为爱情。

她终归是放弃了我,原因很简单,因为她觉得我多情,花心,对情不专……诸多种种,名目繁多,不胜枚举。所幸,她没有说我对她不好。这是我唯一值得欣慰的攒头。

或许是因伤得太深,也或许是因为无法弥补的过错。我必须勇敢地面对这一切,承认这一切。她是一个好姑娘,只怪自己走错一步,没有好好珍惜。即使在事发后,我不停地弥补,不停地改变自己的作风,但是她还是那么固执地认为我没有丝毫的改变,依旧是一个多情的人。而她,不时会因我和某个女孩聊上几句言辞而当着众人发怒。这一切我都能容忍,因为我知道,她曾受过伤,我得小心地呵护。

尽管如此,她还是丝毫没有减弱对我人性的剖析,觉得我浑身都是不安全因素,觉得我天生就是拈花惹草之流。其实,我想她错了。在那次事件过后,至少在我的人际圈子里,在我的 QQ 好友中的每一个女性都可以为我说话,我发誓,绝没有所谓的因为寂寞或是孤单欺骗或者诱惑某人,也绝对没有把她的名字漏掉,更没有把感情当儿戏,做出一些不负责任的举动。分居两地,难免有些不放心,有些猜忌,但我想恋人最重要的是一种信任,没有信任就只会无端的吵闹,为一些鸡毛蒜皮的小事而醋意大发。

当爱情结束的时候,我才能如此清晰地去剖析自己,去认识自己。对于她,我同样惋惜而不得不苦笑着放手。我不是怪她什么,只是我同样承受不住如此"软意"的打击。与其如此,不如在事发当日,当面对我奚落,或给我几个耳光,不必用一种假意的怜悯,或是强求自己压抑心中的怒火,用爱去感召什么。这都是自欺欺人罢了。结果终究在一年后的今天以同样的方式结束。多么可悲,可笑而又可怜的两个人。

有人说,恋人就是两只刺猬相互拥抱着取暖。靠得越近,抱得越紧,了解得越深也便伤得越重。我想也便是这个理。我们不能否认爱对方不深,或者没有为对方付出过。但爱情终归是爱情,不是一道客观的数学题,只有唯一的答案,它的行程和结果都是变幻莫测,没有谁能保证它的结果是正还是负,是好还是坏。在爱情的世界里,既然没有唯一的结果,当然也就没有明确的对错。

然而,我想说,对于真爱,对于真正一对想白头偕老的恋人来说,他们必须放下所有虚伪的面具,以及贪婪的欲求。爱情必须是纯洁的,无欲无求,不是为了自己周边的某个环境,某个圈子,或是某个人而活。它必须是两个人的事情。如果摈弃不了这一切,也便谈不上爱情,没有必要走开始的第一步。

在婚姻上,每个主婚人总会这样问,"无论贫穷富贵,无论疾病健康,你们都愿意终生相爱,不离不弃吗?"简短的一句话便涵盖了恋人旅途的忠贞。这也是相爱的最高境界。但这种境界却随着人类的进步,文明的提升反而不断地泯灭。我们不得不为那爱情的阶梯中老人的一句誓言,为了老伴能更好地走山路,而用铁凿造出千步石梯的创举而感怀,却也不得不为那些傍大款,包二奶,为金钱追名逐利的人而心寒。

对于爱情,我是失望的。在一份失败的爱情面前,我不得不反思自己,责怪自己,甚至于一蹶不振。仿佛好像爱情的一切压力都往身上堆砌,什么出轨,什么不忠,一切的缘由不断升级。其实,正如某句话,当时不知是你诱惑了我还是我勾引了你一样。的确,鬼迷心窍,人便在不经意间会犯一些同样愚蠢的错误。而作为把爱和性分得更清的男人来说,就更不得不像无数的诱惑低头。

出轨、背叛是爱情致命的节点。一旦发生便再无完美的爱情。然而,我不禁在想,出轨包含肉体和精神,这二者又孰重孰轻。男女平等,又平等到何处。从古至今,亦都为男人出入花柳之地,而此举最多冠名行为不检,则不会遭到法律和道德的过多谴责。而至于女人,则闻之甚少。既然如此,我想男女出轨之事便也有分别,轻重缓急更是别有定论。

"食色性也",乃孔子《礼记》"饮食男女,人之大欲存焉。"衍生而来,孔子对于人生的看法即为形而下,不讲形而上。说凡是人的生命,不离两件大事:饮食、男女。所以,从古至今又有谁能逃脱这两者的藩篱。不禁想,在诱惑和勾引之间,这种错误的寓意何在,孰重孰轻,亦无准确的评判结果。

就此,再谈谈背叛。提到背叛,大家首先想到的是陈世美等典型故事。然而这一典型仅仅与贫穷富贵对应。为了锦绣前程,陈世美走上了背叛秦湘莲的道路。而在现实社会中,往往许多的爱情并非与此相同,只要某女和某男分手,她的党羽便会以陈世美的案例大书特书,将某男贬得一文不值。而往往忽略爱情里的对错关系,难道此女性格暴躁,喜怒无常,尖酸刻薄,小气势利,男人受不了放开也有错。男人也有自己的选择,而不要因女人是弱势就偏袒于她。所以,当我们在用到背叛、贬低对方的时候,也请反思一下自己。请记住,陈世美对不起秦湘莲,但他对于公主来说,他却是一个好老公。

在你遇到对方时,对方可能谈过几次恋爱,离过几次婚,也许对方已不是处男或者处女,甚至还有着许多你不知道的秘密,但是你既然选择她,爱上她,那么就请你好好地爱她的现在,好好地珍惜她。即使她曾经有许多无法弥补的错误,既然她不愿告诉你,你也不便追问过多。尊重双方的隐私。哪怕你知道了很恨她,但是因为你爱她,发誓再也不提及,就不要再提及。就像是女人曾经和某个男人发展到什么地步,是否牵过手,是否上过床;男人是否谈过多次恋爱,是否出入过烟花之地,都请不要刻意地去翻起。答应埋藏就应埋藏,不要把这些作为你朋友间笑谈的资本,如果你是爱她的,那样只会在你的伤口撒盐般疼痛。最终无疾而终。

因为她的突然离开,以此感想反思自己,并祭奠我们死去的爱情。爱了散了也便算了。因为太爱难免有过激的言辞,以及冲动的行为。但我并不以此为耻,因为那是每个面临深爱的人消失的情愫。

在我的心里,我永远也未曾背叛过她,更不会因贫穷富贵,健康疾病而弃她而去。同时,我也知道,她的离去,仅仅是因为自己的一次错误的出轨。虽然表面原谅,但那终究是种植在她心中一棵疼痛的萌芽。女人终归是女人,无法像男人那样说去埋葬就埋葬。事隔一年旧事重提,那萌芽便布满了她所有的心房,压抑的情感再也无法呼吸,濒危的爱情再也无法直立,也便这样闪电般轰然地倒下。让我措手不及,心被深深刺痛,鲜血淋漓,却不知如何补救。就像一名剑客被对方的利剑刺穿胸膛,却迟迟不愿倒下,面露微笑强迫自己立在风中。

情已至此,也不便多言。只想说,我们的爱情仍需多一些了解,多一些信任,不要让自己性格的弱点扼杀。并真心希望我们都不要为了虚伪的表象而迷失自己的心灵,为了一些不值得的人而放弃自己的尊严,以及那本身就千疮百孔的心。

沉舟侧畔千帆过,病树前头万木春。至少曾经的我们也美丽过,也真心地相爱过。在这数年中,关于你的文字写得很少,这也是你其中不快的一点,常常冷言相讥于我。我也只能搪塞或是淡淡的一笑。现在我终于知道为什么平时文字写得多,而唯独关于你的文字写得那么少。因为你早已是我生命的一部分,生活的一部分,你的所有细节,所有爱好,所有的人性光点我都是那么熟悉。你爱吃的,想要的,我都知道,而在我的生命中,除了你,又还有谁能让我如此的亲近,如此的了解。又还有谁能如此地关照于我生活的每一个细节,随我奔波于各个不同的城市,为我每次的成败牵动于心呢……

既然如此,你就在我的身边,就在我的心中,就在我的怀里,我又还能用笔书写什么呢,又怎能用苦涩的文字来表述这种深刻的感情呢。因为你便是我拥抱取暖的那只刺猬,就是我自己的肋骨,自己能为自己写出什么好的文辞。

一直以为,你就是我的,永远不会有离开的那一天,永远都是那个穿短裙子,抱着一瓶纯净水的女孩,但我错了。只是我未曾预料这一天来得如此之快,伤痛也如此之深。

苏轼在悼念亡妻的诗词《江城子·乙卯正月二十日夜记梦》中说:"夜来幽梦忽还乡,小轩窗,正梳妆。相顾无言,唯有泪千行。"虽用此有些不妥,但此情此景,对于我的心情也便再合适不过。我在床上呼呼懒觉,你在镜前梳妆打扮的情景也便即将成为一生的记忆。

结束了,是该结束了。正如你所说,这是一种解脱,自己将轻松许多。那么祝福你,同时也祝福我自己,希望我们都能拥有一个全新的春天。而在那个春天里,希望你不要将我提起,我也不会将你提起。即使对方将来的恋人知道了我们的故事,也希望他们将我们的过去埋藏在心里,不要重复我们的过去。

拒绝做你的情人

文/张海燕

1

李少伟和张思雨是青梅竹马的一对恋人,因世俗的种种无奈,两人始终没有走进婚姻的殿堂。

分手以后,少伟闪婚,思雨也不示弱,接受了同单位同一车间同事欧阳的求婚。

2

世事总是那么的难以预料,少伟婚后半年因夫妻感情不合而离异,最后又在亲人与朋友的撮合下与某一同学再婚。

然而,在同一个城市里的思雨,正在全心全力地经营着自己与欧阳那段来之不易,又被旁人不看好的婚姻。她更怕守不住寂寞的欧阳再像以往那般放纵自己。

少伟,虽在感情上跌了一个大跟头,但是却将所有的心思放在了事业上。几年艰苦奋斗,苍天不负有心人,他在处里连连上升,最终成为处里实权在握的一把手,担任起了某工程处处长。

3

人常说,得不到的东西永远是最好的,面对第一次婚姻的失败,第二次婚姻的枯燥无味,他每次在家庭争吵之后都会想起与自己从小一起长大,看似调皮、却聪明乖巧的昔日恋人思雨。

然而,多年后思雨与欧阳的婚姻,就像作家南山竟然也有菊说的那样,当时被爱冲昏了头,不知天高地厚、胡说八道,等那种发烧期过了以后,如所有的水分失去以后,那曾经的山盟海誓被漫长的岁月风干了水分,所谓的爱情也就像木乃伊那样惨不目睹呢。

何况欧阳还是一个情种,他又怎么会甘心为一棵平庸的树木放弃一片林子呢?就在儿女双全的时候,十年的相守、多次的不忠、艰辛的一度包容,最后维持再维持的婚姻还是瓦解于异乡。

思雨与欧阳的分手是那么的平静,没有争吵、没有打闹,婚姻十几年没有红过一次脸的夫妻,在外人眼中视为幸福的婚姻就这样被解体了,人的容忍量和度量总是有限度的,所以这场婚姻也就被注定了不会长久!

4

思雨背着父母与欧阳离婚以后,独自带着女儿多年漂在他乡,仅靠打工维持着生活,靠微薄的收入来抚养年幼多病的女儿。生活贫困的她,从未向高薪白领欧阳伸手索要过一点生活费。

有一天,她接到一个陌生的电话,对方带着沙哑的声音。思雨听出来了,他就是十多年未曾见过面,以前那个可以让她将心事记录在日记中的大男孩李少伟。

电话两端,两个昔日的恋人在寻觅之后的交错里再次相遇,而此刻,更多的只有泪水……

就这样,十年未曾联系过的两个恋人靠电话又联系在了一起,他们相互倾诉各自的生活、工作,相互鼓励安慰,在每个节日思雨都会收到少伟的简讯,或祝福或问候。思雨心里也明白分手这十几年,少伟在事业上虽一帆风顺但却将家庭经营得一塌糊涂。

5

人到中年不免会有一些失落和惆怅,但是每次回忆起儿时走过的那段美好,而又可歌可泣的童年及少年,少伟心里就无比高兴,简直无法用语言来形容。

他好怀念与思雨曾经那种相互照应、相互依恋、相互牵挂,一起走过的那段日子,每当他想起思雨那一个含情的眼神,一个心照不宣的思念,一个羞涩的微笑,一个细心的问候,都会让他平静的心再起留恋,有时候竟会不由自主地笑出声音来。问世间情为何物?世间最说不清楚的就是爱情。

当爱情的花瓣雨埋葬了多少红颜,少伟心中一直有一种悲伤和惋惜,时常听见他在哀叹"阅人无数,才知当初的真!"他后悔呀!后悔自己当年年轻不懂得珍惜,后悔当时没有勇气去争取,长长的哀叹在少伟的心中积压成一枚苦不堪言的苦果。

6

这一天,他在网上见到了思雨。两个人在彼此客气之后叙开了家常,网络对面的思雨还是那般幽默风趣、活泼可爱,闲聊之下少伟感觉又回到了从前,压抑在心底的那枚爱火终于爆发出来。

少伟鼓起勇气说:"阅人无数,才知当初的真!"他再次向思雨表白了爱意。

思雨劝少伟不要再说了,她说:"过去的事情就让它过去,我们再也回不到从前了!"

少伟说:"我现在是无力改变现实了,我只求开心每一天。古人说得好,有花堪折直须折,莫待无花空折枝。正因为我们以前都太苦了,所以我不想再苦下去。你下次回家,我不会再放过你,我要完全地拥有你,不管你怎样想!哪怕你打我,骂我是流氓,你快回来,坐飞机好吗?"

思雨笑着问少伟:"我是一个很现实的人,那你让我回去是打算和我结婚还是让我做保姆呢?"

少伟那边沉默了很久,很久才说:"永远的情人!"

思雨说:"那就算了,这个位子不适合我!"

那边的少伟一听急了,忙问:"那你就这样准备在外漂一辈子吗?"

思雨笑着说:"我虽然和欧阳离婚有四年,一直还是单身,因为我是一个懂得自爱的女人。说实话,这几年围着我转的男人很多,如果我只想找一个情人,还能轮到你吗?"

思雨长叹了一口气继续说:"你再也不是以前那个胆怯的少年了,在社会的磨炼中,你的智慧和果断成就了你的事业,可是为什么就不能驾驭阻止你那颗贪婪的心呢?半生蹉跎,岁月皱了脸皱了心,我们还能活在这个世界多久,还是为自己身边的人多想想吧!正因为我曾经是那么地爱过你,所以我今天才会拒绝你,不做你的情人。就让我们曾经的那份美好的感情永远留在岁月的长河,让它继续沉淀吧!"

对岸的少伟急不可耐地说:"从来都没有见过你这样如此高贵又有些张扬跋扈的女子,这么多年了还这样倔强!"

此岸的思雨笑了,说:"难道这不是你一直深爱,又无法忘记的思雨吗?她从小到大就是这样的性格,正是因为她真实无比,所以你才喜欢才一直深爱着吗?"

笑过之后,思雨对少伟真诚地说:"哥,论你的才华,并不需要靠什么外表以外的东西来支撑你自己,你的地位已经为你带来诸多的利益,你目前难道真的缺少什么女人或情人吗?与其看你这样放纵自己孤独的灵魂,找那份不属于自己的爱情,我的心真的很痛。即使我今天答应做你今生的情人,难道这就对得起你心中一直深藏的那份真爱了吗?我们就能回到从前问心无愧的生活在一起吗?无论今天的阅人无数,还是当初的真也罢,你可知道,往事蹉跎,旧地尚好,只是再话闲语,却人面非桃花,难剪西窗烛!"

7

从那晚以后,思雨将少伟的手机号码删除,将 QQ 号码加入黑名单……

而今,在异乡繁华的迷红深处,在遥远的天际之下,我们还会偶然遇见漂泊中的思雨,她依然带着一颗为爱执着的心,寻找属于自己那份干净的爱。异乡黑夜渐凉的风与整个星空,都为她真诚的守望和等待而保持着缄默!

月下听风

文/pyf623019471

1

风,温婉如女子,在阳光下曼舞。

行走在春日暖阳下,任阳光暖暖地在周身游走,忽然就有了掬一捧阳光的想法。伸出手,光穿过指缝洒在地上,如尘沙流过,不留任何痕迹在指缝间。而落在掌中的光,细数着掌纹的脉络,似要探究我生命的秘密般。

时常会生出一些莫名其妙的想法,比如人为什么会有思想?人的思想可以脱离自己的肉身吗?其实我知道这样的想法只是因为某种情绪的影响而无端生出的无聊思绪罢了,永远得不到答案。一如我不知道掌中的这一缕光是否带着唐风宋韵,是否积满了历史的尘埃,又或者在某处洗净了历史的尘埃,仅仅只是一缕洁净的光,什么也没有带一般。

纸,纯洁如少女,在房间里轻吟。

在繁闹的城市深处漫步,耳边总会响起一个声音,将我灵魂深处的某种东西驱赶。

孤独其实就那么简单。简单的来,简单的去。

孤独是一个人的疯狂,疯狂是一群人的孤独。一个人渐渐习惯的时候,孤单代替了孤独。

想起很久以前,喜欢在洁白的纸上写下孤独的声音。总是希望两个人那份契合的温暖驱散孤独的寒。想想,人本来就是孤独的个体,裸的来,裸的去,如风,不带走一丝尘埃,又何必去计较太多呢。

月,冰清如玉女,在风中轻语。

依然喜欢在有月的夜晚静静地立在月色中,任由万缕青丝在我粗砺的脸颊上轻抚。

某种东西游走于骨髓,疼痛便不知不觉袭上心头。

风不紧不慢地轻吹,乱了我的发,亦乱了我的心思,那些遥远的渴望也随之吹落一地。

多么想就这样静静地立着,简单地听风吹过,不问岁月。

光,温婉如女子,在风中曼舞。

其实,这世界有很多东西我们本已看过,可临到自己身上时,依然会乱了方寸。一如我不知道到底是光在风中曼舞还是风在光中曼舞一般。

那些曾经的过往就像是写在白纸上的某种东西,有些历历在目,有些早已斑驳迷离。

只隔着一张叫经历的纸,我们却无法越过。

从不曾迷过路,因为不需要方向,因而在哪里都注定是漂泊。没有方向,哪条路都是对的。

月下,听风,想你。

2

天,灰蒙蒙欲雨。

不喜欢这样的天,空气凝重,沉闷的氛围让人压抑得想要呐喊。

春天的雨总是下得不紧不慢,有一阵没一阵。这样阴沉沉的天却要持续好几天,甚至好几个星期。一个人慢慢地走,迎面微寒的风轻轻吹过,像流过的岁月,只是在想起时,才会觉得曾经有风吹过。

有孤鸟飞过,低鸣的声音似乎在寻找什么。

城市的风景在薄雾中模糊起来,宛如看风景的人的思想,一片混沌。

不喜欢雨伞。任由丝丝的细雨落在头上,淋在身上。

总觉得自己是一个可以承担的人,无论对错,只要做出选择,可以无悔地接受。一如不喜欢雨伞,可以承担雨淋湿身体的后果一般。其实,都只是自欺欺人的谎言。有些事虽然不曾经历,却耳闻目睹很多,以为可以洒脱,坠入心头,依然那么沉甸甸。

胃疼了两天。时常胃疼,有时因为喝酒,有时因为食物不洁。疼的时候,告诫自己,以后一定要注意。虽然好了伤疤仍然记得痛,却无法抵御朋友们的劝说,依然酒肉穿肠。

人总是如此,总是在慢慢里领悟着人生的道理。有些事错过了才知珍惜。有些为迟不晚。有些已沧海桑田。没有谁一定是谁的永远。来生来世不过是安慰自己的美梦罢了。即使去了,又何曾知道就是自己?

二月春风似剪刀。剪绿了原野,剪落了枯枝,剪红了花儿,剪来了白云朵朵。

风悠悠像岁月,雨轻轻像情感,阳光温暖像人与人相知的眼神。春天处处洋溢着温婉的呓语。

喜欢简简单单地做人,喜怒哀乐不用藏在心里。在这样一个温婉的季节,放飞了心情。等到无法收回的时候,才明白,有些事情只能埋在心里。

这二月的剪刀终剪不断纷乱的思绪和幽幽的情感。

其实,每一个人心里都有自己的一片天空。

如果世界只剩下你和他(她),会如何呢?常常想吴刚和嫦娥,帅男靓女、孤男寡女,终日厮守,为何一个砍树不停,一个捣药不断,擦不出爱的火花呢?

一切都是缘,一切都是命中注定。

就这样静静地生活,悄悄地度日。无声无息,不厌不弃,只为梦想。

或者爱情。或者事业。或者其他。我倾向前者。

遇见,是飞着的梦想。只为你的到来。无悔。沉迷在梦中。

月下听风,天涯咫尺,咫尺天涯。

3

一颗流星划过天空,拖着长长的光影,瞬间消失得无影无踪。记得谁这样说过:一颗星星的陨落,意味着某个人生命的亡去。都说在流星划过时许下的愿望一定实现,我想大概是因为有亡灵的庇佑吧。

那一瞬间里,在心里我默默许下一个愿望,不为自己。

有鱼跃出水面,漾起丝丝涟漪,很快湖面又恢复平静,像一面静静躺着的镜子。

喜欢安静地读书,安静地欣赏一处风景,安静地坐着,安静地慢慢走,安静地上班下班,安静地生活。静静悄悄,无声无息,不厌不弃。

常常忆起儿时爷爷健在的那些时日。一张竹床,一顶蚊帐,一把蒲扇,禾场上,月朗星疏的夏夜,一颗星一个故事,爷爷总有讲不完的催眠曲。而我,细数着天上的星星,不知不觉会在牛郎织女的甜蜜爱情中沉沉睡去。

这些细碎的过往早已被风吹进历史的尘埃中,幸福不再,只留下一颗渴望平静的心。

其实,再平静的湖面都会有鱼跃出水面的涟漪;再平静的河流都会有流动的声响,不是吗?

天空悠远而深邃,像老人的眼睛。

比起《廊桥遗梦》,我更喜欢《平凡的世界》,虽然后篇没有前篇出名。

激情总是来得快去得也快,空留无尽相思。也许如书名,只是一个梦而已。我不喜欢。平凡的人,就要平淡的生活,一步一个脚印。

想起一段话:此身常放在闲处,荣辱得失,谁能差遣我?此心常放在静中,是非厉害,谁能瞒昧我?风来疏竹,风过而竹不留声;雁渡寒潭,雁去而潭不留影。君子事来而心始现,事去而心随空。

一种境界,总让人追求。一份情,总让人流连。一个人,总让人不舍。

天地有万古,此身不再得;人生只百年,此日最易过。每思及此,有今生无来世所带来的遗憾就会在心里激起丝丝疼痛。

坐在绿草丛生的斜坡上,看天空两只燕子翻飞嬉戏。

秋去春来,南归北飞,寻找适合生存的环境,这是鸟的智慧。寻找爱情最终的归宿,是很多人渴望得到的智慧。

在岸的这边,遥望彼岸的风景。中间,河水流淌不息。水面,鸟的影子像游鱼。

这两只燕子一定见过那块刻了"天涯"的石头。如果它是天涯,这世界其实并不大。

天涯咫尺,抬眼,似乎就看到你在彼岸长袖起舞,漾动了我平静的心。

不喜欢潮湿的彼此。即使一个人漂泊,也不愿谁走在愁思里。

如果每一个人都是一颗星,我注定为你划过天空。即使那一份灿烂短暂的只是瞬间,我也愿意,因为人生有一次灿烂足够。

彼此凝望的瞬间,两颗心契合的美,停止了时间。如这春天的花香,飘悠在风中,沉湎、陶醉。没有出路又如何?不需要路,怎么走都是对的。彼此的心停靠在对方,即使漂泊,总是有根。

城市繁华的背后,注定有一片宁静的天地在等我,如儿时老家的禾场。而你,将在这片天地唱响清亮的歌,唤我从沉静中醒来。

就这样躺在这块草坪上,遥望彼岸,宁静而温馨。心湖却早已涟漪不断。因为，月下有风吹过，不信，你听。

4

春天来了，燕子飞回来了，山坡绿了，花儿开了，阳光暖暖地随血液涌动。一种被称作思念的情绪，如花儿般，绽放在那一片桃园深处。

四季就这样不曾停歇地更替着。每一个季节都努力呈现着自己优雅的身姿，就像每一个人都希望在短暂的生命中努力绽放，即便知道绽放的结果是片片花瓣凋零一地，终也无怨无悔。

不曾被雨雾里的彩虹迷恋过；不曾被花坛里的香泽簇拥过；不曾被夕阳里的火焰燃烧过；不曾被雁阵里的标点省略过……三十四年光阴转瞬间，风霜悄然侵蚀着我本粗砺的脸颊，岁月在额头已然留下走过的痕迹，生命就这样蹉跎着。

多么希望还可以搬一张竹床，在夏夜月下老家禾场上，安静地躺着，听风吹过。

一直以为人生由命非由他，有酒不饮奈明何；

一直以为花开堪折尽管折，待到无花再折枝；

一直以为年年桃花笑春风，岁岁人面不相同；

一直以为暂伴月将影，行乐须及春；

一直以为自己可以就这样一直以为地生活。

缘，一个妙不可言的字眼，把你从万千红尘中带到我的面前。傻傻地以为我就是你五百年前的约定，不然，你的身上为何还带着唐宋明月的光影呢？不然，为何不曾相见就已然相知入骨？不然，为何仰望你的方向思念的疼痛就会涌向全身？

我是一滴远方孤星的泪水，藏在你身上已几万年，所有你的心思都被我看见，让我温暖你的脸，在我被风吹干以前……

一声轻轻的呼唤，一句细细的叮嘱，一个短短的信息，一篇款款的文字,让我把未来的日子熬成了一眼泉,瘦成了一棵柳。再也无法心静如水,满眼流连着思念的迷光,静静地守望,欲诉无言。

因为没有方向,所以往哪里走都没有错。

窗外,后视镜中的风景渐渐模糊。谁不期望在短暂的人生旅程中沉浸在自己的那一片桃园深处,为属于自己的这一片风景所沉湎。

我知道现实的生活就像一堆散乱的音符,每个人都有自己的五线谱,我不过是想在情感和命运的交响曲里,谱写优美的乐章,不让它成为那节奏紊乱、不成曲调的音符而已。

谁不在梦中有过自己的桃园?谁不在梦中看见灯火阑珊处等待的人?谁不在梦中牵了她(他)的手,踏着月色隐入江南斑驳的小巷深处?我不过是不知道自己在梦中还是梦在自己的生活中,不过是想把幻想变成桃花源里那道炫眼的风景,和你一起荡漾激情、体会美丽。

也许我真的错了,错了……

喜欢一个人到极致,便会有太多的不自信,不确定。患得患失间,就有了些许心痛,连欢喜也带着一丝疼痛。

真的是那时时刻刻窥望我心事的你?真的是那日日夜夜抚摸我梦境的你?真的是那岁岁年年摇动我相思的你?为何,任我怎样追赶,你却总是远远地在水一方,就像现在,我握不住你的手,走不进你的梦一样。

风过,漾起丝丝涟漪,碎了落在湖中的月。

5

十五,又是月圆时。

光阴如流水般,半年的时间回首只在眨眼间。

月有阴晴圆缺,人有悲欢离合。一如今夜,夜雨飘零,北风肆无忌惮地呼啸着,似乎要吹走什么一般。

滴滴答答,淅淅沥沥,冷冷清清,三更雨袭,可怜孤蛙,犹自悲鸣。寂寞夜,辗转欲语无人倾,起身倚窗,悲夜凉,吟思又接愁边。无端。滚滚春雷搅清梦,恨漏未短。长亭处,西楼上,琴声依旧否?桔灯冷冷,夜风袭,记添衣。千山隔,心牵系,莫忘月圆共婵娟。

落在阳台阳光板上的雨点汇聚得多了,滴落在楼下的阳光板上哒哒地响,声声敲在心头。独影对酒杯杯苦,夜雨敲诗句句愁。独坐屏前,无语对影。时钟悄然指向凌晨三点,仍未有睡意。

隔着阳台的玻璃窗,远处的路灯璀璨而明亮,在暗夜的雨雾中静静地亮着,照耀着沉睡的城市。忽然觉得这尘世也如我般寂寞。

风紧吹,雨漫漫。春风无眠,吹皱一池绿水,是否也吹走一个季节的过往。如果花的绽放是因为枝叶的催促,那么人的生命是为何而活呢?有人说,等候在风里如歌。如果等候真像一首歌,那也该是最幽婉的歌了吧?

常常觉得温暖是撩拨人心智的一个暧昧的词句。轻轻的一句问候抑或是一声嗔怪,总会在心头荡漾起某些情愫,即便是相隔天涯,也会如咫尺般,两颗心碰撞的火花可以燃尽夜的寒。

常常以为风雨过后一定会有彩虹升起,月亮始终会有圆的一天,不是每一个十五都如今夜风雨飘摇的。其实即便彩虹升起,任我如何追赶,仍无法触碰。就像多情的猴子,一伸手就会碰碎月亮一般。其实有很多事情只能顺其自然。

常常在心间升起疼痛的感觉,一如岁月的对联带着期望的美丽落入风雨。其实又有谁会去在乎门楣上浅浅的印记是谁而留,又为谁而留呢?"几多柳絮风翻雪,无数桃花水浸霞。"即便是多情的崔护依然只落得个"人面不知何处去,桃花依旧笑迎春"的遗憾。

阵阵春雷滚滚。

不知道有多少人会如我一般被这季节的呼声唤醒。一如面对你的呢喃与冷笑,我不知道最后的结局是否又会是一个诡异聊斋故事的开始。人世的沧桑或许就是一个故事与另一个故事无法接轨的痛。

站在书本里,所有的繁华都只是一部小说,可以继续也可以结束。

风轻舞,雨飞扬,风雨飘摇夜寒重。

握一杯白开水,犹如握住一个世界。也许就是我的世界,没有茶叶的清香,亦没有茶叶的微微苦涩。平平淡淡,无色无味,只有温度。

记得有人说,一切滋味尽在心间,因为一切的物体都是一个世界。既然一个世界可以小也可以大,可以渗透也可以包容,那么人呢? 站在尘世之中,有多少人可以等到另一个世界。

时间随雨滴落一地,沾满一身的尘土。

雨悄悄飘落在玻璃窗上,划过一道道痕迹,像那些美丽的过往,一波随着一波滑出窗去。

一阵闪电把我从恍惚中拉回来,一些纷乱的思绪也开始飞出窗外。

真的很想提笔给你写一封信,告诉你此时这些飞扬的思绪。可是一封没有地址的信是无法寄出的。

夜渐渐深去。我知道,很多人、很多事都会在夜的深沉里,随夜色一并深去,转换成朝阳的背景,一如那些让我们彷徨的过去会在这里被整理成一份柔韧的美丽,那些无奈的叹息也会转换成明天的进行曲。

何当共剪西窗烛? 却话巴山夜雨时。下一个十五,一定圆月皎皎。

夜渐渐深去。窗外,风雨不曾停息,依稀传来点点明天的讯息,我也将要睡去。

6

这几日没有月,星星亦很稀少。晚上总是睡一会就会醒,醒来无论如何辗转反侧都难以再入眠。

静静地站在阳台,看远方城市在黑暗中沉睡,心潮起伏不平。这黑夜里,有多少人和我一样凌晨两点就起床,像个幽灵在房间飘忽呢?

夜,安静得让人窒息。昨夜呼呼的北风早已吹远,就像有些事情远离一般,没有留下一丝痕迹。

再过三个小时我又将载着孩子穿越城市开始一天的生活。每天迎着朝阳送孩子上学,而后上班,下午再接孩子回家,辅导作业,弄食物填肚子。日复一日。不知道这样重复的生活何时会是尽头。

如果生命的意义是延续,那么我的人生可以结束了。因为儿子一天天的长大,已经延续了我的生命,那么我活着又有什么意思呢?

有乎生,有乎死,有乎出,有乎入,入出而无见其形……

三峡库区滔滔江水翻涌,恐惧在心头升起。

有人说太阳每天都是新的,说这话的人可能没有学过天文学,太阳不可能如衣服一样每天可以换新的,因为太阳只有一个。

我们总是不断寻找自己生命中的太阳。有人说婚姻就像一桩买卖,而爱情却是生命撞击的火花,是灵魂相遇的河床,是生死同在的痛苦。其实买卖也好火花也好,不过是生命的插曲而已。终有一天,我们的一切都会随着肉身的消亡而灰飞烟灭,因而珍惜也好不珍惜也好都没有对错。

念天地之悠悠,独怆然而涕下。

文章写到现在,突然就觉得没有什么意思。那些雕琢的语言,那些刻意隐晦的文字内涵其实都只是一遍又一遍重复古人创造的文字,一遍又一遍重复古人写过的心情。依然是重复,就像日子一天又一天的重复一般。

感觉有些饿了。也不是饿,就觉得腹内空空。也许身体内少了一件什么东西才会有这样的感觉。

每一天散步的时候,都会碰到一位流浪者蜷缩在路边的树下。这个人我注意很久了,他已经有了自己固定的地方睡觉,很多天没有挪地了。他把捡拾的一些垃圾装在一个个塑料袋里,用一个枕着,其他的用手拽着,生怕别人偷走一般。早上,他和上班的人一样,带着他的所有财产,开始在这座城市上班——属于他一个人的班。

生活在一个人的世界,我想是幸福的,至少不会为他人而忧愁。

又能有几人生活在自己一个人的世界呢?除非和他一样成为被社会遗弃的边缘人。

人真的很奇怪,一个人可以成为一个世界,却又生活在自己的世界以外的世界里。

夜色凝重。

点燃一支烟,看着星星般的烟火燃烧,袅袅的烟雾熏进了眼睛,弄得满眼的泪水。这烟放在冰箱半年了,早已没有了香烟的焦油,抽起来淡淡的,燃烧却一如半年前他的兄弟姊妹般那么迅速。五分钟或者是十分钟,便已经烧到我的指尖了。看时间在香烟中一点点地燃烧,体会燃尽后的灼痛,真的是一种享受。

有多少时间可以这样燃烧啊?

如果可以,我愿意变成一只飞蛾,勇敢地扑向灯火,在相拥中灰飞烟灭,也不枉一场人生。

7

月,你是我心灵的皈依
风,你是我灵魂的寄托

从现在开始
每一个有月的夜晚
我要在月下听风
听风轻声呼唤
在风中寻找
你曾经留下的声音

日子,似褶皱的衣服
生活,似缠绕的乱麻

你悄悄地来,又悄悄地走
没有带走一抹云彩
吹过的风
却带走了我的灵魂
我麻木地行走在城市
没有了方向

没有了方向
就像今夜没有月
没有月
黑暗令我恐惧
如那滔滔翻涌的江水
会吞噬一切生命
于是我只好裹住自己
在并不温暖的棉被中

等你,一个充满温暖的词句
思念,一个刻满骨肉疼痛的情愫

守一轮圆月,听风
守一份温暖,疼痛
月下,静静地听风

8

那日

那扇斑驳的门内
省略了许多心情
轻轻的一声叩击
震落了门上的灰尘
庭院里

那棵千年的种子伸着懒腰迎接
清丽的靓影
却始终在徘徊
抬不起进门的脚

那日
那一声声呢喃的轻唤
驱散了夜的黑
停在风中的话语
随嫦娥的欢笑
一起滑落在如水的日子
从此,白纸一样的日子绘满了你的色彩

那日
那晒在阳光里的跳动的心
在你的手心轻缓地搏动
暖它的前世今生和来世吧
用你轻柔而又温暖的双手
不要再收回

那日
那枫桥边上的枫叶

被一对幸福情侣的热吻羞低了头
嫦娥似乎怕被撩动了凡心
早早地关上了月宫的门
两颗心碰撞的火花
燃烧了辽远而深邃的夜空

那日
拥一轮圆月听风
搂一缕清风赏月
月下听风
静等天地合

思念无尘

文/追寻飞鱼

春绿了邂逅,花红了相思。

你在渺渺的云端,摘一瓣素云,化作相思的雨滴,落在我盈盈的眉间。在银河的岸边,搭乘一只渡船,去回温梦中的白莲。

你是荷池里那朵绽放的玉莲,与你初遇的一瞬,你的容颜便是流年里不老的风景。记忆中那缕生香的微笑,婉约绮丽隽永幽长。

在遇你之前,我寂寞了好久,沉默了数年,花了太多的时间跋涉在远山与近水之间。缘破尘而来,青丝绕于禅间,心飘过白露为霜的湄水之滨,一个恍恍的相遇,让我静心凝眸,深深叩拜,用虔诚的文字打磨美丽的相遇。

与你,倾心一遇,每天,每天都是想你的心情。想你了,会跑去和你的文字幽会,捧着那些灵动的字们,亲吻你留下的气息,醉在彼岸的芬芳里;想你了,会在濛濛的细雨中漫步,让雨水淋湿这颗燃烧的心;想你了,却不敢大声地喊出你的名字,生生地把那缕疼咽到心底。

我看着时光在流年的背上刻着一道道皱纹,那些花儿开过又谢了,我静静地站在原地,不肯离去;尽管期盼老了容颜,枯了秀发,而我的思念,却不敢老去。

你说,你喜欢文字直抵心扉的感觉。于是,我恋上了文字,喜欢在文字中无所保留,无所顾及,把我的灵魂燃烧殆尽。如果你来,我会为你泡一壶清茶,和你一起在如豆的青杏下,在洒着微露的案几上,共浴书海。你看着我,我望着你,目光间传递的深情温暖着夜。夜风拂来,吹皱了一帘的窗花,摇曳的灯光剪碎了相对的身影,我看不到你,泪滴落在凉透的茶里,心拼命地追风而去。

空旷的夜,音乐缓缓流淌,感觉内心被音乐黏稠的点点心绪一一散开,想起你的第一缕微笑,想起你的第一次凝眸,温暖着我的心。偌大的心的空间,只剩你的名字和对你的思念!一横淡淡的影子,随夜而立。我不知道,我不想你的时候,天空是什么颜色的?是用蓝色填补的空白吗?是用灰色涂抹的沧桑吗?

你说,花开自在,不需要别人的守候,可是前世今生的缘分已铭刻在掌心,我已走不出这份痴恋。如果错过,就是和快乐失之交臂。我痴痴地站在红尘的转角,静静守候花开的美丽!

今夜,你又在别人的文字里营造着浪漫,我的心像一块被农夫遗弃的稻田,里面疯长着思念的青草。我不敢告诉你,我的泪早已把键盘敲疼。悄悄拿出你送我的那株叫不出名字的小花,把它紧贴在我温热的胸口。我只想做一棵平凡的小草,在你宁静而温馨的怀抱里,自由畅快地呼吸。

你,只为你,瘦长的相思染上了青绿。你的到来,封存了记忆的残絮,温暖了心底冻结的寒冷。我固执地认为,你我会成为一生的知己!红尘路上,习惯去找你,习惯去想你。不管你的梦中是否驻扎过我的影,我深切地感到思念就躺在我的心底。我怎能拒绝这份相思,因为你已在我的生命里,和我的血液融为一体。

虽然想你是悄悄的,可是想念一个人是一种多么美妙的感觉!会偷偷地笑,会默默地流泪,会傻傻地痛。因为想念,心里满满的没有一点缝隙。想你,想着你,隔着距离想你,仍有一种云淡风轻的快乐。

厚重的文字,落在彩笺尺素中。静夜,没有古琴萧韵的婉约低回,没有六朝画廊的缤纷繁华,只有白玉盏中的碧螺,在温水中恣意地舒展着身子,心底的思念顷刻也丰盈圆润起来;在缕缕的幽香中想象着初见你时的欢颜,愿文字化作心香一瓣,去装饰你的梦。

想你了,想你的念头已经生根;思念了,思念的梦总是很甜!我不知道我的想念是否会惊扰到你的宁静,可还是每时每刻想你!

红酒,恋恋女人心

文/蔷薇之语

你妖娆,我娇笑,千滴万滴相思酿。

——题记

红酒,仿佛是因女人而存在。女人天生就懂红酒,她可以对白酒的辛辣而蹙眉拒绝,对啤酒的寡淡而爽朗干杯,唯有对红酒本能地含情脉脉,欲拒还迎,一饮百媚娇。

说到红酒,我们想到的一定是女人。相传古罗马时酒神巴克斯发明了葡萄酒,每当他出游,身边总追随一群美丽的仙女。她们一边翩跹起舞,一边还不忘品饮葡萄酒,神仙也爱着这世间的琼汁美液。可见红酒的起源跟女人息息相关,有红酒的地方,必有着神态娇媚的女子,她们与手中的红酒,交相辉映,醉了人,醉了心,醉了天地间。

说到葡萄酒自然就会想到法国的波尔多,那里出产世界上最好的红酒。区分红酒的好坏是看葡萄的年份,若那年气候适宜葡萄生长,葡萄收成好,果粒大且果汁甜而多,那么这一年的葡萄酒就是上品,所以,好酒可遇不可求,它也是上天的馈赠。正如爱情。

女人爱红酒,就算只是一瓶普通的红酒,她一定也会浪漫地品来,心花乱坠。熄了灯,燃上香薰烛,换上柔软温暖的睡衣,在BLUES或JAZZ静静的流淌中,女儿情女儿意,似水柔情,在暗夜里肆意弥漫,暗香中浮动着绵绵思意。琥珀色的汁液在杯中轻缓流转,眼波流连,笑意流露。轻啜一口,呡一下嘴唇,从舌尖到心底,如春雨沐浴,滋润了沉睡经年的荒芜,那枯萎的花树,瞬间绿意盎然,纷纷吐露花苞,枝头竟蔷薇莞尔,展颜欢笑。是你么,在我心里绚烂怒放,不管不顾，是我一个人的欢悦，不让你知道。对着杯中红色展眉浅笑，流入心里的且只是酒，那是醉人的温柔，缠绵的相思情重。

有人说，"葡萄酒是葡萄的眼泪，所以总是有点酸。"因为想念的伤，因为思念的痛，因为不能触手的温柔，因为你迟来的问候，因为你看别的女子时眼光有所生动，因为你有那么多因为，所以，情人的泪，如这手中的红酒，香甜中总带着一丝涩涩的酸。可你不会知道，所以，我，只能喝下这手中的酒，连同自己酸酸的眼泪。

最美的际遇是和相爱的人一起喝红酒。浓情蜜意，无需言语，只需要眼睛与眼睛的对望，只需要指间的缠绕。两支酒杯轻轻相碰，轻脆的声响如情人激跃的心跳，惊起浪花粲笑。此时，酒不醉人，人自醉。烛光摇曳，衣香鬓影，红色流芳，粉面相映，佳人在怀，爱人在旁，软玉温香。红，是诱惑的浆；红，是放纵的殇。在这红色里迷陷，在这红色里潋滟，在这红色里飞翔。爱如潮，情难挡，今宵有酒欢颜笑，不问过往。

最苦的际遇是一个人独自以红酒疗伤。这时，唇边的酒不再是酒，只是她买醉的工具。红酒失去了它原有的味道，一杯接一杯，喝下的全是心碎、心痛、心酸的眼泪。你若不爱我，就让我醉生梦死于我们曾有的欢乐中。这红色，是怨恨的血，一口一口喝下，连同讨厌的眼前的自己。"但愿长醉不愿醒"，一醉之后，忘了我，忘了你，忘了世界。清照也曾以酒消愁，还觉"醉不知归路"，她在冷冷清清、戚戚惨惨、悲悲切切、寻寻觅觅中，醉一回，梦一回，把满腔热情化为衣上酒痕，诗里魂，点点滴滴，有谁知，都是女人泪。

女人似红酒，柔和、醇香而透明。红酒也如女人，温和、清澈、馥郁而芳香，赏心悦目，高雅纯净，不浓烈刺激但幽香醇厚，令人回味无穷。

一瓶品质上等的红酒，在生产和储藏过程中有着严格的细节和迥异的变化，如同把一个无知、懵懂的少女修炼成风韵迷人的女人，这是需要花费时间与耐性的。好男人如同好的酿酒师，懂得该在什么时候对女人加温,什么时候该放手。好的酿酒师也如好的男人,知道哪种葡萄能酿制出最美的酒,哪种葡萄只可拿去供人食用。

"葡萄美酒夜光杯,欲饮琵琶马上催。"品红酒一定要用高脚杯,才能享受视觉与味觉的完美结合。你看那晶莹剔透的杯内盛载着憧憧欲动的红,如女子唇边流动的娇媚;轻轻摇晃,红色撩动心扉,那果香酒香吸入,竟也有浅浅的醉意。

红酒也是有生命的,她沉封经年的心需要在室温下醒上一段时间,才能苏醒。所以,品红酒切不可心急,而是要把她置于室温一段时间,然后倒入高脚杯中,轻轻摇动,让她和空气充分接触,再慢慢品来,那味道是越来越酿香。红酒也如女人般娇柔,她怕热怕光,开启后的红酒,需密封瓶口后储存于13摄氏度的恒温下。她优雅地平躺,静静地做着自己的美梦,等待下一次的温柔。

红酒是迷离的、梦幻的、朦胧的、纯净的、香醇的、高贵的、华丽的、清高的。愿作一滴红酒,带着红热的情,浪漫的意,缠绵的爱,缱绻在你心,伴随你昼夜兼程的心跳,向四面八方传递爱的迷香。

爱,是如此留芳。

一杯红酒,涤去世事沧桑,沉淀岁月流光,任明朝红颜渐老,映今宵粲笑如花。

隐居在城市

文/细玉如斯

窝在沙发里看了半天电视,主要是访谈及对话类栏目,而且看得很认真,专心到颠覆了曾经的印象。重新审视一个人,完全通过表白敞开心扉,并让受众欣然认可,这样的节目对于嘉宾来讲,是非常划算的。

有距离感的人与人,因为不了解而不了解。不同于生活中我们这样的小人物,作为存活于社会的个体,每个人都有自己的价值取向和评判,并绝对因人而异。把一切都看淡,成功了也能不沾沾自喜,和对什么都脚踏实地铭心刻骨,即便败了仍会总结再奋进,都是清醒者,至少我感觉都属最会生活的人,因为他们悟得了生活真谛。

比如一份宁愿割舍亲情而义无反顾的爱情,最终美丽蛹化成蝶,那不是简单的感动,更不是每个人轻易能为的事情。若不是爱大过天,心怎会高擎至上,受人慨叹。他们沉隐于自己的小世界,大世界的烦恼纷乱反相之拙劣。有爱的温润,天天都是花团锦簇。金钱不是问题,疾病灾难也不是问题,除了这人生中最艰难的东西,还有什么能为难得了爱情。

把一切都看淡,类似于佛教的"打坐",静下一颗心,周围的一切都被屏蔽,心就是整个世界。这个滚滚尘世,从不肯为谁停顿,我们在其间夹杂着,只能不断前进。关键是如何取静,让自己活得轻松淡泊一些,学会多关注人情冷暖,天空小鸟,哪怕角落中的小草碎砖瓦。与其叹息,不如觅一方隐处,学着享乐。毕竟我们是想活得更滋润一些。

据说,在城市的边缘找到"世外桃源",短期地体验"隐居生活",是2007年值得去尝试的一种全方位身心放松。对于时间无多的职业人士,的确不失为生活工作双赢的良好引向。

只是,隐居在城市不太适合有家有口的已婚人士,尤其女性。牵挂的东西太多,想也不会有"隐居"的条件,孩子是否吃好了、穿好了、冷了、热了?是否想妈妈了?电话一天不打两天一定急得什么似的。

但我们哪怕凭空想象,让身心有个短暂的精神休憩也好。或把程序简单化,比如,能够休假的时候,全天候猫在家中,孩子老公可以暂时打发到婆婆家;如果懒惰,连家务都可以省略,只有实在必要才与外界联络一下。其实我每周的大礼拜差不多就是这样的,哪都不去,当音乐满室充盈阳光还未直落的时候,我多数选择文字游戏。

文字是个好的倾诉伙伴,也许还是个好情侣,完全没有选择地接纳你所有的思想。不用工作中疲于奔命的劲头,只需操纵十个指头在键盘上零零落落,连窗外都恰到好处的清静。用文字左右逢源的日子,远比现实来得惬意,且不管这种惬意多少挤占了时间,却的确让心大过了天。这就是我需要的,我钟爱的,能够让一颗世俗的心感受美好,并超脱了世俗,就是最大的值得。

人的志趣就是一种城市隐居,以各种我们喜爱的方式。所以——让我们都来隐居吧!

尘世,原来很轻很轻

文/柳岸月色

1

冷雨飘过,终究会晴,因为太阳眷顾每一个人。

如此刻的感受,伤心只是暂时性的。时间,是最好的疗药。留下与离开,只是一种形式,真正的意义在于心里曾经有过谁。

能够相遇,这就是缘分。如果一定要分离,也要心存感激。感激上苍给了我们这样一份值得回忆的记忆。有些事,也许开始就已经注定。我们不能要求所有的快乐都能永恒,有了感动,就算瞬间,一样值得珍惜。当离开成为必然的结果,我们没有理由去叹息。

做快乐的人,真正快乐的人,珍惜拥有的,笑对离开的。这个世界,谁没有了谁,一样可以好好地生存下去。

这就是生活。尘世的一切其实很轻,轻到经不住千山的距离;经不住微微的一声叹息;经不住时间淡化的痕迹……

不要渴望永远,永远有多远?谁能计算清楚?相聚和分离其实就一墙之隔,只不过是转身的距离。

书里的爱情太假,那只是作家慵懒地坐在空调房里的凭空臆造。我没有那样的轰烈、痴傻,也没有这般的凄凉、愚笨。生于这芸芸世上,我的神经太弱,我在感知生命的同时也在承受一切一切。

不食人间烟火,那种生活离得太远。我们太普通了,普通的只要是心里稍微有了负担就辗转难眠。其实,这才是真正的人生,真正的感动。

我回来了,一直并未离去。我只是站在来时的路口放下所经过的一些曾经。我的目光豁然开阔,心胸澄净,淡然地看着所有的痕迹,心存感激,心生祝福。

因为思念,我们没有资格委屈自己。桃花开的再灿烂,那也如隔岸的灯火,可望不可即,我只是站在你的彼岸,遥望,祝福。

2

这个世界怎么了,我越来越看不清楚。

该来的没来,该去的不去。辗转的反复,情感的错乱,犹如昨夜的风雨,风来时急急,雨去时匆匆。唯有那栋装满心事的小楼,还矗立烟雨中。

不记得这是多少次后的煎熬了,只知道自从心里装下了某些感动,一些闲愁便接踵而来。挥不去的不止是那梦中的影子,还有那轻狂下残留的点点别绪。

一直盼望着夜色的来临。只有在深夜里,才能透过黑白的强烈对比,看到远处的那点微弱的亮光,努力地抓住,使劲地攥紧。可夜色深深,风残露冷,何处能握住温暖的手?

或许这就是宿命,一个既定的轨迹,已经围绕着它走了许多年,身后的痕迹深到无边,如何还能超越?

也许真要找寻的只是一种精神上的安慰,只是一种在深切孤独后想拼命抓住的一线微弱的希望。纵然绚烂,终究会过去。而那些实实在在的感动,岂是在离去后说忘记就能忘记的。

把心门关闭得那么紧。是啊,有多少人能走进自己的生活,有多少人能真正地走进记忆,有多少人值得写进日记。而这些记忆是如此的脆弱,颤抖地附在每一寸的时光中。

注定擦肩,注定飘零。

回首的时候,来时的路草色依然青绿。人,无踪。伸手,触摸冰冷,所有的过往成了一张苍白的纸。该用一种什么样的心情来书写这场相遇?

左手年华,右手倒影。时光是一个分界线,我们在缝隙里生存。

或许,开始便意味着结束。

3

无论五百年的回头,还是千年的等待。向往没有错,沉溺于此就是虚幻的梦境,梦终究会醒。佛不是救世主,能救我们的依然只有自己。

写下这些话的时候,我抬头,茶杯的茶水烟雾缭绕,缓缓地升上去,然后弥漫,没了影踪。和许多经过的事一样。

阳光终于出来了,一改往日的阴霾。我喝着水,沐浴着阳光,从未有过的暖。我开始学会微笑,淡然,平静……

记得你说过的一句话:你是幸福的,我就是快乐的。

其实,这样一句话同样适合我对你说。

是怀念也是沉溺

文/llq@

茫茫人海,真有错肩的灵魂再度相遇的奇迹吗?

暗夜里,一只扑腾的灯蛾,仍在围绕一晕灯光,徒劳地扇击希望。

我悲悯它的清醒和理智,也怜惜它深陷绝望,无力自拔却坚韧。

它,真能找到命运的出口?

或许,它其实已在无数次撞击后,不再清醒。

沉寂那么久了,突然觅到你的踪迹。心动的一刻,似一点一点温柔的照耀,慰藉着孤独太久的思念。

不管是与不是,都在心中默默祈祷,这份感动,能够更久。

同样的场景,却没有那杯咖啡,我轻轻地摇头,味觉有一丝清醒的苦涩。但,那不重要,重要的是曾经有过的温情。记忆中你我对坐,面前交叠着杯盏,你一心只想喂饱,心中那枚消瘦的月亮。

是的,爱,其实很短,却要人一生去回忆。如果没有深切的爱,又怎会有蚀骨的忧伤。那是怎样一种铭心的痴缠,芸芸众生里的一次相遇,即成终生的牵挂。失去后的痛,是看不见灯光的飞蛾,是绕不过宿命的绝望。

无论怎样的山长水远,依然深深留恋你指间的暗香。爱着你的文字,轻轻抚摸你的灵魂,那些断了的遐想,浸染着心的战栗。夕拾的花,在这个季节悄悄蔓延。

那灯蛾还在发出冷然的声,将我再度拉回清醒。

一定是被你的灵魂附了体,为何如此迷恋你的世界?我涩然一笑。可是那样的感觉,有迷醉的芬芳,有毒,却甜。

真想一直这样,一直。可是,谁能给我这般美丽的期许?

有些永恒,是因为走不到尽头,就像那条回不去的河流,那些青春的碎片,那些爱了和不再爱的故事。有时,何尝不是一生最大的不幸和无奈?

那个广场,我见过。空旷,淡漠,寂静。也曾徘徊其间,期待你会悄然而至。可是,秋叶飘零,冰霜冻结残存的绿意,你怎能感受我心中的悲哀?只有一曲忧伤的歌,"我们擦肩而过,爱情随风飘落……",回旋在空无一人的广场上空。而曾经的缘,却又使我无法挣脱,也不愿离去……

值得庆幸的是,那些岁月的黑白,还能留下许多暖人的记忆。那些无瑕的情怀,拉开回忆的距离,漂洗成不着尘埃的琉璃。一颗易感的心,总是在迷离缥缈中,不经意回想着过往和现实,那些相视一笑的风景。

生命里,曾经美丽的相遇,因了这样的深情,凝结成期盼的月光,潸然的泪滴,无尽的思念,遥远的牵挂!

走过万水千山,我相信,有一种坚定,依然,始终,永远。

所幸你也珍惜这份感觉。那种因黯淡和残缺而起的痛,有时真的无处可逃。于是深知,爱,是恒久的忍耐,永无止境。你的感觉告诉我,寻找灵魂的唯一,终不是虚幻。"生死契阔,与子成悦",欲不爱时已深爱,我为之叹息。

黑暗中,那只灯蛾已体力不支。我知,它依然清醒。光亮是它唯一的出路,也是它不变的选择。即便折翅坠落,心底一片安然。

一个人在孤独的黑暗里彷徨太久,是不是就会出现海市蜃楼,就会产生漂浮无依的幻觉?

也许,每一只灯蛾都在寻觅一个光点,来支撑自己美丽的旧梦。只因那是它生命的依托和希望,是怀念也是沉溺,无须清醒。

饺子婚姻

文/丽凡

他30岁时开了自己的化工公司。开始几年,她做销售,做技术,做财务,她就是公司的救火队员,哪里需要就往哪里赶。他们忙得天昏地暗,连生病的时间都没有。后来,公司渐渐稳定下来。他说,"你回去带孩子吧,孩子比事业要紧。"

她不甘心做全职太太。她想,"我不聋不哑不盲不瘸,有一纸大学文凭,写一手好文章,我为什么要将自己的事业隐没在家庭里?我曾经是一面多少闪亮的小铜鼓,难道我就甘心锈在这一场婚姻里?"

她对他说,"我不能放弃工作。"他说,"你有工作啊,你的工作就是照顾女儿,女儿大学毕业,你就功成名遂了。"

几年时间,他的生意滚雪球似的,越做越大,买房买车,他拿钱时趾高气扬,好似在告诉她:这全是我的钱!好似妻子孩子的价值全都依附于他。他隔十天半月回来一次,家是旅店,家是洗衣房。

她越来越不能忍受这种生活。

往昔的好友几乎都是她的同事。回家后的前几年,她经常约她们出来聊天,散心,几年后,朋友们谈论的话题,她如隔岸看热闹,想融入其中却绞尽脑汁也插不上合适的话。她需要工作,需要朋友,她要重新走入社会。

而他说,"再忍几年吧,孩子上大学了,你想做什么我都会支持你。"

如果不想忍呢?从婚姻中突击出来,离婚吗?孩子上初一了,这么大的丫头,每天放学回来,仍然要在妈妈的怀里钻一下,再去做作业。嘴里没心没肺地唱一些流行歌曲,情啊爱的。女儿的世界太完美,爸爸妈妈的树阴能遮风挡雨,女儿是树阴下那个最快乐的天使。她不敢把树阴的格局拆开,这会让娇嫩如花的宝贝女儿暴露在骄阳与雨雪下。还有父母,眼巴巴地希望她婚姻幸福,家庭美满。

这婚还是离不得,她在心里默默念叨一句:离婚?离黄昏吧。

唯一的女友听她说婚姻不幸福,骂她"都是钱烧的",然后说,"我被这生活折腾怕了,把你婚姻的幸福分我一半吧。"

是啊,也难怪,女友辛劳奔波多年,房子没有,孩子不敢生,连花10元钱都要前思后想。只是女友没有空闲的时间去做离婚的梦,而她有时间,可她也只是做做离婚梦而已。

女友贫穷的生活,不只是女友怕,她也怕。女友的生活于她,如一个住惯皇宫的人一下子改住破窑,当然不习惯,尽管她最初住的也是破窑。

可是,她觉得恐惧,自己快被外面的世界抛弃了。生活竟然将她不知不觉打造成了一个这样的人。慢慢地,她习惯了在电脑前打发黑夜,如一个合格的潜水员,冷眼相看人类生物链上的繁花似锦,人情冷暖。

那天,女儿要吃饺子,她煮,白白的皮,包着厚厚的馅,饺子在锅里翻腾。馅,忍着水沸的疼痛,安安稳稳地呆在皮内,这是修炼成佛的过程。突然,有一只饺子馅忍不住疼痛,破皮而出。饺子熟了,女儿吃的时候,突然说了一句:"这个破皮的饺子比起完好无损的饺子,味道差远了。"

不禁有些后怕,差一点,她就如那只突破了皮的饺子,她一下子顿悟了她的婚姻。她的隐忍,是为了生活的美满,是世间最普遍的婚姻的一种。

如果我爱你再多一点

文/香草 1965

如果我能爱你再多一点,那么永远不再遥远。我将在时间的隧道里长途跋涉,寻求一份最美的相遇,握紧属于我们的那份缘,从清晨倾诉到黎明!

如果我能爱你再多一点,那么短暂不再短促。我将在心跳的瞬间里纵身一跃,跨过一个世纪的等待,拥抱属于我们的那份情,从前世怀恋到如今!

1

冬天来了,寒冷的风穿梭在阳光的缝隙间。温暖,荡着风的秋千,在离阳光最近的地方,朝着我的思恋而来。你不知道啊,我是笑出声了的,我用全部的快慰,迎接着冬天的到来。

天,是瓦蓝瓦蓝的。眼眸里凝结的忧郁,像一条鱼儿纵身跃入了深邃的空中。风,伸出了一双玉手,纤细地缠绕了<u>丝丝缕缕</u>的心绪。在碧顷万里的空中,它舞了舞灰色的纷扰,天空中就有一丝洁白的云絮,在那棵老树的枝丫上,喃喃地自言自语。

曾经开满马兰花的草地上,已经看不到蓝茵茵的花瓣了,它的踪迹消失在了季节的深处。觅食的马鹿,抬起了懵懂的眼神,打量着眼前这个不速之客,当目光对接的那一瞬间,它转身走开了。而我,却追寻着它的背影,放逐着难以磨灭的回忆。

一行脚印,由远而近,渐渐地模糊起来。小城鼓楼椽檐上传来的铜铃声,"叮当,叮当"地敲响了几个世纪。而此刻,我将一颗累了的心,搁置在铃声起落的间隙,享受着长途跋涉中片刻的安逸。

沙枣花,已经开败了好久。它是我心灵的钟爱,在这个季节里,它早已结了果。枝枝蔓蔓上红红的果蕾,已经稀疏了。顶尖的枝条上,几串通红通红的沙枣,点燃了冬天里的诗情。酸酸涩涩的滋味,从舌尖一直回味到心底,仿佛经历了一个世纪的轮回。

寒风,打我的脸庞疾驰而过,像一匹快乐的小驹,奔驰在偌大的空间里。"得得"的马蹄声,从我的心上敲过,一阵黯然涌上心头。岁月的痕迹,由远而近地跨过了思恋的园地,又由近而远驰向了遥远的境地。

站在高高的山冈上,视线里落满了夕阳的踪影。顷刻间,而我却被这宏大的场面包围着,所有的心情都融化在了冬天的寒风里。大黄山,在向西偏南的方向。那里,有生命中浪漫穿越记忆的山谷。此刻的目光,却不能跳越岁月的从容,找回曾经属于自己的感动。

如果我不能追逐你的脚步走向天涯之爱,那么,请允许我用一支笔,来描述我生命中的最真与最初,把它说给你听,你听……

2

风的和声,依然响起。你的影子,依然恍惚。转身与回眸间,一切皆源于缘。

生命里曾经的拥有,它们来自于那个地方,生命的质感与柔美,总是给我的笔下增添无尽的风情。恋你,就想将它们的坚守与等待,连同我的思念依偎在你的诗情中。

清洌的溪水,从遥远的地方而来。你不会看见啊,它们喧腾着,它们跳跃着,像一个莽撞的汉子,挑着沉重的行囊,匆匆而来,汲汲向前。当它冲出那个山垭后,却又变得异常腼腆起来。

一条玉带,舒卷地飘落在山冈前那片开阔的草滩上。那真的是充满了无限的诗意啊,只是我的笔力不够,不能描述出那份蕴含着诗情与浪漫、沧桑与磅礴的厚重。

马儿打着响鼻,悠闲地四散开来。它们矫健的身姿,娴静地停留在一片落日余晖里。此刻啊,我轻唱着那首歌——《在那遥远的地方》。梦里,你走过了我的账房,却没有回头地走出了我的视线。我的眼泪啊,唤不回前世和今生的相遇。

枯萎的草场,沐浴在夕阳里。夕阳的余晖,在寒风里被筛成一点一点的碎金,洒落在草尖上,洒落在水面上,洒落在山冈上。

牧羊的农人,顶着毡帽,穿着毡靴,披着毡衣,他摇着牧鞭,驱赶着羊群从山冈上走来。贪吃的羊儿,不时地将嘴伸向了路边枯萎的草地。一声声吆喝,一声声催,牧鞭在空中挥舞着一天的劳碌。

密密匝匝的泉眼,咕咕地冒着气泡,顶着心中的好奇探起头来。在朗朗的笑声中,涔涔地流出汇入溪水中,涓涓汤汤地一直向前。而我啊,此刻就想着你谈笑风生的飘逸和潇洒,在如雪的情怀里浪漫成诗!

清洌的溪水中,青青的水草,暗红的卵石依稀可辨。此刻,清洌的溪水中照得见留连往返的情怀。你的每一句牵挂,你的每一句关怀,犹如在水中含情的水草,仰望着蓝天中的云朵。而我,用所有的纯洁俯视着你。只可惜啊,我们不能在一个世界里呼吸。思念,是我们一生相拥的姿势。暗红的卵石,面无表情地沉没在水底。它冷漠地透视着这个世界,有谁能看穿它背后的心痛?是啊,不会有人去爱上一块冰冷的石头。

海子边,已经开始结冰了。那照得见心事的水面,在阳光的打理下,熠熠生辉。夜晚,渡过寂寞的泉水,凝结成了一夜的等待。白天,纤细如芒的阳光,挑开了它的心结,那隐隐的啜泣中,万般的思念娓娓道来。

我驻足在它的面前,庆幸我看不见昔日的光景,此刻连同我的心痛倒映在它的眼眸里。我可以藏起来了,我可以藏起我的忧伤,笑着面对你的想念。

　　高大的杨柳,突兀在天高云淡之下。岁月的年轮空洞了,那断裂的残肢上,赫然的伤痕醒目。硕大的树洞,吞噬着眼眸里向上望去的好奇与感慨。它的身旁,碗口粗的垂柳,拂手弄姿,扭捏作态。每一个亮相都透着骨感美,小鸟依人的媚态,依然是风姿绰约。

　　此刻,距离已经不是决定去留的理由。相知,相拥在风轻朗日之下。灵魂的依偎,不需要肉体的暧昧。诗行的温度,烘烤着潮湿的心绪。

　　山顶上高大的佛堂,俯瞰着山脚下的一切生灵。它修建在原来破败的庙址上,凭借着历史的沧桑与传说,延续着生生不息的香火。鲜艳的雕廊画栋,仿造的古朴建筑,平日里却冷冷清清,只是在农闲时节或者是庙会期间,烧香还愿的香客们才来来往往,络绎不绝。

　　而我,站在佛前,却不肯跪拜,祈求佛的赐缘。

　　五百年,太久了啊!我的白发会生了又生,我的肌肤会失去光华,就像大殿前的那棵空洞了年轮的老树,不能面对你的爱恋!

　　山坡上,那些臭蓬花,早已不见了夏日灿烂的花瓣。那种苦涔涔的气味,似乎还在空气中弥漫。遥远的记忆,一如那繁如星宿的花蕾,映入眼帘。

　　骆驼草,依然在山垭间生长。秋天的雨水,使它茂盛起来。冬天的寒风,几场刮下来,它的根系松动了。在开春的时候,强劲的西北风擦着地皮卷起了狂妄,枯萎的骆驼草,跟随着沙尘满世界地疯跑。

　　一条小路弯弯曲曲地向前延伸,在那个山崖处看不到它的尽头了。向阳的坡上,一蓬芨芨草,在风中拼命地摇曳着枯槁的穗。已经不记得了,我是否曾经从这个山崖下走过,一直向前?

　　没有你的陪伴,我真的感到孤独。我没有勇气再向前走了,追忆的温暖戛然而止。手中的笔,不再流畅如初。

　　我啊,不愿停留在岁月的晦涩中,去咀嚼无尽的离伤。我手捧你曾经炽热的呓语,去追逐属于你和我的永恒。两年时间过去了,而我还在苦苦地等待,一直等待着你姗姗来迟的脚步声。

　　我这样向你描述我生命中的场景,不知道你是否能够想象出,那岁月的痕迹是如何镌刻在了我的额头,我的眉间,我的眼角。

　　我就是这样守候着,守候着。

我们虽苦但彼此珍惜

文/心外来客

八年前,我的孩子已出世,为了一家三口的生计,6个月后,我来到了繁华的城市。我的妻守候着我的父母和孩子。辛劳、凄苦自不必说。

八年来,我只回家见过妻一次,那时,我的孩子已经三岁。见面时,他用一双迷惑的眼胆怯冷漠地盯着我的脸,犀利的目光刺得我的心好痛!

妻已不再年轻,她的双手布满了条条细小的伤口。脸上沉淀着深深的色素,双眼没有了新婚时的灵动和闪亮。

但麻利的手脚将这个家打理得整整齐齐,干干净净。邻居们都称赞她能干、贤惠。我的出现使她充满了喜悦、快乐,脸上洋溢着欣喜满足的神情。

我们几夜未眠,她听我讲着城市的故事,我听她讲着乡邻们的生活,但彼此都不言自己的辛苦和劳顿。孩子在一旁睡得正酣,均匀地呼吸,恬静的面容。

短暂的相聚接着又是离别。十天过后,我离开了我的妻,那天早上,她一直把我送到二十里远的车站。风凉雾浓,妻嘱托了我几句,便转身离去,转身的那一刻,我隐约地看见了妻腮边挂着几滴晶莹的泪。

然后,她消瘦但挺拔的背影迅速地消失在浓雾里,一种无法言说的感动和羞愧萦绕着我的灵魂,久久没有散去。我的眼眶开始有点湿润。一声汽鸣,汽车驶向了遥远的方向。

如今已是四年没有回家,尽管孩子在电话里知道了我是他爸爸,尽管妻虽任劳任怨,但十分理解我。可我总有一种深深的愧疚。

每个月,我的工资有2 000多块,这是我八年来打拼的成就!每次我都会寄回我工资的一半,给孩子上学,给父母养老。对了,父母他们身体一直不好,一直需要人照顾。还有给妻买些像样的衣物。上次回家,看到辛苦的妻,穿得那样简单、朴素,我有些责备她。可她却泰然自若,并回答我:"能够见人就行,每天都在田地里来来去去,买那么多光鲜的衣服干啥?"听了她的话,我沉默不语。

剩下的一半,我打理好自己的生活后,我会买些香烟、啤酒,在无聊苦闷愁苦的时候,在烟雾缭绕中,在混混沌沌里打发难过的日子,解解闷。有时,我也会像城里人一样去电影院里看几场电影,寻找一些视觉上的刺激和满足。特别是看到那些关于描写女性受苦受难的片子,那个时候,我会情不自禁地想起我家中的妻,一种苦涩的思念萦绕在心头。

和妻每周都要通个电话,通过电话传达彼此的平安、健康、快乐,还有孩子的事,但我们都绝口不提自己的苦难,因为怕彼此牵挂,担心,失眠。一家人都健康,平安,这是我们最大的欣慰和满足。

我一直想,把妻与孩子都接到城市。可年迈体弱的父母无人照顾,我只得忍痛割爱。生计,剥夺了我与妻厮守在一起的空间与时间。我们只得用两颗真心将彼此连接。这种连接是何等的缥渺和苍凉,又是何等的辛酸和无奈。浓浓的乡思里,亲人的面孔最清晰,而妻的面容最憔悴。

今年,我准备回家一躺,无论如何,我也要在家里呆上半年才走。我要和妻一起上山分享辛苦的滋味;跟孩子在一起,体会一下做父亲的感觉;跟父母在一起,尽点作为一个孩子的孝道。寻找一点安慰,减少一点愧疚。

我知道:于妻,我不是一个好丈夫,我把她禁锢在家里独自一个人漂泊了整整八年,还加上劳苦。于父母,我不是一个好儿子,我让父母失去了心灵上的寄托和依赖,他们整天都在替我担惊受怕。于孩子,我不是一个好爸爸,他没有感受到真正完整的父爱,也没有在我怀中感知到父亲的强大、安全和温暖。这是我此生放不下的痛。

妻子的自白

八年前,我与丈夫结婚不到两年,丈夫就离开了这个才安顿起的家。那时,我们的孩子还不到一岁,为了一家五口的生计,他去了遥远的城市。

我替丈夫看守着这个家,照顾公公婆婆和养育我们的孩子。公婆身体一直都不好,经常需要人照顾。每天,我都是日出而作,日落而息,过着辛苦、清心寡欲的日子。

丈夫走后的几个月,我都会经常想他,思念他。但半年后,就习惯了没有他的日子,我把全部的爱和心血都倾注在孩子身上,孩子是我最大的安慰和寄托。有了孩子,我就不会觉得孤独。

四年前,丈夫回家了一趟,当听到他要回来时,我每天都在翘首期待,望眼欲穿。终于,看到了他熟悉高大的身影从远方走来,他打扮得满面春光,得体大方。看到他,我好激动,好高兴,心里像吃了蜜一样的甜,幸福的笑容久久停留在我的脸上。

我和婆婆早已把屋子收拾得干干净净,整整齐齐,备了一桌丰盛的饭菜,热腾腾的,美味可口,全是他爱吃的菜。他吃得很香,并夸我做的菜好吃,只是说我把他当客人看了。

他给我们买了很多东西,有全家穿的衣服,有美味的甜食水果,还有给我们孩子买了好多玩具。孩子一看到,连饭都懒得吃了,一头扎进玩具堆里。但孩子拒绝叫他爸爸,孩子说他不认识他,他把他当成了客人。

我们几夜未眠,他跟我讲着城里各种新鲜的故事,还有他快乐的经历。我听得仔细。但他绝口不提他在城市里的孤独和劳累。我也告诉他乡邻们的生活琐事,好有与他分享丰收的喜悦。我没有向他诉苦,我怕他伤心,难过。

只要他惦念着我,我就心满意足,即使他去了天涯海角。我不渴望他给我穿金戴银,也不在乎自己的孤苦和劳碌,只要丈夫平安,孩子健康,公婆不责难我,就是我几世修来的福分。

他去了我耕种的田地,蔬菜庄稼都长得旺,不比别家的差。这里有曾经我和他一起耕作的痕迹。他看在眼里,又难过,又高兴。难过的是,一个女人家将庄稼做得这么好,需要付出多少的心血!高兴的是,他有这样一个能干、勤劳的妻子。

不到半个月,他就走了。我很舍不得他走,可是,公司催得紧。要走的那天,我给他收拾了一大包乡土特产,还有我给他织的一件毛衣,我没有显出我的不快,装着若无其事的样子。他再三嘱咐我要爱惜身体,吃好穿暖。也告诉公婆不要难为我。

那天早上,我一直把他送到车站,离别的那一刻,我好难过,这一走,不知道又要多久才回来。我忍不住掉下了几滴眼泪,便匆匆离去,家里孩子和公婆还在等我回家做饭呢!

我们的孩子,虽然小,但他很懂事,今年已经八岁,下学期就上三年级了。他学会了自己洗衣服,跟我洗菜、洗碗。假期的时候,每天早晨,他起来在灶膛前为我生火,下午他牵着牛去山上吃草。

那天,接到丈夫打来的电话,他说今年他要回来过年。说请了半年的假,他说要跟我一起做一季庄稼。也许他觉得心里愧疚吧。我养了一头又大又肥的猪等着他回来,又是四年了,或许他已经老了。

对了,我的丈夫是一个堂堂正正的君子,在村里有很好的名声,很踏实,很能干,人们都说他是个好丈夫,好儿子。我们相处的日子尽管短,但在那些日子里,他从来没有责骂过我,很体贴,很大度。

每个月,他都要寄些钱回来,贴补家用。一部分用来改善我们的生活,置备一些生产生活用品,一部分我存入了银行。我想将来用来养育我们的孩子,或者建新房,或者养老。

我的容颜已不再美丽,年轻,但我不在意,不用化妆品去延缓挽救。只要丈夫不嫌弃,心里有我,我还奢求什么呢?只要一家人都过得幸福,安康,和谐,吃点苦,老一点,又算得了什么呢。

淡淡菊花香

文/拾花女人

1

再次见到你,你依然固守在清秋锁寒的风中。

一朵朵小小的生命,芊芊地依偎在荒郊野外的丛草林间,静静地开着。苍绿色的叶蔓,金黄色的花瓣,娇柔倩丽的花朵,擎着一丝丝淡淡的馨香,迎取我寻你的目光。

我不知道,除了我,有没有人知道你来的方向,有没有人读懂你绽放的情韵,但我知道,在我的心中,你永远都是那么清秀玲珑,永远都是那么恬淡安静。而你幽幽淡淡的情态永远都是我追逐的诱惑。

目迎你的娴雅,真想握你在手,用清纯的花露明亮我的浑眸;掬你在唇,用清爽的花香清洗我的浊心。

暗暗淡淡紫,融融洽洽黄,这淡淡洽洽的菊呵,我该怎么来倾诉你我重逢的欣喜和爱怜呢?

2

你是我心中的一只鸟儿吗?那轻盈灵巧的翅膀舞动着自由的旋律,越过那高台深筑的苑林,在没有栅栏约束的原野,绽放自己原始的灵性和奔放的思想。

你是我心中的一朵云儿吗？那飘逸的美丽可否是你用心灵写下的诗行，优雅地飘飞在一片清净无尘的天空，在湛蓝无垠的帷幕上，写着超凡脱俗的梦想。

你是我心中的一滴露珠吗？疏雨初霁的晚上，你凝结成一颗颗清新欲滴的晶莹，用明澈干净的语言在月光里熠熠闪烁，生动着灵魂深处高洁神圣的渴望。

你是我心中的一簇朝霞吗？不需要太多光亮的呵护，只一枚绿色的阳光，就可以将淡雅的芬芳灿烂成绚丽的乐章，飞扬出生命中最伟大而又持久的辉煌。

3

不，这些都还不够，你应该是我心中那一座山、那一溪水、那一方天。

你看那高大绵延的山，擎起一个坚定的信念，执著地守候在秋天的路口，等待你一次又一次美丽的出现，来渲染他生命厚重的色彩。你是他美丽的花冠啊，每一次绽放都会在他的脊梁上刻下一道坚韧的内涵。

你看那澄澈明净的水，深蕴了千年清醇的灵气，在生命的根部涌动清纯的元素，从不染浊垢的林间淌出，用清清亮亮的汁液滋润万物的生机，使生命的枝叶繁茂成硕果累累的思想，在肃杀的寒秋昂起高贵不屈的头颅。

你看那宽广辽阔的天，任风云起伏，日月浮沉，总是以一颗淡泊宁静的心态，直面尘情冷暖，以一种沉着从容的姿势，静对世态沧桑。把伟大写进平凡，把卓越写进淡然，在季节的轮替中，重复着不变的箴言，那是怎样的气度，那是怎样的襟怀？

而你，我清清淡淡的菊呵，你的每一瓣坚韧，每一瓣圣洁，每一瓣淡雅，不正好践行着那山水蓝天的诺言吗？

4

因此呵,我要把你当作我倾心相知的友人,把你当作弹拨我生命的弦。与你相逢在秋天,每次读你,总能读出美好的情绪。

读你,在山径涧畔,携一瓣娇黄,一瓣灵性;读你,在林间草甸,依一瓣清新,一瓣恬淡;读你,在深庭小院,擎一瓣高雅,一瓣超然。菊朵是你灿烂的笑脸,菊香是你生动的语言。

我不知道应该拿什么来比喻读你给我带来的愉悦。如果生命可以是舟,你就是引领我归航的桨帆;如果生命应该有岸,你就是我停泊温馨的港湾;如果生命允许有梦,你就是滋生我渴望的摇篮。

读你的时候,心中总会升起一个愿望。有阳光的日子,我们一起享受灿烂的温暖;有风雨的日子,我们一起承担淫秽的苦难。没有什么可以改变我们坚守圣洁的信念,没有什么可以阻止我们执著神圣的方向。

学会做一株菊吧,在淡泊中享受安适与宁静,在宁静中品味和谐与自然,这也不失为一种人生的浪漫。

5

细叶抽轻翠,浅花逸淡香。站在秋风写意的萧瑟中读你,总是获得一种穿透肺腑的感动。

因为爱你,我舍不得撷你为簪,怕那一朵嫩黄过早凋零生命的美丽;

因为爱你,我舍不得采你入室,怕窗外的阳光不能给你明媚的沐浴;

因为爱你,我舍不得烹你煮酒,怕那酒香浓了会让我心神沉醉痴迷。

我只能吟你为诗,让清风配乐,在平平仄仄中阅读你的风韵;我只能谱你成曲,让流水调琴,在丝竹管弦里弹奏你的情致;我只能描你入画,让明月铺宣,在水墨丹青中临摹你的意趣。

一树梅色独艳,一谷兰馨独幽,一涧竹韵独清,而一株菊呢,你静静地开放在秋天的寒瑟里,是用什么来展示自己的洁心清骨呢?

呵,淡菊如梦,饱含一种别样的情感,开在我贫瘠荒凉的心中,写进我的生命,成为我灵魂深处的慰藉。

转头,你看到幸福了吗

文/舞月飘雪

幸福是不可捉摸的东西,有时候,只是一个转头的瞬间。失去亦然。

1

窗台上的石斛兰已经深种十年,却不曾开过花。任他浇水,施肥,甚至抱到阳光下也无济于事。孤单的夜里,他会看着花苦笑,些许凄凉的神色,连他自己都感觉绝望。

为什么,好端端的花儿,就是不开呢?

可无论如何,他依然深爱这株花。毕竟这是她留给他唯一的信物。记得十年前,那张洁净温情的脸曾是何等的凄然,何等的不舍。

她说,"帮我照顾好它,一定,一定。"

不过十八岁的他对离别已经渐渐懂得,自然清楚她这样的托付是要远行。忍不住问上一句,"你要去哪里?去多久?"

屋外有雨,她的脸上有泪痕划过。再转身,她却还回一个灿烂的笑容。

"不远,也不会太久,等它开花,我就回来。"

她的话回得流利,却不曾让他心安,甚至他还听出些许的无力。他努力地让自己看清她的脸,洁净、俊美,却有一层浓重的忧伤。这忧伤让他记起他们当初的相识。

瘦小的她抱着一株小小的石斛兰,一脸忧伤地站在教室的角落里。老师安排他们坐在一起的那刻起,他便心疼她。同桌一年半,两人并无多话，但他经常去操场看那株被她寄养的兰花。她自然晓得他的心思，于是写了一张字条递给他，"谢谢你的关心，相信它会开花。"

他巧妙地回答，"幸福，就在转头的瞬间。"

转头就有幸福吗？

惊讶转头，她看到他明媚且真诚的脸。

2

礼拜天早上，被电话惊扰。电话里朋友告诉他，城南刚开了一家专卖石斛兰的花店。

一个翻身冲进洗手间，却发现牙膏昨天已经用完。来不及洗漱，匆匆赶到花店，抓住店主不停地问，"老板，你是哪里人？这花何时能开？"

老板耐心解答。他一脸认真地听完，转瞬，却满目忧伤。

店主与她，不是同一个地方的人。那么，这十年来，她究竟去了哪里？努力思索，记起她依稀说过，她喜欢南方的海，若可以，她必定会去南方上大学。

十年生死两茫茫。想必她真的去了南方，且已忘了自己。

些许凄然地转身，天空飘起小雪。北方天气越来越怪，不过刚入冬，却已是细雪飘零，辗转入土。这边凄冷无比，对面新开的商城却热闹无比，一群人正吵吵嚷嚷地往商场里涌，想必是新开业有优惠，想起牙膏告急，便走进商场。

商城门前有个发传单的女子，见他走过来迅速上前递宣传单。抬头想跟对方说声谢谢，却差点没吓着。那么曼妙的女子，竟然戴着狼头的假面具，青牙白面，红唇外翻，甚是吓人。

女子在伸手递传单，他在接传单，明明两人的手差点就碰上了，偏偏传单掉到了地上。

他歉意地将传单收好，匆匆挤进商场，买完东西又匆匆挤出来。

在门口他再次看到了带狼头面具的女子,忙碌已经过去,可她依然戴着沉重面具。

真是个怪女子。他微笑着摇头,离开。

3

回到家,他冲进洗手间重新洗漱,新买来的牙膏连同刚刚那张传单一起被打开。传单上一句明显的宣传语:用我们的真心,温暖您的冬季。

看来,冬天真的要来了,就连商家也学会用季节来诱惑人。他开始担心那株石斛兰,冬天来了,它更难开花了。些许颓废,将传单扔在桌上。

想起这几年的寻找,他突然感觉心很痛。十年前那张洁净的脸,如同一个鬼魅荼毒他的心灵,无力自拔。是爱情吧,单相思的爱情。他安慰自己,然后苦笑。仰头叹气,转头再看那张传单,它的背面写满了字。

"石斛兰,你还好吗?可曾开花?可曾将我记挂?"

这样的字写了满满十行,他的心突然动了一下。忆起那个古怪的面具女子,他突然狠狠拍了一下自己的额头,再次冲出家门。那家商场门前,宾客如流,行人如织,寻来寻去,再也找不见那个女子。但他猜测,一定是她,这世上再也没有谁会如此牵挂那株石斛兰,更不会关心是否开花。

在商场门前一次次寻找,等待,可偏偏她突然消失。记起与她相识之初,他曾告诉过她,幸福,就在转头的瞬间。

如今,失去竟也是转头一瞬。

4

商场一遇,让他仿佛看到春天。

他相信她依然在这个城市,而且依然记得自己。工作之余,他跑遍全城大大小小的商场,只要有发传单的地方,他都会跑过去看。只是,他从没遇上那个戴面具的女子。

他不死心,一间一间商铺寻问,用了两个月踏遍小城每个角落,可偏偏,她仿佛蒸发的水滴,再无消息。

这个冬天来的有些早,有些冷。

窗台开始结上冰凌,雪花跳起舞蹈,他感觉自己的小屋真冷。那株石斛兰已经蔫了,一派寥落,心疼地伸手护住兰花,期望借此来温暖这株可怜的植物。

目光越过窗台,他看到楼下飞雪中站着一个女子,娇好的背影,正一步步向远处走去,步态有些踉跄,大朵大朵的雪花纷扬在她的背上,他惊讶地发现,她的背竟有些驼!

不由得摇头。想来,自己还算是个幸福的人,虽然失去了她,却至少身体是健康的。

可一想到她,他的心突然又疼。不知十年过后,她的模样可有改变?叹着气,将目光再次转向窗外,那个踉跄的背影已经消失,留下的是一串串深浅不一的脚印。

看着那些脚印,他突然有种亲切的感觉。他张张嘴很想喊一句什么,可嘴巴张得老大,却一个字也没喊出来,倒是泪水落了下来。冰凉一片。转头时,路人竟也逝去。

失去,原来有种痛彻心扉的力量。

5

冬天过去。年近而立的他终于开始恋爱。

他开始学着接受别的女子的微笑,甚至温存。他请她们吃饭,泡吧,唱歌,甚至偶尔还会浪漫的亲吻。若是怀里的女子问她,你爱我吗?

他总是沉默以对。爱情,在十八岁那年的别离中早已经化作了蝴蝶,不知去向。

唯一不变的就是那株石斛兰。可惜,这株兰花总是不死不活,更别说开花。曾有女子质疑地跟他提过,把这花扔了吧,留在家里影响环境。

对此,他第一反应就是跟这样的女子分手。不能爱屋及乌,还叫什么恋人?如此一来,众人都说他怪,宁可抱着石斛兰,也不愿抱温香软玉的女人。对此,他总是轻轻一笑,不解心中事,何故苦恋人?索性放手。

春天来了。窗外花香扑鼻,室内却清静无比。那株兰花有些枯萎,他急了,抱起花盆,如同抱着自己受伤的恋人,匆匆向花店赶去。花店老板一边看一边摇头说,"兄弟,扔了吧,哪有十多年不开花的道理。"

他愤慨至极。抱起花向街上跑去,刚出门,竟与一个人撞了满怀,再抬头,那张丑陋的脸差点吓得他背过气去。那是怎样的一张脸,层层剥落的皮,惨不忍睹的面。

女子显然意识到了这些,伸手挡住自己的脸,然后指了指他怀里的花盆说,"我来帮你。"

他迟疑着将花盆递过去,女子将整个花盆扣过来,跟店主要来花土跟肥料,然后将石斛兰重新植入花盆,并很快从衣兜拿出点什么东西塞入花盆里,深深呼吸后,将花盆递到他面前,轻声说,"好好呵护,相信它很快就会开花。"

莫名地,女子的话让他恍惚着回到了十八岁。记忆里的她曾说,"谢谢你的关心,相信它会开花。"

回忆扯远的时候,女子渐行渐远。再抬头时,他看到了一个踉跄的背影。

他的心突然动了一下。大叫着冲上前去想要拉住对方,可仿佛只是一个瞬间,转身的时候,对方已经不在。

6

女子像风一样消逝。竟然干净得不曾留下半个脚印。

他不知道自己还能不能再等一个十年,但他知道,这世上做着等待的人,不止自己一个。可偏偏,最苦就是相思人,想念的彼岸永远难以靠近。

夏天来了,姹紫嫣红一片。他看着台上的石斛兰,突然沉默。这株花开始吐蕊,看来真要开花了。殷勤地上前再次施水,却不小心浇得多了,水漫过花盆的时候,土壤里轻轻漂出一个东西。

小小的塑料袋里,一张小小的字条。展开,竟是一张面熟的传单。传单的背后写着两行字:石斛兰,一定会开花。因病失去容颜的我,永远祝福你。人生的路上记得转头,转头就会有幸福。

终于明白,那个奇怪的女子,及跟跄的背影。

转头,不见伊人面,幸福何处是?

冲出家门,大叫她的名字,晴好的天空突然落雨,雨点很大,像一朵朵盛放的雪花,滴在身上,凉到刻骨。